reinhardt

Anne Gold

Und der
BASILISK
weinte

F. Reinhardt

Alle Rechte vorbehalten
© 2009 Friedrich Reinhardt Verlag, Basel
Lektorat: Claudia Leuppi
Gestaltung: Bernadette Leus, www.leusgrafikbox.ch
Illustration: Tarek Moussalli
Druck: Reinhardt Druck Basel
ISBN 978-3-7245-1610-1

www.reinhardt.ch

Im Anfang war die Tat.
Johann Wolfgang von Goethe

1. Kapitel

Eine drückende Hitze lag seit Tagen über der Stadt. Wie eine Glocke hatte sie sich über Basel festgesetzt. Sehnsüchtig warteten die Menschen auf ein erlösendes Gewitter. Kommissär Francesco Ferrari sass am Kleinbasler Rheinufer und atmete tief durch. Sogar beim Nichtstun schwitzt man. Der Regen würde wenigstens etwas Abkühlung bringen. Erwartungsvoll sah er zum Himmel hoch. Einzelne Wolken waren in der letzten halben Stunde vom Elsass her aufgezogen und verdichteten sich zunehmend zu einer schwarzen Front. Eigenartig. Monatelang warten wir auf den Sommer, kaum ist er da, jammern wir über die Hitze. Aber es war auch schwierig, sich den Temperaturschwankungen anzupassen. Zuerst knapp zwölf Grad, stieg das Thermometer über Nacht auf satte dreissig an. Frühling und Herbst verkümmerten zusehends zur Farce. Ferrari zupfte das Hemd aus der Hose und fächelte sich Luft zu. Auf dem Rhein fuhr die Christoph Merian vorbei. Die Passagiere winkten Ferrari zu. Er erwiderte ihren Gruss. Wie kann man nur bei dieser Hitze in der prallen Sonne auf dem Deck des Dampfers stehen? Im Sommer ist aber auch wirklich nichts los, setzte er seine Gedanken fort.

Nicht einmal ein klitzekleiner Mord. Die Stadt wirkt wie ausgestorben, die Mörder machen irgendwo im Ausland Ferien und lassen einen frustrierten Kommissär und eine mürrische Nadine Kupfer zurück. Seine Assistentin wollte partout keine Ferien machen. Eigentlich hatte sie doch mit Noldi, dem IT-Spezialisten des Kriminalkommissariats, nach Rhodos fliegen wollen. Und dann plötzlich doch nicht. Frauen! Noldi war allein gefahren, aber nicht nach Rhodos, sondern in die Berge. Irgendwie schien die Beziehung kurz vor dem Aus zu stehen. Wundert mich nicht, dachte Ferrari. Noldi ist manchmal wie eine Klette, lässt Nadine kaum Raum, die einer Raubkatze ähnlich Auslauf braucht. Ein ungleiches Paar, aber Gegensätze ziehen sich ja bekanntlich an. Bis sie ihn irgendwann auffrisst, um beim Vergleich mit dem Raubtier zu bleiben.

Ferrari warf einen kleinen Ast in den Rhein, der gemächlich und irgendwie fröhlich flussabwärts schaukelte. Ein langer Weg bis ins Meer. Ein sehr langer mit vielen Hindernissen. Doch kam es nicht gerade darauf an – auf den Weg? War nicht er das Ziel und der Sinn zugleich? Jetzt bin ich bereits so weit, dass ich hier am Rhein philosophiere. Wen wunderts, wider Willen zur Untätigkeit verbannt, nur weil es allen potenziellen Mördern zu heiss ist, ihrem Handwerk nachzugehen. Ich habe wohl einen an der Waffel, tadelte sich Ferrari. Geradezu pervers!

Ich lechze nach einem Mord, um mir die Langeweile zu vertreiben. Dabei sollte ich froh sein, dass in Basel nicht viel passiert. Monika, Ferraris Freundin, sagte ab und zu scherzhaft, er sei am falschen Ort geboren worden. New York oder eine der deutschen Grossstädte wären das richtige Umfeld für ihn. Kriminelle jeder Art und täglich mindestens einen Mord. Francesco Ferrari, der FBI-Agent oder Kriminalbeamte des Miami-Dade Police Departments! Das wäre wohl auch nicht das Wahre.

Nahes Donnergrollen deutete an, dass das Gewitter sich bald über der Stadt entladen würde. Wind kam auf, erste Regentropfen fielen. Endlich. In die Menschen am Rheinufer kam Bewegung. Eilig packten sie ihre Sachen zusammen. Auch Ferrari erhob sich und stapfte keuchend das Rheinbord hoch. An der Böschung blieb er für einen kurzen Augenblick stehen, schaute auf die Grossbasler Seite. Das Münster lag nun bedrohlich unter einer schwarzen Wolke. Zum Glück können wir das Wetter nicht auch noch beeinflussen. Wir würden es bestimmt tun. Die einzelnen Tropfen gingen in anhaltenden Regen über. Der Kommissär suchte Schutz unter der Wettsteinbrücke. Doch bevor er die Brücke erreicht hatte, goss es wie aus Kübeln. Ferrari fluchte. Platschnass und leicht fröstelnd stellte er sich unter den Brückenkopf. Der Wind wurde immer stärker.

Irgendein Handy klingelte. Der Kommissär sah sich missmutig um. Nicht einmal hier hatte man von der modernen Telekommunikation seine Ruhe. Einige Jugendliche, die ebenfalls vor dem Regen geflüchtet waren, zückten wie auf Kommando ihre Handys. Der Klingelton wurde lauter.

«He, Alter! Das ist deins», polterte einer der Jungs mit einem Basketball unter dem Arm los.

«Was meinst du?»

«Bist du schwer von Begriff? Dein Handy läutet.»

Ferrari griff in die Hosentasche. Tatsächlich, es war sein Mobiltelefon.

«Ferrari!»

«Na endlich! Wozu hast du überhaupt ein Handy, wenn du nie rangehst?!»

«Ich habe es nicht gehört, Nadine.»

«Wo steckst du?»

«Ich wurde vom Gewitter überrascht. Ich stehe hier mit einigen Basketballfreaks unter der Wettsteinbrücke.»

«Dann mach dich auf den Weg. Es gibt Arbeit, Francesco. Wieso flüsterst du eigentlich die ganze Zeit?»

«Ich flüstere doch gar nicht … ein Mord?», frohlockte Ferrari.

«Ja. Fast könnte man meinen, dass du richtig geil auf ein Verbrechen bist.»

«Dummes Zeug! Wohin soll ich kommen?»

«In die Güterstrasse. Gegenüber vom Bücher-Brocky. Das ist …»

«Ich weiss, wo das ist, Nadine. Im Gundeli. Du vergisst, dass ich in Basel aufgewachsen bin, ich kenne jeden Winkel der Stadt …»

«Schon gut, Herr Kommissär. Klingle bei Gissler und dir wird aufgetan.»

Ferrari steckte sein Handy in die Hosentasche zurück. Ein Lächeln huschte über sein Gesicht. Es gibt zu tun. Allem Anschein nach sind doch nicht alle Mörder in den Ferien!

2. Kapitel

Langsam liess der Regen nach, das Gewitter zog weiter. Ferrari fuhr mit dem Tram Nummer zwei zum Bankenplatz, stieg in den Sechzehner um, penetrant darauf bedacht, den vordersten Sitz im Anhänger zu erwischen. Eine ältere, fettleibige Frau versuchte, ihm seinen Platz streitig zu machen. Mit dem feinen Gespür des professionellen Tramfahrers hatte der Kommissär die Gefahr sofort erkannt. Er drängelte sich erbarmungslos unter den wütenden Blicken der arg keuchenden Konkurrentin vor und warf sich auf den eroberten Sitzplatz. Das sind die kleinen Freuden des Francesco F.! Die erbosten Worte der Frau, die mit dem zweitbesten Platz im praktisch leeren Tram Vorlieb nehmen musste, überhörte er geflissentlich.

Das Haus in der stark befahrenen Güterstrasse hatte auch schon bessere Zeiten erlebt. Ein graues, vierstöckiges Gebäude, bei dem sich an einigen Stellen der Putz von den Wänden löste. Ferrari klingelte bei Gissler. Der Flur lag im Dunkeln. Selbst, als die spärliche Wandbeleuchtung aufflackerte, sah er nicht viel mehr. Das zarte Gelb an den Wänden liess sich nur erahnen. Im Hausgang stank es fürchterlich. Ferrari hielt sich ein Taschentuch vor den Mund und keuchte die Treppe in die dritte Etage hoch, wo ihn Nadine Kupfer erwartete.

«Du könntest mal etwas für deine Kondition tun, mein Lieber. Ein paar Kilo weniger würden dir gut anstehen.»

Sie tippte ihm unbarmherzig auf den Bauchansatz.

«Es ist ... es ist ... die Wärme, die mir zu schaffen macht. Mein Gott hier stinkt es ja grauenhaft», stöhnte Ferrari.

«Tja, nicht wie in einem Parfümgeschäft. Hier, nimm den Mundschutz.»

Umständlich stülpte er sich das Gummiband über den Kopf.

«Soll ich dir helfen?»

«Danke, geht schon. Und ... was gibts?»

«Ich möchte dich nur warnen, Francesco. Nichts für dein sanftes Gemüt.»

«Ja, ja, schon gut. Immer das Gleiche. Du hältst mich auch für ein Weichei, wie alle anderen im Kommissariat.»

«Bitte ... wie du meinst ...»

Ferrari betrat die Dreizimmerwohnung. Der Gestank wurde beinahe unerträglich. Linkerhand befand sich die Küche mit einem Esstisch, weiter hinten das Bad, rechts vom Gang Wohn- und Schlafzimmer. Der Kommissär atmete nur noch durch den Mund.

Wie es schien, hatten der Gerichtsmediziner Peter Strub und sein Team bereits die Arbeit aufgenommen.

«Hallo, Francesco.»

«Tag, Peter. Kann jemand mal die Fenster öffnen. Das ist ja nicht auszuhalten.»

«Er liegt halt schon einige Tage rum. Willst du dir das wirklich antun?»

«Was soll das ... Nadine hat mich schon gewarnt. Du kannst dir deinen Kommentar sparen. Und bitte, verschon mich heute auch mit deinem üblichen «Du als Italiener»-Gesülze. Ich bin und bleibe Basler. Verstanden?»

«Klar und deutlich, Francesco.»

Der Gerichtsarzt warf Nadine einen vielsagenden Blick zu und hob lächelnd das Laken. Dem Kommissär starrte eine von Fliegenmaden und Würmern zerfressene Fratze entgegen. Ferrari drehte sich um und rannte aus dem Wohnzimmer.

«Das Bad ist ganz hinten», hörte er Nadine rufen.

Kommissär Ferrari stand bereits in der Küche, riss die Balkontür auf und sog die frische Luft ein. Nach einigen Minuten kam er bleich zum Tatort zurück.

«Es ... es ... verdammte Scheisse. Weshalb habt ihr mir nicht gesagt, wie die Leiche aussieht.»

«Wir haben dich gewarnt», feixte Strub.

«Hört sofort auf zu grinsen ...», stöhnte Ferrari. «Deckt den Mann zu und, verdammt noch mal, macht endlich alle Fenster auf.»

«Du wolltest ja den starken Max spielen, Herr Kommissär.»

«Der … Mann … hat ja fast kein Gesicht mehr. Das verfolgt mich jetzt bestimmt wochenlang, Nadine.»

«Verstehe, Chef. Wir bemühen uns, dir in Zukunft nur noch schöne Tote zu präsentieren.»

«Es kann nicht jeder so abgebrüht sein wie ihr zwei. Ich muss hier raus. Oder gibt es etwas Spezielles, das ich noch anschauen müsste?»

«Das Highlight haben wir dir gezeigt.»

Francesco sah Nadine an. War sie wirklich so abgebrüht? Oder zog sie einfach nur die perfekte Show ab?

«Ich bin so, wie ich bin, Francesco.»

Gedankenlesen kann sie auch noch. Eigentlich nichts Neues. Trotzdem bin ich immer wieder überrascht, fühle mich ertappt wie ein kleiner Schuljunge.

«Können wir die Unterhaltung draussen weiterführen?»

Nadine setzte sich auf die niedere Gartenmauer, während Strub sich stehend eine Zigarette anzündete.

«Was ist passiert? Wer ist der Mann? Und wer hat euch informiert?»

«Viel wissen wir noch nicht. Er heisst Arnold Gissler, dreiunddreissig Jahre alt. Zumindest habe ich einen Pass mit diesen Angaben in einer Schublade gefunden. Die Identifikation ist ja nicht ganz einfach.»

«Hör auf! Es kommt mir gleich wieder hoch.»

«Anscheinend arbeitet er bei einer Transportfirma als Lagerist. Ich habe einige Lohnabrechnungen neben dem Pass gefunden und bei der Firma angerufen. Arnold Gissler hatte zwei Wochen Ferien. Als er heute nicht zur Arbeit kam, hat ein Kollege bei ihm Sturm geläutet.»

«Der Hausmeister?»

«Gibt es nicht. Es sind nur vier Wohnungen, auf jeder Etage eine. Der Kollege von Gissler hat beim Gundeldingerposten angerufen, als niemand aufgemacht hat. Die sind dann ausgerückt, haben die Tür aufgebrochen, den Toten gefunden und uns informiert.»

«Ist denn niemandem der Gestank im Treppenhaus aufgefallen?»

«Anscheinend nicht. Wobei es erst so richtig stinkt, seit die Wohnungstür offen ist.»

«Die Todesursache, Peter?»

«Wahrscheinlich wurde er erstochen.»

«Was denn! Du immer mit deinem ‹Wahrscheinlich›. Ist er erstochen worden oder nicht?»

«Du brauchst mich gar nicht so anzumotzen, Francesco. Mit grösster Wahrscheinlichkeit wurde der Mann erstochen, aber du hast ja die Leiche gesehen. Du musst schon meinen Autopsiebericht abwarten …»

Ferrari schluckte leer und taumelte. Nadine fing ihn gerade noch rechtzeitig auf. Er setzte sich neben seine Assistentin auf die Mauer.

«Ist dir nicht gut, Francesco?», säuselte Strub. «Wie gesagt, aller Wahrscheinlichkeit nach wurde er mit mehreren Messerstichen getötet. Die Hitze und die Tierchen haben ein Übriges getan», fuhr Strub ungerührt weiter. «Noch ein paar Tage und er wäre so richtig verfault. Stell dir vor, Francesco, die Maden fressen dir das Gehirn aus dem Kopf ...»

Ferrari würgte und japste wie ein erstickender Fisch nach Luft.

«Jetzt reicht es, Peter!»

«Oh, Mama Kupfer stellt sich vor ihren Schützling! Ein empfindliches Pflänzchen, dein Partner. Vielleicht sollte er sich in die Abteilung Wirtschaftsdelikte versetzen lassen oder zur Verkehrspolizei wechseln. Bussen verteilen und so.»

Ferrari kümmerten die dummen Sprüche im Augenblick wenig. Er kämpfte mit erneuter Übelkeit.

«Ich bin oben, Nadine. Wenn er sich erholt hat, sag ihm, dass ich ihm morgen den Bericht vorbeibringe.»

«Mach ich, Peter. Danke.»

Nadine wartete geduldig, bis Ferrari seine Übelkeit überwunden hatte. Nur langsam nahm sein Gesicht wieder Farbe an.

«Ich frage mich jedes Mal, wenn wir so was erleben, weshalb du diesen Job machst. Warum bist du ausgerechnet Kriminalkommissär geworden?»

«Weil mich das am meisten fasziniert», brummte Ferrari.

«Mit deinem Nervenkostüm ...»

«Hör auf damit, bitte. Es sehen ja nicht alle Leichen so schrecklich aus. Der Name ... Arnold Gissler ... irgendwie sagt er mir etwas», versuchte er vom Thema abzulenken.

«Du meinst, er war einer unserer Kunden?»

«Bin mir nicht sicher. Aber ich habe den Namen schon irgendwo gehört.»

«In welchem Zusammenhang?»

«Weiss ich nicht. Es fällt mir aber bestimmt noch ein.»

«Peter wird uns den Bericht morgen auf den Tisch legen.»

«Das habe ich gehört. Taub bin ich noch lange nicht. Gibt es Anzeichen für einen Kampf?»

«Weder für einen Kampf noch für einen Raub. Seine Brieftasche lag auf dem Boden, an die zweihundert Franken waren drin. Der Mörder oder die Mörderin hat ihn gekillt, die Wohnungstür zugezogen und ist seelenruhig gegangen.»

«Also ein Bekannter oder eine Bekannte.»

«Wahrscheinlich. Vielleicht ein Beziehungsdelikt.»

«Was ist mit der Tatwaffe?»

«Die haben wir gefunden. Die mutmassliche Tatwaffe, wie Peter sagen würde. Aber Gissler ist sicher damit umgebracht worden. Ein Klappmesser. Der Mörder oder die Mörderin, man weiss ja nie, stach mehrmals zu. Ziemlich brutal sogar. Oh, Mist! Das muss ich Peter ja noch geben ...»

«Was denn?»

«Eine goldene Kette mit einem Sternzeichenanhänger. Waage. Gehört sicher dem Toten. Sie lag auf dem Boden neben der Leiche unter ein paar Zeitungen. Beim Sturz auf den Boden muss der Klubtisch umgekippt sein. Ich habe die Kette in eine Tüte gesteckt. Bitte erinnere mich daran, dass ich sie den Kollegen noch gebe.»

«Mache ich. Wann ist Gissler geboren?»

«Am 20. Oktober 1976. Also Waage.»

Ferrari schüttelte den Kopf. Da liegt ein Mann zwei Wochen tot in seiner Wohnung und niemand bemerkt etwas. Niemand scheint ihn zu vermissen, die Familie nicht, die Freunde nicht, die Hausbewohner nicht. In welch armseliger Welt leben wir bloss, in der jeder nur für sich schaut? Gut, er hatte Ferien, wollte vielleicht wegfahren. Zumindest einer wusste, dass er da war, der Mörder oder die Mörderin!

«Hast du mit den anderen Mietern gesprochen?»

«Die arbeiten anscheinend alle. Es ist niemand da. Einer der uniformierten Beamten hat aber Gisslers Kollegen befragt. Arnold Gissler scheint ein Einsiedler gewesen zu sein. Er lebte zurückgezogen, war nie krank, immer pünktlich, absolut zuverlässig und beliebt. Deshalb waren die Kollegen auch beunruhigt, dass er heute nicht zur Arbeit erschienen ist. Er, der nie fehlte. Übrigens er hätte längst Abteilungsleiter werden können.

«Und weshalb wurde er es nicht?»

«Er wollte nicht. Ihm reichte sein Posten als Lagerist.»

«Verheiratet?»

«Nein, auch keine Freundin, so viel der Kollege weiss.»

«Aber irgendein Motiv muss es ja geben. Er hat sich sicher nicht selbst erstochen. Raub fällt aus, zumal nichts fehlt oder zumindest das Geld noch da ist. Und, so wie die Wohnung aussieht, macht es nicht den Eindruck, dass etwas bei ihm zu holen gewesen wäre. Im Geschäft wurde er anscheinend für keinen zum Konkurrenten. Bleibt noch ein Beziehungsdelikt.»

«Oder etwas, was tief im Untergrund schlummert.»

«Auch gut. Das wäre mir beinahe am liebsten.»

Nadine warf ihrem Chef einen fragenden Blick zu.

«Im Augenblick ist nicht viel los …», verteidigte sich Ferrari und ging ohne weitere Erklärungen zur Tagesordnung über. «Kannst du mal feststellen, ob etwas gegen diesen Arnold Gissler vorliegt? Es muss etwas geben. Niemand sticht mehrmals aus Spass auf jemanden ein und bringt einen harmlosen Menschen um. Ohne Grund. Hinter der Fassade liegt etwas verborgen. Ganz sicher. Ausserdem ist er kein Unbekannter. Ich weiss nur noch nicht, wo ich den Mann hintun muss …»

3. Kapitel

Nadine und der Kommissär gingen über die Bahnhofspasserelle und den Bahnhofsplatz zurück ins Kriminalkommissariat. Der Weg zum Waaghof war kurz, wie eigentlich meistens. Genau das liebte Ferrari an seiner Stadt, in gut einer halben Stunde konnte man das Zentrum von praktisch überall zu Fuss erreichen. Basel war keine Grossstadt, nein, absolut nicht, und das war auch gut so. Dafür überschaubar, gemütlich und liebenswert.

«Ziemlich viel los heute.»

«Wen wunderts. Ferienzeit ist Reisezeit.»

«Da fällt mir ein, wolltest du nicht mit Noldi nach Rhodos?»

«Tja, Pläne geändert. Noldi ist nach Haute Nendaz gefahren.»

«Ins Wallis? Da ist doch im Sommer nichts los.»

«Seine Eltern haben dort ein Chalet. Ich könne ja nachkommen, wenn ich wolle.»

Ferrari schaute sie von der Seite an. Es hätte ihn brennend interessiert, weshalb sie nicht nach Rhodos geflogen waren.

«Du kannst ja fragen!»

«Ich ... ich ... wieso seid ihr nicht nach Rhodos geflogen?»

«Das geht dich überhaupt nichts an!»

«Ich habe ja nur ... ich meine ... du hast mich aufgefordert ...»

«Unsinn. Ich wollte nur wissen, ob du wieder einmal deine Nase in meine Angelegenheiten stecken willst. Und prompt bist du darauf reingefallen. Paps wollte heute früh auch wissen, was denn zwischen Noldi und mir schief läuft. Du bist genau gleich wie mein Vater. Zwei neugierige alte Männer!»

Ferrari verzog das Gesicht. Neugierig ja, alt nein! Anscheinend hatte Nationalrat Kupfer bereits sein Fett abbekommen. Jetzt war er an der Reihe.

«Gut, dann eben nicht. Ich habe es nur gut gemeint.»

«Darauf pfeife ich! Ich bin alt genug, um zu wissen, was ich tue. Und wenn Noldi meint, dass er mich in einen goldenen Käfig stecken muss, dann ist er bei mir an die Falsche geraten. Er soll sich doch so eine wie die neue Sekretärin von Borer anlachen. Diese dumme Gans mit ihrem Schlafzimmerblick. Die lässt sich bestimmt gern jeden Wunsch von den Lippen ablesen und von ihrem Märchenprinzen ins Reich der Träume entführen.»

Aha, daher weht der Wind! Habe ich es mir doch gedacht. Noldi ist und bleibt ein ewiger Romantiker. Nur kommt diese Tour bei seiner Angebeteten schlecht an. Die Raubkatze hat also ihre Krallen gezeigt und Noldi eins ausgewischt. Jetzt hockt er in seinem Chalet und leckt seine Wunden.

«Was grinst du so blöd, Francesco!»

Ferrari zog den Kopf ein. Imaginär zeichnete er einen Heiligenschein über seinem Kopf.

«Du und mein Vater! Was glaubt ihr eigentlich?»

Einzelne Passanten blieben stehen und harrten neugierig des Geschehens.

«Ich würde mich nicht wundern, wenn ihr hinter meinem Rücken miteinander telefoniert. Na, Francesco, wie geht es meinem kleinen Mädchen? Passt du auch gut auf sie auf?»

«Also, ich bitte dich, jetzt gehst du zu weit! Ich habe bloss ein oder zwei Mal mit deinem Vater telefoniert …»

«Ha! Jetzt gibst du es auch noch zu. Eine Frechheit! Eine absolute Unverschämtheit! Ihr unterhaltet euch hinter meinem Rücken über mich …»

Nadines Stimme überschlug sich. Sie holte tief Luft, doch bevor sie zu einem nächsten Rundumschlag ausholen konnte, nahm sie die belustigten Gesichter wahr, die gespannt auf eine Fortsetzung warteten.

«Habt ihr nichts Besseres zu tun, als uns anzuglotzen. Na los, zieht Leine!»

Sie ging auf eine junge Frau zu, die sich eilig entfernte. Dann liess Nadine den Kommissär einfach stehen. Keuchend versuchte er sie einzuholen.

«He! Warte … auf … mich, Nadine.»

Erst auf der Höhe des Restaurants «Tapadera» holte er sie ein.

«Peace!»

Ferrari machte das Zeichen der Friedensbewegung. Nadine musste lachen. Sie küsste ihn auf die Wange.

«Ich kann dir einfach nicht böse sein, Francesco.»

Nochmals gut gegangen, dachte der Kommissär. Aber ich werde weiterhin ein Auge auf sie halten. Und vielleicht ist es gar keine schlechte Idee, mich demnächst einmal mit Nationalrat Kupfer zu treffen. Ganz unverbindlich. Einfach so von Mann zu Mann. Oder so.

«Untersteh dich, mit Paps zu sprechen!», zischte sie ihm zu, «und mach den Mund wieder zu. Es zieht. Du solltest doch langsam wissen, dass dein Gesicht Bände spricht.»

«Das war ein Glückstreffer. Ich bin weit herum bekannt für mein Pokerface. He, wieso bist du eigentlich zu Fuss unterwegs? Normalerweise machst du doch keinen Schritt ohne deinen geliebten Porsche.»

«Blechschaden.»

«Blechschaden?»

«Es ist mir so ein Idiot am Aeschenplatz in die Seite gefahren.»

«Du hast dich doch hoffentlich nicht verletzt?»

«Nein, mir geht es gut. Und schau mich nicht so dämlich an. Ich lebe ja noch, wie du siehst.»

«Gott sei Dank! Ist der Wagen in der Garage?»

«Wo denn sonst, auf dem Friedhof vielleicht?»

«Hm!»

«Der Idiot ist mir voll reingeschrammt.»

«Links?»

«Rechts!»

«Rechts?»

«Ja, rechts! Ich dachte, ich kriege noch vor ihm die Kurve. Der Trottel hat den Vortritt erzwungen und mich voll erwischt.»

«Hm!»

«Was hm?! Er hätte nur ein wenig abbremsen müssen. Dann wäre ich an ihm vorbei gewesen. Aber das Arschloch hat vorsätzlich gehandelt.»

«Gibt es Zeugen dafür? Ein Polizeiprotokoll?»

«War wohl nicht nötig», gab sie kleinlaut zu.

«Nicht nötig?»

«Was ist heute eigentlich los, Francesco? Bist du mein Echo? Schluss jetzt. Ich will nicht mehr darüber sprechen.»

Ich schon, dachte Ferrari. Meine schnelle Kollegin wollte also den Vortritt erzwingen. Wie des Öfteren. Nur dieses Mal ohne Erfolg. Einer hatte nicht nachgegeben, und zwar zu Recht. Das Resultat präsentierte sich in Form eines Blechschadens, der wohl eine hübsche Summe kosten wird. Bleibt zu hoffen, dass es ihr eine Lehre sein wird. Na ja …, ihre Miene verriet das pure Gegenteil. Keine Spur von Einsicht oder gar Reue. Was die Hoffnung betrifft, sie stirbt wirklich zuletzt.

Im Büro versuchte Ferrari verzweifelt, die Klimaanlage auszuschalten. Sie arbeitete auf Hochtouren. Lieber schwitze ich mir die Seele aus dem Leib, als hier drinnen im Hochsommer zu erfrieren. Seine technische Begabung reichte für dieses Unterfangen nicht aus. So blieb ihm nichts anderes übrig, als die Fenster zu öffnen. Hämisch dachte er darüber nach, dass die Klimaanlage wahrscheinlich nächstens kollabierte, weil sie mit der Wärme von draussen nicht fertig wurde.

Arnold Gissler ... Gissler ... was sagt mir nur der Name? Und in welchem Zusammenhang? Mit Sicherheit bestand keine Verbindung zu einem seiner Fälle. Das wäre ihm in Erinnerung geblieben.

Nadine hatte sich ins Archiv begeben, um eine allfällige Akte Gissler zu finden. Besser sie als ich. Der Archivar war kein besonders guter Freund von Ferrari. Er liess ihn oft bewusst auflaufen, verzögerte die Einsichtnahme in Unterlagen. Warum auch immer. Manche Menschen mag man einfach nicht. Wenigstens bestand diese Antipathie auf Gegenseitigkeit. Nadine würde ihn problemlos um den Finger wickeln.

«Spinnst du, Francesco! Mach sofort die Fenster zu.»
«Weshalb?»
«Die Klimaanlage arbeitet auf Hochtouren.»
«Ich finde es so richtig angenehm.»
Nadine schloss die Fenster.
«He, das ist mein Büro!»

«Wenn dir das Klimagerät auf den Wecker geht, kannst du es doch einfach ausschalten.»

«Aha! Und wie das?»

«Hier ...» Nadine drückte auf einen Knopf rechts vom Lichtschalter. «Ganz einfach. Wenn du hier draufdrückst, ist die Anlage aus. Und wenn die Anlage an ist, kannst du den Schalter drehen, von Minimal bis Maximal.»

«Ist sie jetzt ganz aus?»

«Ja.»

«Gut, dann kannst du die Fenster wieder öffnen und frische Luft reinlassen.»

Kopfschüttelnd öffnete Nadine die Fenster.

«Du bist ein sturer Bock, Francesco.»

«Danke für das Kompliment.»

«Nur dein Gedächtnis funktioniert nicht mehr richtig. Von Gissler existiert keine Akte.»

«Komisch. Ich hätte schwören können, dass er Dreck am Stecken hat. Trotzdem, der Name kommt mir bekannt vor.»

«Was hingegen wiederum stimmt.»

«Also doch jemand, der schon mit uns zu tun hatte?»

«Kannst du dich an die Fahrner-Tragödie vor fünfzehn Jahren erinnern?»

«Fahrner ... Fahrner? Nein, das sagt mir nichts.»

«Ein junger Mann, den man mit inneren Verletzungen in der Augustinergasse fand. Auf dem Weg ins Spital starb er.»

«Ja, genau, jetzt dämmert es mir. Waren da nicht Freunde von ihm mit im Spiel?»

«Gar nicht schlecht, dein Gedächtnis. Angeblich wurde er von vier Gleichaltrigen praktisch zu Tode geprügelt. Allerdings waren es keine Freunde, sie kannten sich nicht.»

«Weshalb haben sie ihn zusammengeschlagen?»

«Grundlos. Heute würde man das wohl ‹Happy Slapping› nennen.»

«Meist jugendliche Angreifer schlagen auf einen Unbekannten ein, filmen es mit dem Handy und stellen es ins Netz oder verbreiten es übers Mobiltelefon.»

«Manchmal überraschst du mich. In einigen Dingen bist du absolut weltfremd, in anderen wiederum auf dem neusten Stand. Chapeau.»

«Schliesslich lese ich Zeitungen und schau mir die ‹Tagesschau› an.»

«Arnold Gissler war einer der vier jungen Leute.» Nadine legte eine Akte auf den Tisch. «Du solltest einen Blick darauf werfen.»

In den folgenden zwei Stunden vertiefte sich der Kommissär in die Gerichtsakten. Am 17. Oktober 1994, um zweiundzwanzig Uhr, wurde die Polizei von Passanten alarmiert. In der Augustinergasse beim Brunnen lag ein bewusstloser junger Mann. Obwohl umgehend ein Rettungswagen aufgeboten wurde, erlag das Opfer noch während des Transports seinen inneren Verletzungen. Geleitet wurden die damaligen Ermittlungen von Ferraris Vorgänger, Kommissär Bernhard Meister, der kurz darauf in Pension gegangen war.

Nach drei Tagen erfolgte ein Zugriff. Robert Selm, einer der vier jungen Männer, wurde verhaftet. Er bestritt die Tat, verwickelte sich aber in immer neue Widersprüche. Meister gelang es nach und nach, die Namen der drei anderen aus ihm herauszulocken, die mit ihm an jenem Abend zusammen waren: Arnold Gissler, Philippe Stähli und Andreas Richter. Die tagelangen Verhöre brachten keine neuen Erkenntnisse, die vier mutmasslichen Täter bestritten alles und gaben sich gegenseitig ein Alibi. Wochen später gelang dennoch der Durchbruch. Das schwächste Glied in der Kette, Robert Selm, gestand die Tat. Sie hätten sich einen Spass daraus gemacht, einen Unbekannten zu verprügeln, aber sie hätten ihn ganz bestimmt nicht töten wollen. Die anderen drei blieben bei ihren Aussagen. Auf Druck der Bevölkerung, vor allem die Eltern und die ältere Schwester von Beat Fahrner mobilisierten die Basler Medien, entschloss sich die Staatsanwaltschaft gegen die Empfehlung des Kommissärs Anklage zu erheben. Bernhard Meister befürchtete nämlich, dass Selms Geständnis nur für dessen Verurteilung reichen würde.

Es wurde einer der grössten Schauprozesse der Stadt. Medienleute aus ganz Europa berichteten darüber. Bei Prozessbeginn widerrief Robert Selm durch seinen Anwalt, Dr. Gregor Hartmann, seine Aussage. Er sei zu diesem Zeitpunkt von der Polizei derart unter Druck gesetzt worden, dass er gestanden habe, um endlich in Ruhe gelassen zu werden. Der Prozess wurde daraufhin zur Farce. Alle vier erklärten, zum angegebenen Zeitpunkt nicht in der Nähe der Augustinergasse gewesen zu sein. Auch die Zeugin, die bisher ausgesagt hatte, einen der Angeklagten gesehen zu haben, kippte um. Dem Richter blieb nichts anderes übrig, als die vier freizusprechen.

Den Akten lag ein Foto bei, das die vier Jungs mit Siegermienen vor dem Gerichtsgebäude zeigte, in der Mitte stand der strahlende Verteidiger, Dr. Gregor Hartmann. Ein weiteres Bild zeigte die Eltern und die Schwester von Beat Fahrner. Die Schwester tröstete die am Rande eines Nervenzusammenbruchs stehende Mutter. Der Vater machte einen gefassten Eindruck. Ferrari holte eine Lupe aus der obersten Schublade seines Schreibtischs und konzentrierte sich auf den Vater. Es ist kein gefasster Eindruck, den er vermittelt. Wahrscheinlich starrt er zu den vier jungen Männern hin. Der Blick des Mannes wirkt wie eingefroren, so als ob dies noch längst nicht das Ende des Prozesses bedeuten würde. Eigenartig.

Ferrari klappte den Aktendeckel zu. Hat sich der Vater nach fünfzehn Jahren an einem der mutmasslichen Mörder seines Sohnes gerächt? Weshalb erst jetzt, nach so langer Zeit? Und weshalb gerade an Gissler? Gissler – Richter – Selm – Stähli. Alphabetisch? Dann ist Richter vielleicht der Nächste? Reine Spekulation. Wahrscheinlich wurde Gissler aus einem ganz anderen Grund ermordet. Aber zumindest ist es eine erste Spur.

Francesco Ferrari überquerte den Flur und klopfte an Nadines Bürotür.

«Hast du den Bericht gelesen?»

«Ja, ein Toter mit dunkler Vergangenheit. Warst du damals schon im Dienst?»

«Als Wachtmeister.»

«Wow! Und kennst du diesen Bernhard Meister, der die Ermittlungen leitete?»

«Er ist mein Vorgänger. Kurze Zeit später, als der Fall abgeschlossen war, ging er in den Ruhestand.»

«Mit fünfundsechzig?»

«Nein, mit achtundfünfzig. Er hatte die notwendige Anzahl Dienstjahre erreicht, um mit voller Pension in Rente gehen zu können. Der Fall gab ihm damals den Rest.»

«Aber es lag ja nicht an ihm, dass die Jungs wieder auf freien Fuss kamen.»

«Die Beweislage war sehr mager. Einer hat die Tat gestanden, drei haben sie bestritten. Mit dem Auftauchen von Staranwalt Hartmann war die Sache gelaufen.»

«Ein Staranwalt? Wer hat den bezahlt?»

«Ich nehme an, dass einer der vier oder sogar mehrere aus reichem Haus stammen. Dieser Hartmann hat dafür gesorgt, dass Selm seine Aussage zurückzog. Das war die grosse Sensation. Wenn ich mich nicht irre, gehörte Borer bereits zum Team des Ersten Staatsanwalts. Doch Dr. Gregor Hartmann zog alle Register und gewann.»

Nadine erhob sich.

«Dann gehen wir mal rüber.»

«Wohin?»

«Zu unserem verehrten Staatsanwalt.»

4. Kapitel

Jakob Borer sass vor dem Laptop und schrieb eine Rede. Zumindest versuchte er es. Nur zögerlich formierten sich die Buchstaben zu einzelnen Wörtern, deren höherer Sinn noch ungewiss war. Die Konzentration fiel ihm schwer, was nicht nur an der Hitze lag. Vielmehr fehlte ihm der Zugang zum Thema: die Jubiläumsfeier der Freien Schützen Beider Basel. Ausgerechnet ihn hatte man angefragt. Er, der ganz grundsätzlich nicht viel vom Schiessen hielt. Während seiner Dienstzeit hatte er jedes Mal das obligatorische Schiessen nur mit Mühe und Not bestanden. Und vor dem letzten Wiederholungskurs hatte er sogar sang- und klanglos versagt und sich dann beim Nachschiessen von einem Freund vertreten lassen. Der Schweiss lief ihm noch heute beim Gedanken über die Stirn, dass sie hätten erwischt werden können. Aber die alten Schiessspezies, die das Obligatorische abnahmen, kontrollierten nur vage, ob wirklich der Richtige im Schiessstand lag. Sein Freund Robert, heute immerhin ein renommierter Bankdirektor, gab ihm die gewünschte Schützenhilfe, im wahrsten Sinn des Wortes. Er schoss fröhlich drauflos und seinen Freund Jakob beinahe in die Ränge. Borer musste ihn bremsen, sonst wäre womöglich der Betrug aufgeflogen. So schoss Robert die letzten Kugeln einfach in den Himmel, sehr zum Missfallen der alten Herren, die es gerne gesehen hätten, wenn einer ihrer Schützen das Maximum erreicht hätte. Borer atmete tief durch, setzte sich aufrecht und begann zu schreiben. Schliesslich war es der Parteipräsident, der ihn um diesen Gefallen gebeten hatte. Ganz abgesehen davon, dass Schützen echte Patrioten waren und echte Patrioten gingen an die Urne. Das war gut, sehr gut sogar. Denn im nächsten Jahr standen Wahlen an, Borer kandidierte für den Nationalrat. Die Schützen würden sich an ihn erinnern und ihm seine Stimme geben, unter der Voraussetzung, dass es ihm gelang, sie zu begeistern. Ein Lob auf die Schützen und den Militärdienst durfte also nicht fehlen. Der Staatsanwalt strich die Notwendigkeit der Schweizer Wehrtauglichkeit zur Verteidigung der Neutralität heraus und ergänzte den Text mit einem Pamphlet über die Bedeutung einer kampfbereiten Bevölkerung. Nicht nur kampfbereite Männer, sondern auch Frauen. Auf diese Passage war er besonders stolz. Das würde ihm auch die Stimmen der Patriotinnen einbringen. Gegen wen die Kampfbereiten dann letztendlich ins Gefecht ziehen sollten, liess er mangels Feindbild lieber offen. Borer wurde durch laute Stimmen in seinem Vorzimmer abgelenkt. Gerade jetzt, wo sich die einzelnen Teile zu einem

Ganzen zu fügen begannen. Wütend erhob er sich und öffnete die Tür.

«Was ist denn hier los?»

«Diese ... diese Tussi da will uns nicht zu Ihnen lassen.»

«Mässigen Sie sich, Frau Kupfer! Frau Steiner ist keine Tussi. Eine Entschuldigung Ihrerseits wäre angemessen.»

«Was?! Das ist die Höhe. Wir sind hier reingekommen und wollten Sie sprechen. Die Kuh hat sich die Fingernägel lackiert und süffisant gesagt, dass Sie nicht zu sprechen seien. Und jetzt soll ich mich auch noch entschuldigen? Niemals!»

Frau Steiner war dem Weinen nahe. Sie ist gut, dachte Ferrari, aber nicht ganz so gut, um mich zu täuschen.

«Muss ich mich von dieser ... dieser Frau Kupfer das gefallen lassen, Herr Staatsanwalt?», flötete sie.

«Mitnichten, meine Gute. Also, was ist, Frau Kupfer?»

«Niemals!»

«Gut, dann bitte ich Sie, unser Büro zu verlassen. Ich habe Wichtiges zu tun.»

«Unser Büro?», echote Ferrari.

«Ich meine natürlich mein Büro, Ferrari.»

«Sie haben aber unser Büro gesagt, Herr Staatsanwalt.»

«Unser Büro, mein Büro, was soll diese Haarspalterei?»

«Ich gebe zu, dass Nadine mit ihrer Bezeichnung Tussi eine unglückliche Wortwahl gewählt hat ...»

«Habe ich nicht!»

«... aber Frau Steiner hat uns tatsächlich wie Bittsteller behandelt ...»

«... habe ich nicht. Das müssen Sie mir glauben, Herr Staatsanwalt!», flennte sie los.

«Oscarreife Leistung!», setzte Nadine noch einen drauf, bevor Ferrari zur eigentlichen Sache übergehen konnte.

«Wir müssen Sie in einem Mordfall sprechen, Herr Staatsanwalt. Ein Arnold ...»

«Sehen Sie denn nicht, was Sie mit Ihrem Überfall angerichtet haben? Sie und Ihre Frau Kupfer! Frau Steiner ist in Tränen aufgelöst und ganz durcheinander. Und im Übrigen habe ich jetzt keine Zeit. Ich habe Wichtiges zu tun. Die Zukunft verlangt meinen ganzen Einsatz.»

Borer tätschelte Annina Steiner die Hände, um sie zu beruhigen. Weinende Frauen brachten ihn stets aus dem Gleichgewicht.

«Wie Sie meinen, Herr Staatsanwalt. Komm, Nadine, wir gehen.»

«Das ist doch ...»

Ferrari schob Nadine unsanft zum Büro hinaus.

«He! Was soll das? Ich lasse mich doch nicht von dieser Schnepfe so einfach abservieren. Die zieht nur eine miese Show ab.»

Jakob Borer hielt noch immer eine Hand von Annina Steiner.

«Was wollten Sie eigentlich? Von wem sprachen Sie da eben?», brummte er beim Versuch, sein fein säuberlich gefaltetes und gebügeltes Taschentuch mit den Initialen JB hervorzuholen.

«Arnold Gissler wurde ermordet. Darüber wollten wir uns mit Ihnen unterhalten.»

Jakob Borer wich schlagartig von seiner Sekretärin zurück.

«Arnold Gissler? Kommen Sie rein. Ich will in der nächsten Zeit unter keinen Umständen gestört werden, Frau Steiner!»

Jakob Borer ging nervös in seinem Büro hin und her. Nadine und der Kommissär hatten sich vor seinem Schreibtisch auf die Besucherstühle gesetzt. Nadine wollte den Staatsanwalt etwas fragen, aber Ferrari hielt sie davon ab. Borer sollte von sich aus sprechen. So verging eine Minute, bis Borer endlich zur Sache kam.

«Eine der grössten Niederlagen in meiner Karriere. Man könnte sogar sagen, die einzig wirkliche.»

«Aber Sie waren damals doch gar nicht dafür verantwortlich», sprudelte es aus Nadine heraus.

«Ich fühlte mich aber verantwortlich. Der Erste Staatsanwalt vertrat die Anklage. Und ich habe ihm wochenlang zugearbeitet. Das hätte mich beinahe meine Karriere gekostet.»

«Haben Sie dabei Fehler gemacht?»

«Wie … Fehler? Nein, sicher nicht. Wo kämen wir da hin, wenn man die Anklage auf Fehlern aufbauen würde. Aber die Beweislage war äusserst dünn. Letztendlich nur basierend auf der Aussage von diesem, wie hiess er doch noch …»

«Selm!»

«Genau. Das schwächste Glied in der Kette. Der Erste Staatsanwalt, Gott sei seiner Seele gnädig», Borer bekreuzte sich, «war sich absolut sicher, dass er die vier überführen würde. Zu sicher. Ich habe ihn mehrmals gewarnt. Der Kommissär, der den Fall untersuchte …»

«Bernhard Meister! Mein Vorgänger.»

«Ja, genau. Dieser Meister hatte seriös ermittelt. Es stand ausser Zweifel, dass die Angeklagten den jungen Mann getötet hatten. Stellen Sie sich das vor! Aus reinem Vergnügen schlugen sie auf das Opfer ein, bis dieses bewusstlos am Boden lag. Sie kannten den Mann nicht einmal. Kommissär Meister zog alle Register seines Könnens. Er hatte sich dermassen in den Fall verbissen, dass er nach dieser schmählichen Niederlage den Dienst quittierte.»

«Sich frühzeitig pensionieren liess», korrigierte Ferrari den Staatsanwalt. «Nachdem man ihn noch befördert hatte, damit er zumindest eine höhere Rente beanspruchen konnte.»

«Gut möglich. Das mit der Rente will ich nicht gehört haben. Das klingt so nach Vetternwirtschaft.

Zwischen ihm und der Familie des Toten gab es so etwas wie eine Verbrüderung.»

«Mit den Eltern des jungen Mannes?»

«Vor allem mit der älteren Schwester des Getöteten. Der Erste Staatsanwalt musste Meister mehrmals zurückpfeifen. Er hätte den Fall beinahe abgeben müssen. Aber in der Sache selbst hat er korrekt ermittelt.»

«Trotzdem wurden die vier Angeklagten freigesprochen.»

«Gregor Hartmann!»

Er sprach den Namen wie einen Fluch aus.

«Wir wissen nur, dass er ein Staranwalt ist. Begegnet ist er mir noch nie.»

«Staranwalt war, ist korrekt. Er ist wie Meister in Pension gegangen. Hartmann war gewieft und mit allen Wassern gewaschen. Skrupellos bis zum Gehtnichtmehr. Schuldig oder unschuldig war ihm immer egal. Ein Mandant musste freikommen.»

«Und dem hatte der Erste Staatsanwalt nichts entgegenzusetzen.»

«Wir kämpften auch mit harten Bandagen. Diesem Selm versprachen wir als Kronzeugen Straffreiheit. Aber das nutzte nichts. Hartmann schüchterte ihn ein, drohte ihm, dass er keine ruhige Minute mehr haben würde, wenn er seine Aussage nicht zurückziehe.»

«Woher wissen Sie das?»

«Nur Vermutungen, Frau Kupfer. Aber nach dem ersten Gespräch mit Hartmann bekam der Mann richtiggehend Angst. Ich habe den Ersten Staatsanwalt gewarnt. Vergeblich. Er dachte, Straffreiheit sei genug. Dabei übersah er, dass ihm ein ganz anderes Kaliber gegenüber sass. Was hätte diesem Selm die Straffreiheit genutzt, wenn er einige Wochen später irgendwo ermordet aufgefunden worden wäre?»

«Wer hat diesen Hartmann engagiert?»

«Keine Ahnung. Aber zwei oder vielleicht sogar drei der jungen Männer waren aus gutem Hause. Finanziell gesehen. Die haben zusammengelegt und triumphiert!»

Die letzten Worte klangen bitter aus dem Mund von Jakob Borer.

«Und jetzt ist einer der vier abgestraft worden!»

«Sie glauben, dass der Mord an Arnold Gissler mit dem Prozess zusammenhängt, Frau Kupfer?»

«Das könnte durchaus sein. Nur eine Vermutung.»

Jakob Borer erhob sich. Die Audienz war anscheinend beendet.

«Falls Sie keine weiteren Fragen haben, ich muss noch einen wichtigen Bericht schreiben. Ach ja, Frau Kupfer, wenn Sie draussen Annina … ich meine, Frau Steiner begegnen, da wäre noch etwas gutzumachen.»

Ferrari schmunzelte, als er den Blick sah, den seine Assistentin dem Staatsanwalt zuwarf.

5. Kapitel

Monika stritt sich in der Küche mit jemandem. Es waren mehrere Stimmen zu hören. Die eine war wie immer ihre Tochter Nicole, die andere Stimme kam ihm zwar bekannt vor, aber irgendwie klang sie heiser. Als ihm einfiel, wer dahinter steckte, war es bereits zu spät.

«Du kommst wie gerufen, Ferrari!», erwischte ihn Monika auf seinem Rückzug. Wenn Monika ihn bei seinem Nachnamen nannte, war Streit vorprogrammiert.

«Liebling ... ich habe noch etwas im Büro vergessen ...»

«Du bleibst, du Feigling!»

«Aber Monika ...»

«Nichts Monika! Du kommst jetzt sofort in die Küche und diskutierst mit uns. Deine Meinung ist gefragt.»

Zerknirscht folgte Ferrari diesem Befehl.

«Hallo Nicole, hallo Mutter!»

Es kam selten vor, dass Ferraris Mutter von Oberwil nach Birsfelden zu Besuch kam. Die wenigen Male waren ihm dennoch zu viel. Sie hielt ihm gnädigerweise die Wange zum Kuss hin.

«Wie geht es dir, Mutter?»

«Gut, aber nicht, weil du dich so rührend um mich kümmerst.»

«Hm ... Ich habe viel zu tun. Und schliesslich haben wir vor zwei Tagen miteinander telefoniert.»

«Tja, das ist halt so. Da zieht man die Kinder gross, versucht anständige Menschen aus ihnen zu machen, dann werden sie flügge und kennen die Eltern nicht mehr.»

«Jetzt übertreibst du aber, Mutter!»

«Grossmama hat immer recht», mischte sich Nicole ein.

«Worüber diskutiert ihr eigentlich?», versuchte Ferrari dem Gespräch eine Wende zu geben.

«Grossmama hat mir einen Nintendo Wii gekauft. Und Mama ist dagegen.»

«Ich bin nicht dagegen. Aber ich finde es nicht gut, wenn du einfach so, ohne einen besonderen Grund, ein solch teures Geschenk bekommst.»

«Ach was, du willst nur nicht, dass ich einen Wii habe. Alle Freundinnen in der Schule haben einen. Nur ich nicht.»

«Nun sag du mal was, Ferrari!»

«Ja ... nun, ich meine ... ich bin der Meinung deiner Mutter, Nicole!»

«Natürlich bist du ihrer Meinung. Du hast noch nie Rückgrad gezeigt.»

«Das ist nun aber ... das verbitte ich mir, Mutter!»

«Hast du denn eine eigene Meinung?», bohrte Ferraris Mutter weiter.

«Aber das hat er doch, Grossmama. Er ist doch der gleichen Meinung wie Mami.»

«Er sagt nur das Gleiche wie Monika, weil er keine eigenständige Meinung hat.»

«Ah, jetzt verstehe ich. Mami hat eine eigene Meinung und Francesco sagt immer genau das Gleiche. Das muss ich mir merken.»

Monika schaute der Entwicklung inzwischen entspannt zu. Ein Lächeln flog ihr übers Gesicht.

«Moment, so ist das nicht, Nicole. Ich habe sehr wohl eine eigene Meinung. Und die deckt sich in diesem Fall exakt mit derjenigen deiner Mutter.»

«Francesco hat keine eigene Meinung, er plappert alles Mami nach», stichelte Nicole. Die Rückendeckung ihrer Grossmutter war ihr gewiss.

Ferrari sah Hilfe suchend zu Monika hinüber, die belustigt die Schultern hob. Das gefällt mir nicht, dachte der Kommissär. Ganz und gar nicht. Sie amüsiert sich über mich. Und meine Mutter, die alte Hexe, grinst unverschämt. Wie ihr wollt, dann halt auf die harte Tour.

«Nicole, ich bin dafür, dass wir diesen … diesen Wii bis zu deinem Geburtstag eingepackt lassen. Dann bekommst du ihn als Geschenk von deiner Grossmama und kannst so viel spielen, wie du willst.»

«Das ist echt unfair», motzte Nicole enttäuscht. «Ihr gönnt mir auch gar nichts.»

Es gelang ihr sogar, einige Tränchen hervorzuquetschen.

«Rabenvater!», hörte er seine Mutter zischen.

«Es bleibt dabei! Basta!»

Nicole warf Ferrari einen gehässigen Blick zu und liess die Küchentür krachend ins Schloss donnern.

«So, und nun zu dir, Mutter. Wie kommst du dazu, einfach hier aufzutauchen und Nicole ohne unser Wissen ein solch grosses Geschenk zu machen?»

Anna Ferrari schmollte.

«Nun, ich warte auf deine Antwort.»

«Nichts als Undank! Ich hätte mehr von dir erwartet, mein Sohn. Wo ist dein Anstand, dein …», sie suchte nach dem passenden Wort.

«Respekt!», half Monika bei der Wortwahl.

«Genau. Danke, Monika. Wo ist dein Respekt gegenüber deiner Mutter geblieben?»

Ferrari hielt sich nur noch mühsam zurück.

«Das hat doch nichts mit Anstand oder Respekt zu tun. Du kannst nicht einfach hier hereinschneien und Geschenke verteilen. Du bist nicht der heilige Sankt Nikolaus.»

«Es wäre dir wohl lieber, wenn ich in Oberwil versaure.»

«Nein … was soll das nun wieder? Das hat doch nichts mit dem Geschenk zu tun. Und was heisst versauern? Seit Vater gestorben ist, bist du laufend auf Reisen. Du hast ja nie Zeit, wenn wir dich einladen.»

«Aha! Jetzt wirfst du mir noch vor, dass ich nicht habe warten können, bis dein Vater unter der Erde war, um das Leben zu geniessen.»

«Dreh mir gefälligst nicht jedes Wort im Mund herum.»

«Dann musst du dich deutlicher ausdrücken. Man sollte meinen, dass ein Polizist sich verständlich artikulieren kann.»

«Hör zu, Mutter, es ist wohl besser, wenn du jetzt in ein Taxi steigst und nach Hause fährst. Bevor ich die Beherrschung verliere …»

«Es ist halt das Vorrecht der Grosseltern, die Enkelkinder zu verwöhnen», hörte er Monika versöhnlich sagen.

«Da siehst du es, Francesco! Monika weiss, was sich gehört. Genau so ist es. Ich wollte Nicole nur eine kleine Freude bereiten. Aber das begreift ihr Männer ja nicht.»

Monika setzte sich eng neben Francescos Mutter.

«Weisst du, Anni, Nicole ist im Augenblick in der Schule nicht so gut. Wir sollten sie dafür nicht noch belohnen. Bist du einverstanden, wenn wir ihr den Nintendo Wii zum Geburtstag schenken? Der ist ja schon bald.»

«Aber sicher, Monika. Das verstehe ich nur zu gut. Ich denke da an die Zeit zurück, als Francesco noch zur Schule ging. Ein ungezogener Junge, nur Flausen im Kopf. Ein miserabler Schüler, vor allem in den Sprachen. Wir mussten ihm Nachhilfeunterricht organisieren. Das war nicht günstig, sage ich dir. Ja, das waren noch Zeiten. Ich bin froh, dass wenigstens wir uns verstehen.»

Sie tätschelte Monika den Arm. Ferrari sass wie ein begossener Pudel am Tisch. Unfähig, die richtigen Worte zu finden.

«Du kannst froh sein, dass du so eine Frau wie Monika gefunden hast, Francesco. So ist wenigstens halbwegs etwas Anständiges aus dir geworden.»

«Halbwegs?!», schrie Ferrari.

«Nun plustere dich nur nicht so auf. Du hattest eine grosse Karriere vor dir. Du hättest in die Firma deines Vaters einsteigen können. Aber das wolltest du ja nicht. Dein Vater hat zwar nie etwas gesagt, aber das hat ihn stark mitgenommen. Der einzige Sohn will Polizist spielen.»

«Das ... das ist doch ... Polizist spielen! Jetzt ist es aber genug, Mutter! Du weisst so gut wie ich, dass Paps voll und ganz mit meiner Berufswahl einverstanden war. Ich kann es einfach nicht mehr hören! Immer der gleiche Mist.»

«Ja, ja, die Wahrheit erträgst du nicht. Das hast du noch nie. Du hast deinem Vater das Herz gebrochen.»

Sie begann zu schluchzen und suchte in ihrer Handtasche vergeblich nach einem Taschentuch.

«Danke, Monika. Wenn er dich nicht hätte, würde er längst auf der Strasse leben. Zum Glück muss das Herbert nicht mit ansehen. Es hätte ihn umgebracht.»

Sie erhob sich, bestellte mit ihrem Handy ein Taxi und rauschte davon, ohne den Kommissär eines Blickes zu würdigen.

«Begleitest du mich noch nach draussen, Monika?»

«Aber sicher, Anni. Dann können wir noch ein wenig plaudern, bis das Taxi kommt.»

«Ich glaube, ich spinne!», tobte Francesco später in der Küche. «Was glaubt die alte Spinatwachtel eigentlich, wer sie ist?!»

«Sprich nicht so abschätzig von deiner Mutter, Francesco!»

«Immer der gleiche, gottverdammte Scheiss! Ich hätte die grösste Lust, nach Oberwil zu fahren und ihr den Tarif zu erklären.»

«Reg dich doch nicht so auf.»

«Ich rege mich auf, wann ich will! Was bezweckt sie damit?»

«Sie will dich vielleicht nur ein wenig ärgern, mein Schatz. Und anscheinend gelingt ihr das prächtig.»

«Diese … diese … Mutter! Und du? Du bist mir auch noch in den Rücken gefallen. Bravo, kann ich da nur sagen!»

Monika lachte.

«Mir ist nichts anderes übrig geblieben. Die Diskussion stand vor der Eskalation. Es war die einzige Möglichkeit, Anni zu bodigen.»

«Auf meine Kosten.»

«Naja, du wirst es überleben. Möchtest du ein Glas Wein, Liebling?»

«Nein!»

Monika öffnete eine Flasche Aigle rouge, stellte ein Glas vor Ferrari auf den Tisch und küsste ihn.

«Nicht mehr böse sein, Brummelbär.»

«Hm …!»

Sie wusste, wie sie ihn beruhigen konnte. Ein gutes Glas Wein, etwas Zeit, ein anderes Thema …

«Wie war dein Tag?»

«Ein ganz normaler Tag», leistete er noch geringen Widerstand.

«Kein Mord? Oder möchtest du nicht darüber reden?»

«Doch, ein Mord.»

«Man hat in den Nachrichten aber nichts gebracht.»

«Anscheinend ist es noch nicht durchgesickert.»

Monika schenkte nach und strich ihm über den Rücken.

«Ein spannender Fall?»

«Das weiss ich noch nicht. Kannst du dich an die vier Jungs erinnern, die vor etwa fünfzehn Jahren einen jungen Mann so verprügelt haben, dass der an den Folgen seiner Verletzungen gestorben ist?»

«Ja, ich erinnere mich. Das war damals eine ganz grosse Sache.»

«Einer der vier Angeklagten ist heute tot aufgefunden worden. Erstochen.»

«Glaubst du, dass da ein Zusammenhang besteht?»

«Vielleicht. Aber wir sind noch ganz am Anfang unserer Ermittlungen. Weshalb kannst du dich so gut an das damalige Geschehen erinnern?»

«Ich kenne einen der vier.»

«Ist nicht wahr. Und wen?»

«Du kennst ihn auch. Philippe Stähli.»

«Stähli? Das sagt mir nichts.»

«Doch. Er war sogar schon einmal hier bei uns.»

«Machst du Witze?»

«Als wir den sechzigsten Geburtstag von Professor Dankwart feierten. Ein grosser, blonder, junger Mann, damals Assistent von Dankwart. Inzwischen hat er Karriere gemacht. Sicher wird er eines Tages Chefarzt im Kantonsspital.»

«Ich erinnere mich vage … ja, jetzt kommen die Bilder wieder. Sehr sympathisch … Dankwart stellte ihn mir als genialen Kopf vor, der eine grosse Karriere vor sich habe.»

«Das ist Philippe Stähli.»

Monika kannte Professor Dankwart seit Langem. Nachdem sie ihr Studium abgeschlossen hatte, dachten viele, dass sie sich um eine Stelle bei Dankwart in der Forschung bewerben würde. Bevor sie sich entschliessen konnte, starb Monikas Vater und sie übernahm die Leitung der kleinen Apothekenkette, die er aufgebaut hatte. Dadurch entstanden auch freundschaftliche Beziehungen zu vielen Ärzten in der Stadt.

«Philippe stammt aus einer alten Ärztedynastie. Damals behauptete der Vater des getöteten Jungen, mir fällt der Name nicht ein ...»

«Der Junge hiess Beat Fahrner.»

«Genau. Also der Vater von Beat Fahrner behauptete, dass alle im Prozess Beteiligten geschmiert worden seien, inklusive Polizei und Staatsanwalt.»

«Gehören die Stählis zum Basler ‹Daig›?»

«Nein, das sind schon eher die Vischers, Merians, Oeris und Sarasins. Wenn du fragen würdest, ob sie zur Ärzte-High-Society gehören, würde ich das mit einem Ja beantworten.»

«Ein ‹Daig› neben dem ‹Daig›?»

«So ist es. Ein Akademikerzirkel. Aber längst nicht so einflussreich wie die alten Basler Familien. Stählis Vater war bis zu seiner Pensionierung Chefarzt im Kantonsspital und sein Grossvater Hausarzt in Riehen.»

«Was hältst du von Philippe Stähli?»

«Wie er damals war, kann ich nicht beurteilen, weil ich ihn noch nicht kannte. Ich würde ihn als einen der fähigsten Ärzte von Basel bezeichnen. Keine Spur von Arroganz. Aufgeschlossen und wirklich sympathisch. Er ist übrigens seit fünf Jahren mit Silvia Ruprecht verheiratet, eine gute Bekannte. Sie haben zwei Kinder.»

«Traust du ihm zu, dass er früher einmal jemanden zu Tode geprügelt hat?»

«Nein, ehrlich gesagt nicht. Aber man kann nur an einen Menschen heran sehen, nicht in ihn hinein. Ich weiss ja auch nicht, welche schrecklichen Geheimnisse du vor mir verbirgst.»

Sie knabberte an seinem linken Ohr.

«Die sind so fürchterlich, dass du sie nicht verkraften würdest.»

«Wirklich?»

Sie küsste ihn zärtlich.

«Ist dir zu warm, Francesco?»

Es war eine angenehme Wärme, die in Ferrari hochstieg. Sehr angenehm sogar.

6. Kapitel

Am folgenden Morgen verliess Ferrari ungewohnt früh das Haus. Im Dorfkern von Birsfelden wartete er in einem Café auf Nadine.

«Scheisstram! Der Trottel von Tramchauffeur ist einfach vor meiner Nase abgefahren. Da musste ich aufs nächste warten.»

«Er hat dir vielleicht angesehen, dass du normalerweise mit einem Porsche rumrast.»

«Ich musste ein Ticket lösen und habe mich bei diesem neuen Automaten vertippt. Das wars. Er hat kurz gebimmelt und weg war das Tram.»

«Er hält nur seinen Fahrplan ein.»

«Na prima. Diese Tramfahrerei geht mir gehörig auf die Nerven.»

Sie fuhren mit einem der gelben Autobusse der Baselland Transport AG nach Füllinsdorf, um den pensionierten Kommissär zu treffen. Bernhard Meister hatte sich in den vergangenen Jahren, es waren sicher fünf Jahre her, seit Ferrari ihm zum letzten Mal begegnet war, praktisch nicht verändert. Nur die üppige Haarpracht, sein Markenzeichen, hatte sich gelichtet, während sich der früher schon vorhandene Bierbauch zu einer veritablen Trommel ausgedehnt hatte.

«Guten Tag, Bernie!»

«Ciao, Francesco. Und Sie müssen Nadine Kupfer sein!» Er reichte ihr die Hand. «Kommt rein. Wollen wir uns in den Garten setzen? Oder ist es euch zu kühl?»

«Garten ist perfekt. Es ist zwar noch früh, aber schon ziemlich warm.»

«Kaffee, etwas Kaltes oder lieber etwas Starkes?»

«Einen Kaffee, bitte.»

«Mir auch, Herr Meister.»

Sie setzten sich an einen runden Tisch im Garten. Hier liess es sich gut leben. Bernhard Meister klimperte in der Küche mit dem Geschirr.

«Soll ich Ihnen helfen?»

«Danke, es geht, Nadine. Ich darf Sie doch so nennen?»

«Ja, natürlich.»

Kurz darauf kam er mit einem Krug Kaffee und einigen Croissants in den Garten.

«Schön haben Sie es hier, Herr Meister.»

«Es gefällt uns. Unsere kleine Zufluchtsstätte.»

«Ist deine Frau nicht zu Hause?»

«Heidi ist mit einigen Freundinnen nach Wien geflogen. Weiberausflug! Da haben wir Männer nichts zu suchen. Das muss auch mal sein. Ich komme die paar Tage gut alleine zurecht. Aber nur einige Tage, dann beginnt das Chaos.»

Francesco musterte seinen Vorgänger. Mehr noch sein grosses Vorbild und das einer ganzen Generation von Ermittlern. Meisters geniale Schachzüge bei der Aufklärung schwieriger Mordfälle waren legendär, ebenso seine brillante Rhetorik. «Wenn ich euch so sehe, dann habe ich das Gefühl, meine Aktivzeit ist gar noch nicht so lange her», sinnierte Meister. «Und doch kommt es mir wie eine kleine Ewigkeit vor.»

«Fehlt dir das Ermitteln nicht?»

Meister überlegte lange, nahm gemächlich einen Schluck Kaffee, bevor er zur Antwort ansetzte.

«Manchmal, wenn ich von einem Fall in der Zeitung lese, juckt es mich in den Fingern. Aber nur kurz. Weisst du, Francesco, jeder Lebensabschnitt hat seine guten Seiten. Das hat der da oben», er zeigte zum Himmel hinauf, «ganz gut eingefädelt. Ich habe zum richtigen Zeitpunkt den Absprung geschafft. Es gibt nichts Schlimmeres, als diesen zu verpassen. Sich an etwas zu klammern, was eigentlich schon Vergangenheit ist. Heidi und ich hatten ein schönes Leben, was heisst hier hatten», korrigierte er sich, «wir haben ein schönes und zufriedenes Leben. Vielleicht, weil wir immer im richtigen Augenblick loslassen konnten, um einen neuen Lebensabschnitt zu beginnen.»

«Was nicht allen gelingt.»

«Es braucht Mut, doch jedem Anfang wohnt ein Zauber inne. Ich halte es in dieser Beziehung ganz mit Hesse.»

«Wie jede Blüte welkt und jede Jugend dem Alter weicht, blüht jede Lebensstufe, blüht jede Weisheit auch und jede Tugend zu ihrer Zeit und darf nicht ewig dauern.»

«Ich bin beeindruckt, Francesco. Es lohnt sich, von Zeit zu Zeit aufzubrechen und eine neue Reise anzutreten. Viele Menschen verharren in ihren Gewohnheiten, in ihrer Bequemlichkeit. Mein Nachbar hier rechts um die Ecke», er deutete mit dem Kopf die Richtung an, «der ist inzwischen zweiundachtzig. Jeden Tag fährt er ins Geschäft. Sein Sohn geht auch schon auf die fünfzig zu. Wir hören oft, wie sich die beiden streiten. Aber der Alte kann einfach nicht loslassen. Die junge Generation muss Platz haben, sonst kann sie sich nicht entfalten. Sie muss atmen können.»

«Vielleicht kann er sich mit nichts anderem beschäftigen, hat keine Hobbys oder Interessen.»

«Schon möglich. Wahrscheinlich ist es so. Trotzdem müsste er einen Schritt weiter gehen, Stufe um Stufe. Aber ihr seid sicher nicht hier, um mit mir zu philosophieren, und einen guten Rat, was den Ruhestand angeht, braucht ihr auch erst in einigen Jahren. Und du in einigen Jahrzehnten, Nadine. Dann schau ich mir die Welt von unten an, vielleicht sitze ich auch auf einer Wolke und geniesse die Vogelperspektive. Wer weiss. Es freut mich übrigens, dass ich dich endlich kennenlerne, Nadine.»

Ferrari sah mit Freuden, dass sie errötete.

«Haben Sie denn schon von mir gehört?»

«Aber sicher doch! Wer sich mit Jakob Borer anlegt und wer einen einsamen Wolf wie Francesco an die

Kandare nimmt, von dem wird gesprochen. Ausserdem siehst du verdammt gut aus, Mädchen. Eine gefährliche Mischung. Intelligent und attraktiv! Da hört sogar ein altes Schlachtross wie ich die Glocken läuten.»

Nadine lächelte verlegen.

«Pass auf, Nadine. Er ist ein alter Schwerenöter. Zu seiner Zeit war keine Frau im Kommissariat vor ihm sicher.»

«Nur Gerüchte, Nadine! Nichts als Gerüchte. Aber zurück zu eurem Besuchsgrund.»

«Wir möchten uns mit dir über einen deiner Fälle unterhalten.»

«Der Mord an Beat Fahrner», ergänzte Meister.

«Wie kommen Sie gerade auf diesen Fall?»

Meister lachte.

«So ganz weg bin ich halt doch noch nicht, Nadine. Ein Mäuschen hat mir gestern Abend zugeflüstert, dass Arnold Gissler ermordet wurde.»

Ferrari schüttelte irritiert den Kopf.

«Das wussten aber nur ganz wenige.»

«Keine Angst, Francesco, bei mir ist diese Information gut aufgehoben. Ich dachte mir, dass du heute oder spätestens morgen bei mir auftauchen würdest. Das hätte ich nämlich auch als Erstes getan. Und ehrlich gesagt, ich wäre schwer enttäuscht gewesen, wenn ihr nicht gekommen wärt.»

Ferrari musterte den ehemaligen Kommissär amüsiert.

«Es würde mich brennend interessieren, von wem du den Wink bekommen hast. Doch ich vermute, dass du mir das nicht sagen wirst.»

«Sicher nicht, mein Junge. Sonst versiegt meine Quelle, eine von mehreren Lebensquellen.»

«So, so! Nun, da du schon weisst, weshalb wir hier sind, kannst du uns bestimmt auch einiges erzählen.»

Meister lächelte, schmiegte sich in den Sessel, schloss die Augen und überlegte. Jetzt war er in seinem Element, ganz wie früher. Er genoss seine Überlegenheit, zelebrierte seine Antworten.

«Das war einer meiner grössten Reinfälle. Dabei habe ich den Staatsanwalt gewarnt, die Beweislage war äusserst fragwürdig. Aber die Öffentlichkeit wollte einen Prozess. Also gab man der Bevölkerung Brot und Spiele. Das Recht blieb dabei auf der Strecke.»

«Waren die vier schuldig?»

«Ich bin fest davon überzeugt, Nadine. Aber wir hätten mehr Zeit gebraucht, um sie zu kriegen. Die hatten wir nicht. Staatsanwalt Streck drängte auf die Anklage. Der Fall wurde uns praktisch entzogen, bevor die Ermittlungen abgeschlossen waren. All meine Proteste fruchteten nichts. Manchmal denke ich …»

«Was denkst du?»

«Es ist gefährlich, was ich dir jetzt anvertraue, Francesco. Ich habe noch mit niemandem darüber gesprochen. Manchmal denke ich, dass Streck den

Prozess bewusst forciert hat. Er war ein alter Fuchs, er wusste ganz genau, dass wir untergehen würden. Und trotzdem wollte er den Prozess durchziehen.»

«Auf Druck der Öffentlichkeit?»

«Vordergründig ja. Ich bin den Fall immer und immer wieder durchgegangen. Ich bin sicher, dass Streck bewusst verloren hat.»

«Das ergibt keinen Sinn.»

«Streck wusste, dass wir kurz vor dem Durchbruch standen. Das wollte er verhindern.»

Ferrari runzelte die Stirn. Die Meinung eines frustrierten Polizisten, dem es nicht gelungen war, einen seiner wichtigsten Fälle zu lösen?

«Glaub mir, Francesco, ich bin nicht gaga. Streck wollte nicht, dass die vier Angeklagten überführt werden.»

«Weshalb nicht?»

«Philippe Stählis Vater war der beste Freund von Alexander Streck. Nur wusste ich dies zu jenem Zeitpunkt nicht. Ich erfuhr es erst sehr viel später. Die beiden verbrachten praktisch jede freie Minute zusammen. Streck hintertrieb meine Ermittlungen, um seinem besten Freund einen Gefallen zu erweisen.»

«Wenn das stimmt ...»

«Es stimmt, mein Junge. Ich habe Streck einige Jahre später gestellt und ihn mit meiner Vermutung konfrontiert. Er lachte mich aus. Dann drohte er mir. Aber du hättest die Angst in seinen Augen sehen sollen, Francesco. Dann wüsstest du, dass ich keinen Unsinn erzähle.»

«Diesen Streck, wo finden wir ihn?»

«Auf dem Friedhof Hörnli, ganz in der Nähe vom Grab des alten Stähli.»

«Wahnsinn!»

«Wahnsinn mit Methode könnte man sagen, Nadine. Leider konnte ich nichts beweisen. Es gibt nicht nur weisse Schafe bei der Polizei und bei der Staatsanwaltschaft.»

«Das ist mir schon klar. Bloss sind jetzt alle unter der Erde.»

«Nicht alle. Drei der Täter laufen noch frei rum, Francesco.»

«Kannst du uns etwas genauer schildern, wie das Ganze damals ablief?»

«Die Fakten habt ihr sicher bereits in den Akten eingesehen.»

«Ja. Uns interessiert vor allem, was nicht in den Akten steht», präzisierte Nadine.

«Die Verbindung zwischen Streck und dem alten Stähli habe ich euch schon geschildert. Sinnigerweise war Hartmann der Dritte im Bunde. Ebenfalls ein guter Freund von Streck und Stähli. Er verteidigte alle vier potenziellen Täter, was unüblich ist. Dadurch konnte er eine einheitliche Strategie festlegen.

«Und das wurde von euch zugelassen?»

«Irgendwie ging ich den Fall viel zu naiv an. Aber ich dachte nicht, dass jemand in den eigenen Reihen ein mieses Spiel treibt. Es wurde mir erst nach dem Prozess bewusst. Hartmann hielt alle auf dem Laufenden. Als Selm gestand, wurde dieser so lange von ihm bearbeitet, eine richtige Gehirnwäsche, bis er am Prozess seine Aussage widerrief. Glaubt mir, es war ein gut eingefädelter Komplott, ein abgekartetes Spiel, mit einem alten Idioten als Kommissär, über den sich die Beteiligten den Ranzen voll lachten.»

«Entschuldige, Bernie. Ist das wirklich alles so abgelaufen?»

«Ich schwöre es. Du glaubst sicher, dass ich nur meinen Frust rauslasse, weder sachlich noch objektiv bin. Ich gebe zu, abgeschlossen oder besser gesagt verarbeitet, habe ich diesen Fall noch immer nicht. Wenn ich nur daran denke, läuft bei mir innerlich ein Film ab. Am meisten kaue ich daran, dass mich der Staatsanwalt derart hintergangen hat und dass dieses verdammte Dreckspiel funktionierte. Die alten Fahrners tun mit sehr leid und die Schwester des Ermordeten, die alle Hebel in Bewegung gesetzt hatte, um die vier hinter Schloss und Riegel zu bringen.»

«Glaubst du, dass der Mord an Gissler mit den Vorgängen vor fünfzehn Jahren zusammenhängt?»

Meister dachte lange nach.

«Nein ... wahrscheinlich nicht. Weshalb wartet jemand so lange, bis er sich rächt? Das ergibt keinen Sinn.»

«Genau das Gleiche denken wir auch.»

«Wenn aber demnächst noch einer der Viererbande

umgebracht wird, Nadine, würde ich meine Meinung revidieren.»

«Mal nicht den Teufel an die Wand, Bernie!»

«Späte Rache gab es schon immer, Francesco.»

«Wer käme dafür in Frage?»

«Eigentlich nicht viele. Am ehesten Fahrners Eltern oder seine Schwester Elisabeth. Ihr würde ich das zutrauen. Ich habe selten einen Menschen gesehen, der so voller Hass gewesen ist.»

«Gab es nach dem Prozess irgendwelche Drohungen?»

«Elisabeth Fahrner sagte vor laufender Kamera, die vier würden ihrem Schicksal nicht entgehen. Wenn es einen gerechten Gott gäbe, würde dieser die Tat sühnen. Fahrners Vater könnte es auch gewesen sein. Aber, wie gesagt, es ist fünfzehn Jahre her. Es gibt keine plausible Erklärung, warum jetzt gerade … Andererseits wäre es nur gerecht, wenn die Täter ihre verdiente Strafe bekämen.»

«Das meinen Sie nicht im Ernst, oder?»

«Aus vollster Überzeugung, Nadine. Die vier haben den jungen Fahrner kaltblütig ermordet. Sie kannten ihn ja nicht einmal. Es war einfach ein Spiel, ein brutales und tödliches Spiel.»

«Kannst du uns die Angeklagten beschreiben, Bernie?»

«Ja, natürlich. Fangen wir mit Arnold Gissler an. Intelligent und sadistisch, ohne eigene Meinung, will immer dabei sein – der Prototyp eines Mitläufers.

Macht auf sich aufmerksam, indem er dem Anführer imponiert. Ein ausführendes Organ.»

«Nehmen wir an, die Theorie stimmt und jemand will alle vier umbringen, weshalb erwischt es Gissler zuerst?»

«Weil er sich als Versuchsobjekt hervorragend eignet, Nadine. Für ihn kam es wohl am überraschendsten. Eine gute Wahl, ihn zuerst zur Strecke zu bringen.»

«Wen würdest du anschliessend umbringen?»

«Selm! Ganz eindeutig Robert Selm.»

«Warum?»

«Ein weiterer Mitläufer. Aber einer, der immer auf der Hut ist. Ein vorsichtiger Taktierer. Im Vergleich zu Gissler genau abwägend, ob er mitmachen will oder nicht. Die Hintertüre lässt er offen, damit er bei drohender Gefahr rechtzeitig einen Abgang machen kann. Auf ihn habe ich mich damals eingeschossen und zu Recht. Als ihm klar wurde, dass es keinen Ausweg geben würde, hat er gestanden und die anderen in die Pfanne gehauen. Ich versprach, ihn in ein besonderes Zeugenschutzprogramm aufzunehmen. Garantierte ihm praktisch Straffreiheit, wenn er die anderen ans Messer liefern würde. Das ging so lange gut, bis ihm Hartmann einen besseren Vorschlag unterbreitet oder ihm mehr Angst gemacht hat.»

«Und wie würdest du ihn töten?»

«Spielt das Wie eine Rolle, Francesco? Die Frage ist doch eher, wann der passende Zeitpunkt dafür ist. Da muss ich passen. Aber, das sage ich dir, wenn es den vier an den Kragen geht und der Täter ein Insider ist, dann erwischt es Selm mit Sicherheit als Nächsten.»

«Hm ... bist du sicher, dass du nicht der Mörder bist?»

Meister lachte.

«Was habe ich dir zu Beginn deiner Karriere einmal gesagt, Francesco?»

«Versetze dich in den Täter und du bringst ihn zur Strecke.»

«Genau. Und nichts anderes machen wir im Augenblick.»

«Gut. Setzen wir unser Gedankenspiel fort. Zwei sind tot. Wer folgt den beiden?»

«Richter ist jetzt an der Reihe, denn er war die Nummer zwei, Stählis Stellvertreter. Kalt, berechnend, ohne Skrupel. Immer für eine Schandtat bereit und sehr intelligent. Eine starke Persönlichkeit ...», Bernhard Meister versank in Gedanken, rührte mechanisch mit einem kleinen Löffel im Kaffee. Nach einer Weile nahm er das Gespräch wieder auf. «Wisst ihr eigentlich, was aus ihnen geworden ist?»

«Wir klären es im Moment ab. Stähli ist Arzt und arbeitet im Kantonsspital, ziemlich erfolgreich. So viel wissen wir schon.»

«Wundert mit nicht. Der Mann ist genial.»

«Weshalb Stähli zu guter Letzt?»

«Er war der Anführer. Eher introvertiert, die Fäden aus dem Hintergrund ziehend. Es dauerte seine Zeit, bis ich dies begriff. Ich dachte zuerst, dass Richter die Gruppe anführe. Aber es war eindeutig Stähli. Sogar aus der Zelle heraus, über den Anwalt, der seine Anweisungen ausführte und die anderen bei der Stange hielt. Ich würde ihn als Letzten umbringen. Einerseits, weil ich mir den fettesten Braten bis zum Schluss aufbewahren möchte. Andererseits ...», Meister machte eine Kunstpause, «andererseits, weil es ein Spiel ist.»

«Ein Spiel? Ich verstehe nicht ganz», wunderte sich Nadine.

«Stähli weiss inzwischen, dass es jemand auf ihn abgesehen hat. Der Mörder spielt mit ihm Katz und Maus. Es liegt ihm viel daran, Stähli leiden zu sehen. Tag für Tag. Denn überall sieht Stähli seinen potenziellen, ihm vermutlich unbekannten Mörder. Vielleicht bringt er ihn gar nicht um, sondern treibt ihn gezielt in den Wahnsinn.»

«Nochmals, bist du sicher, dass du Gissler nicht ermordet hast?»

«Wenn es so wäre, würdet ihr mich nicht erwischen. In jedem von uns steckt kriminelle Energie. Wer das ganze Leben lang auf der guten Seite gestanden hat, all die Ungerechtigkeiten mit ansehen, die Machtlosigkeit im Namen des viel gepriesenen Gesetzes spüren musste, der möchte vielleicht für einmal zu den Bösen gehören. Hast du diesen

Wunsch noch nie verspürt, Francesco? Sei mal ganz ehrlich.»

Ferrari sass nachdenklich da. Natürlich kannte er diese Gedanken. Graue Schwaden, die leise und meist unbemerkt aufzogen. Die Versuchung des Überlaufens, der Reiz des Bösen ... Das Gespräch lief aus dem Ruder, drohte erneut ins Philosophische abzudriften. Was war real? Wurde möglicherweise aus einem Gedankenspiel brutale Realität?

«Ich wäre im Übrigen kein Mörder, Francesco. Sondern ein Richter, der die vier Mörder ihrer gerechten Strafe zuführt. Kennst du den Film ‹Ein Richter sieht rot› mit Michael Douglas?», unterbrach Meister die Stille.

«Bin mir nicht sicher. Sind das die Richter, die im Geheimen Täter verurteilen und umbringen lassen, die durch die Maschen des Gesetzes gefallen sind?»

«Exakt. In unserem Fall müsste es heissen: ‹Ein Polizist sieht rot›. Kommissäre, die in Rente sind, bilden einen geheimen Zirkel. Nehmen alte, ungeklärte Fälle auf und üben Selbstjustiz.»

«Du machst mir Angst, Bernie.»

«Ach was, Francesco. Das ist doch nur ein Spass. Du nimmst noch immer alles zu ernst.»

«Nochmals zurück zu den möglichen Tätern. Wer kommt in Frage?»

«Wie gesagt, die Fahrners, allen voran Elisabeth. Oder es hat nichts mit dem Fall vor fünfzehn Jahren zu tun und Gissler wurde aus anderen Gründen ermordet.»

Ferrari erhob sich. Er trank im Stehen den längst kalt gewordenen Kaffee aus.

«Vielen Dank für deine Zeit, Bernie. Dein Geist hat nichts an Schärfe eingebüsst. Alle Achtung. Es wäre schön, wenn ich das eines Tages von mir auch sagen könnte.»

Meister drückte ihm fest die Hand.

«Es war eine meiner besten Taten, dich als meinen Nachfolger vorzuschlagen, Francesco. Wir sollten uns öfters treffen und fachsimpeln. Das hat mir wirklich gut getan. Besucht mich wieder, wenn ihr mehr in Erfahrung gebracht habt.»

Nadine und der Kommissär unterhielten sich angeregt und stiegen in den erstbesten Bus, den sie erwischten. Prompt fuhren sie in die falsche Richtung.

«Ha! Du benutzt doch andauernd die viel gepriesenen öffentlichen Verkehrsmittel. Dass ich nicht lache. Weshalb haben wir keinen Streifenwagen genommen?»

«Weil ich nicht daran gedacht habe.»

«Na prima. So verlöffeln wir praktisch den halben Tag. Wohin fahren wir jetzt eigentlich?»

«Nach Liestal. Dort lösen wir zwei Bahntickets und fahren zum Bahnhof SBB zurück. Alles halb so wild.»

Es war ein gutes Gefühl, im Zug sitzend die Landschaft an sich vorüberziehen zu lassen. Ferrari gab sich seinen Gedanken hin. Wenn Bernhard Meister recht hatte, müsste die Polizei die anderen drei unter Polizeischutz stellen, falls sie aufgefunden werden konnten. Was ist, wenn Meister selbst etwas mit dem Mord an Gissler zu tun hat? Unsinn! Er hat ein Leben lang für die Gerechtigkeit gekämpft, war stets integer. Über jeden Zweifel erhaben. Da wird er nicht gegen Lebensende die Seite wechseln. Wäre es denn aus seiner Sicht überhaupt ein Wechsel? Will er sein angefangenes Werk einfach vollenden und der Gerechtigkeit endlich zum Sieg verhelfen? Die klaren Gedanken, die präzisen Vorstellungen des alten Mannes beeindruckten und verwirrten den Kommissär zugleich. Hat er sich nur nochmals ins Zeug gelegt, um zu beweisen, dass er noch lange nicht zum alten Eisen gehört?

«Haben wir soeben die Choreografie eines Rachefeldzuges gehört, Francesco?», nahm Nadine den Gesprächsfaden auf.

«Eher die Spinnereien eines pensionierten Kommissärs, der uns imponieren wollte.»

«Diesen Eindruck hatte ich überhaupt nicht. Vielmehr hat er uns überaus glaubwürdig den Ablauf einer zukünftigen Mordserie geschildert.»

«Du denkst wirklich, dass Bernie in den Mord verwickelt ist?»

«Wundern würde es mich nicht. Ich habe ihn beobachtet, als er mit der Aufzählung begann. Zuerst

Selm, dann Richter und zum Schluss Stähli. Das hat er sich nicht einfach so aus den Fingern gesogen. Das war genau durchdacht. Keine Improvisation.»

«Das war sein Beruf, Nadine. Und den beherrschte er wirklich gut. Man versetzt sich in den Mörder, spielt den Mordfall oder mögliche Abläufe aus dessen Perspektive durch. Manchmal funktioniert es, und zwar öfters, als du glaubst. Das hat Meister noch immer perfekt drauf, so etwas verlernt man nicht.»

«Wenn es so ist, dann klang es sehr plausibel.»

Ferrari sah zum Fenster hinaus. Felder, Wiesen, Häuser huschten vorbei. Und wenn Nadine recht hat, wenn Meister wirklich hinter dem Mord steckt? Nicht auszudenken … Sobald der Autopsiebericht vorliegt, muss ich ihn nach seinem Alibi fragen.

«Es will mir nicht in den Kopf, dass Bernhard Meister ein Mörder sein könnte», dachte Ferrari laut.

«Er sieht das ganz anders. Er ist ein Rächer im Namen des Gesetzes. Richter und Vollstrecker in einem. Ein Mann, der nach fünfzehn Jahren eine brutale Tat sühnt.»

«Und weshalb hat er so lange gewartet? Das macht doch keinen Sinn. Inzwischen ist er dreiundsiebzig, also nicht mehr der Jüngste. Die vier, nennen wir sie mutmassliche Opfer, sind Mitte dreissig. Ein ungleicher Kampf. Spätestens jetzt, nachdem Gissler tot ist, werden die anderen vorsichtig sein.»

«Vielleicht hat er einen Komplizen oder eine Komplizin.»

«Elisabeth Fahrner?»

«Nicht abwegig. Kannst du dich an die Worte von Borer erinnern?»

«Meister hatte intensiven Kontakt zu den Fahrners.»

«Er sprach sogar von Verbrüderung. Was ist, wenn sie gemeinsam auf dem Rachefeldzug sind?»

«Schön und gut. Bleibt die Frage, wieso gerade jetzt? Du kannst mir sagen, was du willst, aber mit jedem Jahr lässt der Hass nach, wird etwas leiser. Elisabeth Fahrner hätte doch schon längst zugeschlagen und nicht über ein Jahrzehnt auf eine passende Gelegenheit gewartet. Dann noch etwas: Aus welchem Grund würde uns der angebliche Mörder erzählen, in welcher Reihenfolge die Morde geschehen werden?»

«Die Schachpartie ist eröffnet, Francesco. Wir haben ihn aufgesucht, nachdem ein Bauer sein Leben verloren hat. Er verriet uns die Reihenfolge seiner Züge, bis hin zum krönenden Abschluss, der Ermordung von Philippe Stähli, weil er sich absolut sicher fühlt oder um uns in die Irre zu führen.»

«Du spinnst, Nadine! Du hast zu viele Edgar Wallace gesehen.»

«Wer ist Edgar Wallace?»

«Ein Krimiautor ... dafür bist du zu jung. Das waren noch Schwarz-Weiss-Filme. ... Du siehst Gespenster, Nadine. Bernie ist kein Mörder. Glaub mir.»

Den Nachmittag nutzte Nadine, um so viele Informationen wie möglich zu sammeln. Währenddessen verschanzte sich Ferrari in seinem Büro. Was er genau tat, blieb sein Geheimnis. Die Rede war von Altlasten. Nadine ahnte, dass er noch einigen Bürokram zu erledigen hatte, und liess ihn wohlweislich in Ruhe. Morgen war auch noch ein Tag und die Wahrscheinlichkeit, einen besser gelaunten Chef anzutreffen, um einiges grösser. Bevor Kommissär Ferrari nach Hause fuhr, kaufte er sich die DVD «Ein Richter sieht rot». Wer weiss, vielleicht brachte ihn der Film einen Schritt weiter.

«Das habe ich mir einfacher vorgestellt!», platzte Nadine in Ferraris Büro.

«Was hast du dir einfacher vorgestellt?»

«Das mit den Adressen und den Infos über die drei. Ich dachte, ich rufe mal schnell beim Einwohneramt an. Bevölkerungsdienste und Migration wie der Bereich so schön heisst. Die werden mir sicher Auskunft geben. Pustekuchen! Die verkalkten Idioten lamentierten rum. Von wegen Datenschutz und so.»

«Tja, heutzutage sind Beamte vorsichtig. Die Daten könnten in falsche Hände geraten.»

«Ach was. Der Idiot war nur zu bequem, mir die Infos rauszusuchen. Inzwischen habe ich die Daten. Hat zwar länger gedauert, dafür ist es auch einiges mehr.»

«Doch noch übers Einwohneramt?»

«Nicht ganz. Das heisst nur Adresse und so», lachte Nadine. «Toni half mir weiter. Er verfügt über gute Verbindungen. Der Rest ist Betriebsgeheimnis.»

«Toni von der Sitte?»

«Genau der.»

Wenn Noldi wüsste, mit wem seine Nadine verkehrt, während er einsam in den Bergen weilt und vor Kummer in seinem Chalet vergeht.

«Was grinst du so blöd, Francesco?»

«Wie ... was ... ich meine ... willst du dich nicht setzen? Kaffee?»

«Kaffee schon, bloss nicht aus deiner Thermoskanne. Der ist sicher schon einige Tage alt.»

«Ganz frisch ... ich schwörs.»

«Nein, danke. Ich hole mir einen am Automaten. Du kannst inzwischen einen Blick auf meine Notizen werfen, sofern du meine Kralle lesen kannst.»

Ferrari schenkte sich demonstrativ einen aus seinem Thermoskrug ein, trank einen Schluck und verzog das Gesicht. Gut war anders. Definitiv. Mit dem Vorsatz, sich nichts anmerken zu lassen, vertiefte er sich in Nadines Unterlagen.

«Hier, ich habe dir auch einen mitgebracht. Du kannst ja doch nicht zugeben, dass dein Kaffee eine kalte, ungeniessbare Brühe ist.»

«Danke. So schlecht ist er gar nicht.»

Nadine lachte. Irgendwie mochte sie Ferraris Sturheit.

«Also, beginnen wir mit dem Toten. Arnold Gissler war ziemlich intelligent gemäss den Zeugnissen, die wir bei ihm gefunden haben. Immer ganz vorne. Aber letztendlich hat er nichts daraus gemacht.»

«Hat sich Peter schon gemeldet?»

«Der Autopsiebericht liegt ...», Nadine schob eine leere Tüte zur Seite, «... hier unter deinen Croissant-Krümeln. Der Tote ist Gissler. Peter konnte einen Vergleich mit seinen Zähnen machen.»

«Mit seinen Zähnen?»

«Ja! Hörst du schlecht oder spielst du jetzt wieder mein Echo? Zurück zu den Zähnen. Die Spurensicherung fand bei Gissler eine Zahnarztrechnung. Anscheinend hatte er ziemlichen Nachholbedarf. Peter liess beim Zahnarzt ein Gipsmodell holen. Das passt perfekt zum Toten, also einwandfrei Gissler.»

«Du meinst mit achtundneunzigprozentiger Wahrscheinlichkeit.»

«So in etwa. Ganz klar mit vier Messerstichen umgebracht. Drei davon hätte er überlebt. Doch einer hat voll ins Herz getroffen.»

Der Kommissär blätterte die Unterlagen durch. Wirklich, Arnold Gissler hatte in jeder Schulstufe sehr gute Noten und ein abgeschlossenes Germanistikstudium.

«Lic. phil. Arnold Gissler!», sagte Ferrari anerkennend.

«Ja, nur gearbeitet hat er als Lagerist.»

«Eigenartig. Habt ihr irgendwelche privaten Aufzeichnungen gefunden? Ein Tagebuch vielleicht? Briefe? Ansichtskarten?»

«Nichts. Aber auch wirklich gar nichts. Nur diese Zeugnisse, einen Ordner mit Rechnungen und seine letzte Steuererklärung. Das lag fein säuberlich mit seinen amtlichen Dokumenten in einem Sideboard. Der hatte anscheinend überhaupt kein Privatleben. Keine Anzeichen von Freunden oder von einer Freundin.»

«Wie stehts mit seiner Familie? Eltern, Geschwister?»

«Kein Fotoalbum, keine Briefe, einfach nichts. Toni hat ein wenig nachgeforscht. Vater unbekannt, die Mutter ist vor zwei Jahren gestorben. Gissler war ein Einzelkind.»

«Das ist aber lieb von Toni.»

«Ha, ha! Toni ist eben charmant und hilfsbereit. Wäre da mehr, würde ich es dir zuletzt verraten.»

«So, so. Was ist mit den anderen Mietern?»

«Für die Nachbarn war er der ruhige Mitbewohner, der nie negativ auffiel, sich peinlich genau an die Hausordnung hielt. Zuvorkommend, höflich, fast schon die gute Seele des Hauses. Wenn es im Haus Streit gab, schlichtete er. Die anderen Mieter, bis jetzt konnten nur zwei der drei von den Kollegen befragt werden, dachten, dass er weggefahren sei. Der Mieter in der Dachwohnung, ein Spanier, macht zurzeit Ferien. Dieses Haus ist ein einziges Männerwohnheim!»

«Männerwohnheim?»

«Vier Etagen, vier berufstätige Männer und alle wohnen in Dreizimmerwohnungen. Schon ein wenig ungewöhnlich, dass keine einzige Frau im Haus wohnt.»

«Wem gehört es?»

«Dem Spanier. Er hat an der Güterstrasse einen Lebensmittelladen. Der ist wegen Betriebsferien geschlossen. Also stimmt das mit den Ferien.»

«Hast du auch in der Firma von Gissler nachgefragt?»

«Das gleiche Lied. Sein Chef war voll des Lobes. Er wollte ihn längst zu seinem Stellvertreter befördern. Gissler hatte dankend abgelehnt. Als der Chef sanft Druck ausübte, kündigte er.»

«Wann war das?»

«Vor zwei Jahren. Erst, als der Chef ihm hoch und heilig versprach, das Thema nie mehr auf den Tisch zu bringen, zog er die Kündigung zurück. Interessant ist, dass sein Boss danach den Gedanken verwarf, einen Stellvertreter einzusetzen. In der Folge übernahm Gissler diese Funktion unaufgefordert dank seiner natürlichen Autorität. Für alle im Betrieb war er die unbestrittene Nummer zwei. Nicht de jure, aber de facto. Wenn der Inhaber in die Ferien fuhr, überliess er seine Firma dem Schicksal. Gissler leitete den Betrieb ganz selbstverständlich.»

«Komischer Typ.»

«Die Kolleginnen und Kollegen loben ihn über den grünen Klee. Kein einziger, der etwas an ihm auszusetzen hat. Der Saubermann und ideale Kollege in einem.»

«Irgendjemand hatte aber trotzdem etwas gegen ihn. Wann wurde er ermordet?»

«Die Tatzeit ist nicht genau zu definieren. Peter meint, der Zustand der Leiche deute darauf hin, dass er etwa zehn Tage tot ist. Sicher ist er nicht. Die Wärme hat den Verfall beschleunigt. Du hast ihn ja gesehen.»

«Ich darf gar nicht daran denken!»

«Entweder Freitagabend oder Samstagvormittag vor einer Woche. Vermutlich Freitagabend. Am Morgen bringt man niemanden um.»

«So, so! Du musst es ja wissen.»

Ferrari nahm sich das nächste Notizblatt vor. Andreas Richter war verheiratet, Vater einer fünfjährigen Tochter und wohnte mit seiner Familie in der Pilgerstrasse.

«Wo ist die Pilgerstrasse, Nadine?»

«Für einen absoluten Basel-Kenner hast du aber wenig Ahnung, mein Lieber.»

«Danke, also wo?»

«Eine Querstrasse der Missionsstrasse. Wenn du mit dem Dreier vom Spalentor Richtung Burgfelderplatz fährst, kommst du zur Haltestelle Pilgerstrasse. Ziemlich genau in der Mitte der Missionsstrasse.»

«Ach, die kleine Strasse links hoch. An der Ecke ist ein Secondhand-Kleiderladen.»

«Das weiss ich nun wiederum nicht. Wenn du vor dem Sportmuseum stehst, die Strasse rauf.»

«Sag ich doch. Alles klar.»

Ferrari vertiefte sich erneut in Nadines Notizen. Andreas Richter war Leiter einer karitativen Stiftung, die sich zum Ziel gesetzt hatte, älteren Menschen zu helfen. Einige Male hatte er sich mit der Regierung in Basel angelegt, wobei er von der Presse kräftig unterstützt wurde.

«Dieser Richter scheint die Interessen der älteren Leute recht gut zu vertreten.»

«Tonis Informant schwärmt in den höchsten Tönen von Richter. Übrigens, Dr. Andreas Richter, ein Akademiker. Keine Skandale, absolut bester Leumund. Noch nie mit dem Gesetz in Konflikt geraten.»

«Ausser damals …»

«Richtig. Ich korrigiere mich, danach nie mehr. Ich habe mich noch bei den Grauen Panthern über ihn erkundigt. War so eine Eingebung von mir, alte Menschen gleich Graue Panther. Logisch und ein Volltreffer. Die wollen ihn als neuen Präsidenten. Der jetzige Präsident, ein distinguierter, älterer Herr um die achtzig schwärmte in den höchsten Tönen von Richter. Er habe mehr für die alten Leute in der Region getan als alle Altersvereinigungen zusammen. Du musst wissen, Francesco, dass sich die Altersvereine bös in den Haaren liegen.»

«Alterssturheit.»

«Jeder kocht sein eigenes Süppchen. Nur in einem Punkt sind sich die Tattergreise einig, mit Andreas Richter würden sie vereint marschieren. Aber das will er auch nicht.»

«Noch einer, der sich verweigert.»

«Ich verstehe nicht?»

«Gissler wollte nicht Stellvertreter werden, Richter weigert sich, Präsident der Grauen Panther und der VAVBA zu werden.»

«VAVBA?»

«Vereinigte Altersvereine Basel. Klingt doch gut. Oder?»

Nadine schmunzelte.

«Ja, das will er nicht. Du solltest ihm den Namen vorschlagen. Vielleicht hat er nur keinen Namen für seinen Verein.»

«Er ist der dritte.»

«Du sprichst in Rätseln, Francesco. Geht es etwas präziser?»

«Ich meine, Andreas Richter wird als dritter ermordet. Ihr jungen Leute könnt einfach nicht so schnell denken», stichelte der Kommissär.

«Schon gut … Bitte keine Grundsatzdiskussion übers Alter. Ich stimme dir zu, sofern Bernhard Meister der Mörder ist.»

«Wovon du überzeugt bist, Nadine.»

«Sagen wir es so: Ich bin überzeugt davon, dass Meister in der Sache drin hängt. Ziemlich tief sogar.»

«Er weiss mehr, als er uns gestern erzählt hat. Aber nach wie vor bleibe ich dabei, mein Vorgänger ist kein Mörder.»

«Kein Mörder, nur ein Mann, der Schicksal spielt.»

«Hm!»

Der Kommissär vertiefte sich in die Notizen über Robert Selm.

«Der gibt nicht viel her, Nadine.»

«Noch so ein Einzelgänger. Niemand weiss etwas über ihn, keiner sorgt sich um ihn. Ich habe lange gebraucht, um seine Adresse rauszubekommen. Er lebt bei einer Schlummermutter in der Allschwilerstrasse. Sie putzt, bügelt und kocht für ihn. Aber die weiss auch nichts, nicht einmal, wo er arbeitet. Immerhin scheint er ebenfalls ein Biedermann zu sein.»

«Keine Freunde? Eine Freundin?»

«Nein. Einzig an der Uni konnten wir rausbekommen, dass er ebenfalls studiert hat. Abgeschlossenes Jurastudium. Was er danach aber trieb und vor allem, was er heute macht, steht in den Sternen.»

«Arbeitslos?»

«Nein, alles andere als arbeitslos.»

«Woher kommt nun diese Weisheit?»

«Wenn einer dreihundertfünfzigtausend Franken Einkommen versteuert, würde ich ihn nicht als arbeitslos bezeichnen.»

Ferrari schaute überrascht von den Notizen auf.

«Und das ohne geregelte Arbeit?»

«Er ist selbstständig erwerbend. Die Steuerverwaltung zeigte sich einigermassen kooperativ. Allerdings wollen sie noch eine offizielle Bescheinigung von der Staatsanwaltschaft, dass wir gegen ihn ermitteln. Dann kriegen wir alle Unterlagen.»

«Du hast denen gesagt, dass wir gegen ihn ermitteln?», krächzte der Kommissär.

«Ich musste doch etwas sagen. Hallo! Willkommen in der Realität. Oder glaubst du, dass die nur auf Anrufe warten, um ihre Daten unter die Leute zu bringen?»

«Hm. Wie sieht die familiäre Situation aus?»

«Ebenfalls ein Einzelkind wie Gissler. Aber die Eltern leben noch, sind vor Jahren nach Menorca ausgewandert.»

«Woher weisst du das?»

«Von der AHV. Die überweisen die monatliche Rente nach San Xoriguer, ein kleines Nest am Meer.»

Fehlte nur noch Philippe Stähli. Ferrari war sehr gespannt, was Nadine über den Kopf der Viererbande herausgefunden hatte. Philippe Stähli wohnte in Riehen, war verheiratet und Vater zweier Kinder. Medizinstudium wie sein Vater und Grossvater. Abschluss mit höchster Auszeichnung und einer von der Fachwelt überschwänglich gelobten Dissertation über die Früherkennung von Brustkrebs. Ein sehr erfolgreicher Arzt im Kantonsspital.

«Er wird der jüngste Chefarzt von Basel, sagt man», ergänzte Nadine. «Eine Koryphäe auf seinem Gebiet. Seine Eltern leben beide nicht mehr und die ältere Schwester ist nach Australien ausgewandert.»

«Über ihn wissen wir am meisten.»

«Das lässt sich leicht erklären. Stähli ist Staatsangestellter und an diese Personaldossiers kommt Toni gut ran.»

«Skandale?»

«Keine Skandale, nicht einmal eine Parkbusse. Alles astrein. Eine Bilderbuchkarriere. Er ist der Vorzeigearzt der Stadt mit einer grossen Anzahl von Privatpatientinnen. Betonung auf Patientinnen, die sich alle von ihm auf Brustkrebs untersuchen lassen.»

«Schwingt da Sarkasmus mit?»

«Nein, ich meine es ernst. Er scheint ein Genie zu sein. Sieht zudem noch gut aus. Also nicht verwunderlich, dass die Patientinnen Schlange stehen. Fürs Kantonsspital übrigens kein schlechtes Geschäft, habe ich mir sagen lassen.»

«Wie das?»

«Er behandelt auch seine Privatpatienten im Kantonsspital. Und das sind nicht wenige. Alle sind erster Klasse versichert. Das bringt dem Spital einiges an Geld ein. Ihm natürlich auch. Eine Win-win-Situation sozusagen.»

«Ist er in irgendwelchen Vereinen?»

«Im Vorstand des Volleyballclubs Riehen. Wahrscheinlich aber nur, weil seine Schwägerin dort spielt. Sonst keine Aktivitäten.»

«Politik?»

«Ist mir nicht bekannt. Bei den anderen drei übrigens auch nicht.»

Ferrari legte seine zum Gebet verschränkten Hände auf Nadines Notizen.

«Wir müssen uns mit den vier, ich meine natürlich drei, einzeln unterhalten. Ist dir bei deinen Ausführungen etwas aufgefallen?»

«Nein ... hätte mir was auffallen müssen?»

«Die vier sind klinisch sauber. Ehrenmänner, Stützen der Gesellschaft. Keiner hat sich seit dem Gerichtsfall auch nur das Geringste zu Schulden kommen lassen.»

«Jetzt, wo du es sagst ...»

«Mit wem unterhalten wir uns zuerst?»

«Mit Selm. Er ist gemäss Bernhard Meister das nächste Opfer. Dann Richter und zum Schluss Stähli. Der ist dann deine Kragenweite. Schickimicki und so.»

Ferrari wusste ganz genau, worauf Nadine anspielte. Seit der Lösung seines ersten grossen Falls, der sich im Kreise alter Basler Patrizierfamilien abgespielt hatte, verfolgte ihn der Ruf des Schickimicki-Kommissärs. Insbesondere, weil er seitdem über Olivia Vischer, Tochter eines Pharmaindustriellen, direkten Zugang zum «Daig» hatte. Tja, alles hatte seine Schattenseiten. Manchmal war es jedoch ein Vorteil, sich in diesen Kreisen bewegen zu können. Allein die Erwähnung eines Namens, am besten ganz beiläufig, öffnete verschlossene Türen und ungeahnte Möglichkeiten. Trotzdem ärgerte er sich über die süffisanten Bemerkungen seiner Kollegen. Na wartet!

«Gut. Dann gehen wir auf die Pirsch. In genau der Reihenfolge, die du vorgeschlagen hast. Und das mit dem Schickimicki-Kommissär kriegst du hundert Mal, was sage ich, tausend Mal zurück. Ich muss noch kurz was erledigen, wir sehen uns in einer Viertelstunde.»

Nadine schlenderte pfeifend aus dem Raum, der Faust, die Ferrari drohend erhob, schenkte sie keinerlei Beachtung.

Bevor Ferrari mit Nadine das Kommissariat verliess, folgte er einer Eingebung. Er klopfte ans Büro des Staatsanwalts und trat ein.

«Darf ich reinkommen, Herr Staatsanwalt?»

«Ah! Sie sind es, Ferrari. Das passt jetzt ganz schlecht, ich wollte soeben weg. Wenn es nicht zu lange dauert …»

«Nur eine Minute.»

Bevor es sich Jakob Borer anders überlegen konnte, setzte sich Ferrari auf einen Stuhl.

«Nehmen Sie nur Platz», brummte Borer.

«Danke, das habe ich bereits. Wie gesagt, ich will Ihre Zeit nicht lange in Anspruch nehmen. Ich komme gleich zur Sache. Was können Sie mir über Ihren ehemaligen Kollegen Alexander Streck sagen?»

«Streck?», wiederholte Borer misstrauisch. «Weshalb interessieren Sie sich für den Kollegen Streck, Ferrari?»

«Der Name fiel in Zusammenhang mit dem Mordfall Arnold Gissler.»

«Hm. Ich hatte nur dieses eine Mal mit ihm zu tun, im unsäglichen Fall Fahrner. Ich kannte Kollege Streck nicht besonders gut.»

«Kommen Sie, Herr Staatsanwalt. Sie sind ein schlechter Lügner. Sie verschweigen mir doch etwas.»

Der Staatsanwalt spielte mit seinem Kugelschreiber.

«Streck … man munkelte da so einiges … nichts Konkretes.»

«Wo Rauch ist, brennt meistens auch ein kleines Feuer.»

Borer sah sich wie ein Verschwörer um.

«Aber es bleibt unter uns, Ferrari!», flüsterte er. «Versprochen?»

«Mein Ehrenwort!»

«Bei diesem Prozess damals mit den vier jungen Leuten soll nicht alles mit rechten Dingen zu- und hergegangen sein. Sie müssen wissen, dass Streck mit dem Vater des einen Jungen befreundet gewesen ist.»

«Stähli.»

«Das wissen Sie? Weshalb fragen Sie dann?»

«Mehr weiss ich leider nicht.»

«Die klebten anscheinend wie siamesische Zwillinge aneinander. Böse Zungen behaupten, dass Streck mich und Ihren Vorgänger voll verarscht habe. Entschuldigen Sie diese harte Bezeichnung, aber ich kann es nicht treffender formulieren. Mehr noch, er habe sogar die polizeilichen Ermittlungen behindert. Einzig und allein mit dem Ziel, den Prozess zu verlieren. Da gibt es noch etwas …»

«Jetzt bin ich aber gespannt», der Kommissär duckte sich instinktiv.

Jakob Borer stand auf und setzte sich auf die Tischkante.

«Die Akten, Ferrari, ein Teil der Prozessakten sind auf unerklärliche Weise verschwunden.»

«Das ist höchst interessant. Woher wissen Sie das?»

«Na ja, damals war ich noch jung. Mit der Niederlage konnte ich mich nicht abfinden. Ich verliere nicht gerne! Nach dem Prozess bin ich ins Archiv gegangen, um mir die Akten nochmals vorzunehmen. Einzelne Akten waren verschwunden. Ich dachte zuerst, dass sie vielleicht noch bei Streck lägen. Als er dann in Pension ging, liess ich mir die gesamten Akten bringen. Aber es fehlten noch immer einzelne Teile.»

«Und welche?»

«Einige der Einvernahmen, die Bernhard Meister gemacht hat.»

«Das haben Sie sicher dem zuständigen Regierungsrat gemeldet.»

«Wo denken Sie hin! Ich liess die Akten zurückbringen. Es hat sich niemand mehr für den Fall interessiert. Weshalb sollte ich schlafende Hunde wecken?»

Genau. Weshalb solltest du dich in die Nesseln setzen, dachte Ferrari. Einen Kollegen im Nachhinein in die Pfanne hauen, brachte sowieso nichts. Und als Kollegenschwein dazustehen, war für die Karriere nun auch nicht gerade förderlich.

«Meister wollte den Fall wieder aufrollen. Ich habe ihm davon abgeraten», ergänzte Borer.

«Obwohl Sie wussten, dass etwas faul war?»

«Meister stand kurz vor der Pensionierung. Die Polizei stand im Kreuzfeuer der Kritik. Ebenso die Staatsanwaltschaft. Das war nicht der Moment, um Öl aufs Feuer zu giessen.»

«Wer wurde eigentlich Strecks Nachfolger?»

«Sebastian Kolb, der jetzige Erste Staatsanwalt. Und, um gleich Ihre nächste Frage zu beantworten, ich habe Kolbs Posten bekommen.»

«Dann hat sich Ihr Schweigen ja bestens bezahlt gemacht.»

«Was erlauben Sie sich?!», polterte Borer.

«Wie würden Sie es denn sonst nennen?»

Der Staatsanwalt wischte sich mit einem Taschentuch den Schweiss von der Stirn. Die nächsten Sekunden wird er über eine mögliche Antwort nachdenken. Er nahm eine Auszeit, wie er selbst zu formulieren pflegte. Ferrari liess ihn nicht aus den Augen. Was kommt noch alles zum Vorschein? Ein karrierebesessener junger Staatsanwalt, der weiss, dass etwas faul ist, aber nicht den Mut hat, die vorgesetzte Behörde zu informieren. Ein alternder Kommissär, der weiss, dass man ihn als Marionette missbraucht, aber nicht mehr die Kraft aufbringt, gegen Windmühlen zu kämpfen. Er streicht die Segel, lässt sich frühzeitig pensionieren. Eine Männerfreundschaft zwischen einem Anwalt, einem Arzt und dem Ersten Staatsanwalt, die alle drei das gleiche Ziel verfolgen: vier Mörder zu decken. Was ihnen allem Anschein nach auch gelungen war. So viel zu unserem Justizsystem.

«Was sollte ich denn Ihrer Meinung nach unternehmen, Ferrari?», hörte der Kommissär den Staatsanwalt lamentieren. «Mich gegen den Ersten Staatsanwalt stellen, gegen Hartmann und Stähli? Nein, mein Lieber! Und alles anhand einer wackligen Beweislage, auf Hypothesen aufgebaut, nein, nicht einmal das – auf reiner Spekulation. Es gab keine Beweise dafür, dass Streck ein falsches Spiel gespielt hat.»

«Aber Sie sind überzeugt davon, dass der Prozess von Streck bewusst sabotiert wurde.»

«Harte Worte … sabotiert … also … unter uns», flüsterte Borer. «Streck hat den Prozess bewusst verloren, um den jungen Stähli rauszuhauen. Ja, davon bin ich überzeugt.»

«Klare Worte, Herr Staatsanwalt. Vielen Dank für Ihre Offenheit.»

«Das bleibt aber in diesem Raum, wie besprochen … Ferrari, ich warne Sie …»

«Sie können sich auf mich verlassen. Noch eine letzte Frage. Kennen Sie auch den Verteidiger der vier?»

«Ja sicher, Gregor Hartmann. Wir sind zusammen in der gleichen Rotary-Sektion.»

«Was können Sie mir über ihn erzählen?»

«Ein ausgezeichneter Strafverteidiger. Ich bin froh, dass ich nie gegen ihn antreten musste.»

«Ich werde Herrn Hartmann einen Besuch abstatten», entschied Ferrari.

«Wenn er Sie überhaupt empfängt.»

«Wenn nicht, dann laden wir ihn vor.»

«Das wird ihn kaum beeindrucken. Gregor ist unheilbar erkrankt. Die Ärzte geben ihm keine sechs Monate mehr.»

«Ist er im Spital?»

«Nein. Er will die ihm verbleibende Zeit zu Hause verbringen. Eine Krankenschwester pflegt ihn. Sie sollten es auf die sanfte Tour bei ihm versuchen, wenn ich Ihnen einen gut gemeinten Rat geben darf. Wenn Sie Druck ausüben, wird er starrköpfig.»

«Weshalb sind Sie so gut über Hartmann informiert, Herr Staatsanwalt?»

«Wir hatten gestern Abend einen Rotarier-Treff. Gregor fehlt praktisch nie. Dr. Sommer von der juristischen Fakultät hat ihn entschuldigt und dann langatmig erzählt, wie schlecht es Gregor geht. Schon seit Monaten. Das war beinahe ein Nachruf. Ich persönlich habe keinen Kontakt zu ihm, falls Sie das meinen.»

«Nochmals danke, Herr Staatsanwalt. Sie waren mir eine grosse Hilfe.»

«Keine Ursache. Halten Sie mich bitte auf dem Laufenden, Ferrari. Und finden Sie den Mörder, bevor noch Schlimmeres passiert.»

Nadine wartete bereits ungeduldig am Ausgang.

«Noch ein kleines Nickerchen gemacht?»

«Nein. Einen Abstecher zum Staatsanwalt. Er hat mir einiges ins Ohr geflüstert.»

Nadine hörte gespannt zu.

«Borer hat den gleichen Verdacht wie Meister. Interessant. Ich habe den Kerl vom ersten Augenblick an richtig eingeschätzt.»

«Wen meinst du?»

«Borer natürlich! Ein karrieresüchtiges, kleinkariertes Arschloch. Ohne Mumm in den Knochen. Oder hättest du wegen deiner Karriere auch alles vertuscht, Francesco?»

«Schwirig zu sagen. Zum Glück bin ich noch nie in eine solche Situation geraten.»

«Blödsinn! Du würdest den Stier bei den Hörnern packen und alles in Bewegung setzen, damit der Skandal auffliegt. Also hör gefälligst auf, dich vor Borer zu stellen! Er ist und bleibt eine Flasche. Ich habe es mir übrigens anders überlegt.»

«Was anders? Du sprichst in Rätseln.»

«Ich bin dafür, dass wir zuerst Stähli einen Besuch abstatten. Er war der Kopf der Bande. Wenn wir die anderen aufsuchen, rufen sie ihn an. Dann ist er gewappnet und kann sich seine Antworten zusammenbasteln. Was hältst du davon?»

Ferraris Begeisterung hielt sich in engen, sehr engen Grenzen.

«Ein bisschen mehr Enthusiasmus ist nicht verboten, Francesco.»

Der Kommissär blieb beim Heuwaage-Denkmal stehen.

«Kein gutes Omen, Francesco!»

Er schaute sie fragend an.

«Hier haben wir uns bei einem Fall total gezankt. Kannst du dich nicht mehr daran erinnern?»

«Die Devils!»

«Genau hier sind die Fetzen geflogen. Vielleicht sollten wir die Strasse überqueren.»

Was solls, dachte Ferrari. Vielleicht ist es richtig, wenn wir uns zuerst einmal mit dem Anführer unterhalten. Du wirst alt, mein Lieber! Sonst hättest du nicht das Bedürfnis, dich auf den Besuch beim Arzt vorzubereiten. Früher warst du spontaner. Noch ein, zwei Jahre und Nadine übernimmt das Kommando und du läufst wie ein Dackel hinter ihr her.

«Na, was ist jetzt? Richter, Selm oder Stähli?»

«Stähli!», beschloss Ferrari und trottete hinter Nadine her.

8. Kapitel

Die Hitze war unerträglich, vor allem wenn man aus vollklimatisierten Büros kam. Nadine rannte wie eine Wahnsinnige durch die Steinenvorstadt, die warmen Temperaturen schienen ihr nichts auszumachen. Ferrari blickte voller Neid auf die flanierenden Menschen. Jetzt ein kühles Bier trinken oder eine Glace löffeln, Schokolade-Pistache war seine Lieblingskombination. Mmh, das wäre es.

«He, weshalb rennst du wie eine Wahnsinnige durch die Stadt. Ich bin total verschwitzt. Muss das sein? Das Wetter macht mich fix und fertig. Können wir nicht eine kleine Pause einlegen? Ich gebe einen aus.»

«Nun tu nicht so! Bringen wir es hinter uns, dann kannst du dich in deinem Wintergarten in Birsfelden auf die faule Haut legen. Mit Sonne ist wohl nicht mehr viel heute.»

Der Kommissär schaute zum Himmel hoch. Dichte, schwarze Wolken zogen auf. Er legte einen Zahn zu, um von Nadine nicht abgehängt zu werden. Gerbergasse, Rümelinsplatz, Spalenberg, Universität, Petersgraben. Gerade noch rechtzeitig erreichten sie das Spital, bevor sich ein heftiges Sommergewitter über der Stadt entlud.

Ferrari hasste Spitäler. Ein Gefühl von Ohnmacht, von Hilflosigkeit überkam ihn jedes Mal. Und dieser Geruch, unmöglich zu beschreiben. Ganz geschweige von den endlosen langen Gängen. Er hatte sich überwinden müssen, überhaupt mit ins Kantonsspital zu gehen. Philippe Stähli hatte darum gebeten, weil er nicht wollte, dass seine Familie mit der Befragung konfrontiert wurde. Zumindest waren dies Nadines Worte. Manchmal traute er ihr nicht so ganz. Das mit der spontanen Eingebung, zuerst Stähli aufzusuchen, nahm er ihr auch nicht ab. Wie sonst hätte sie vorab bereits einen Termin mit ihm absprechen können? Der Kommissär wich einer jungen Frau aus, die einen Gehwagen mit einer Infusionsflasche vor sich herschob. Es lief ihm kalt über den Rücken. Überall sah er Gebrechen, überall lauerten Krankheiten! Ferrari wischte sich den Schweiss von der Stirn und nahm sich vor, bei einer nächsten Unterhaltung Nadine alleine zu Stähli zu schicken. Oder noch besser, keine Rücksicht auf den Arzt zu nehmen und ihn ins Kommissariat zu zitieren.

«Du hättest die Frau beinahe umgerannt!»

«Quatsch! Sie hätte ja etwas zur Seite gehen können, anstatt provokativ den ganzen Gang für sich einzunehmen.»

In der obersten Etage wurden sie von einer Frau um die dreissig erwartet.

«Frau Kupfer und Herr Ferrari?»

«Ja.»

«Bitte folgen Sie mir. Der Herr Doktor erwartet Sie.»

Philippe Stähli stand am Fenster seines Büros und beobachtete die schwarzen Wolken. Als sie eintraten, drehte er sich um. Ferrari verstand sofort, weshalb Stähli bei den Frauen so gut ankam. Etwa einen Meter achtzig gross, ebenmässiges, leicht gebräuntes Gesicht. Unter seinem weissen Kittel gut sichtbar ein vom Training gestählter Körper.

«Danke, Frau Ebner. Willkommen, Frau Kupfer, Herr Ferrari. Darf ich Ihnen etwas zu trinken anbieten?»

«Guten Tag, Herr Stähli. Ein Mineralwasser wäre nicht schlecht.»

«Und für Sie, Frau Kupfer?»

«Ich schliesse mich an.»

Stähli nickte seiner Mitarbeiterin zu.

«Mir bitte auch eins. Setzen Sie sich doch oder möchten Sie lieber auf den Balkon? Die Gefahr besteht aber, dass wir nass werden trotz des Vordachs.»

«Bleiben wir besser hier. Es ist sehr schwül draussen.»

«Todeswetter.»

«Todeswetter? Ein seltsamer Ausdruck, Herr Stähli.»

«Kein Wetter für alte Leute, Frau Kupfer. Bei solchen Temperaturen sterben ältere Menschen – entschuldigen Sie den Ausdruck – wie die Fliegen. Es gäbe einige Verhaltensregeln, die das verhindern würden. Aber viele Alte sind starrsinnig, schlagen jegliche Warnungen in den Wind und wissen alles besser. Die Quintessenz davon ist, dass sie Schlaganfälle erleiden, zu wenig Flüssigkeit zu sich nehmen und an Herz- und Kreislaufproblemen sterben. Ich hatte vor einigen Minuten ein Gespräch mit dem Leiter eines Altersheims. Deshalb bin ich auf das Thema gekommen.»

«Wie viel sollte man trinken?»

«Jeder Mensch braucht eine andere Menge Flüssigkeit. Wenn es warm ist, steigt der Flüssigkeitsbedarf. Generell wird empfohlen, zwei bis drei Liter Wasser am Tag zu trinken. Ich selbst trinke höchstens einen, ich brauche nicht mehr, um mich wohl zu fühlen. Aber Sie wollen sich mit mir bestimmt nicht über den Flüssigkeitshaushalt beim Menschen unterhalten, Herr Kommissär, oder?»

Ferrari schmunzelte. Stähli gefiel ihm.

«Nein, obwohl mich das Thema interessiert. Zuerst einmal besten Dank, dass Sie uns so spontan empfangen.»

«Ganz so spontan war es nicht. Frau Kupfer hat mir ja die Dringlichkeit der Angelegenheit geschildert. Es ist selbstverständlich ... Ich nehme an, Ihr Besuch hängt mit dem Tod von Arnold zusammen, nicht wahr?»

«Sie wissen davon?»

«Morde sprechen sich unter Kollegen schnell herum.»

«Wurden Sie von Peter Strub informiert?»

«Nein. Peter ist ein guter, väterlicher Freund. Einer seiner Assistenten hat mit einer meiner Assistentinnen darüber gesprochen. Und die wiederum erzählte es mir, ohne zu wissen, dass ich Arnold kannte. Sozusagen eine Kettenreaktion.»

Basel ist ein Dorf, dachte der Kommissär. Man kann nichts geheim halten. Und das mit der spontanen Eingebung von Nadine werde ich unter vier Augen noch thematisieren.

«Hatten Sie noch Kontakt zu Arnold Gissler?»

«Nein. Nach diesem unseligen Fall sind wir getrennte Wege gegangen, Frau Kupfer. Wir sahen uns noch an der Uni. Aber wir haben uns ... sagen wir gemieden, um nicht weiter mit Beat Fahrners Tod konfrontiert zu werden.»

«Darf ich Ihnen einige Fragen zum Fall Fahrner stellen?»

«Bitte, Herr Kommissär. Deswegen sind Sie ja hier. Noch ein Mineralwasser?»

«Nein danke. Sonst schwitze ich umso mehr.»

«Frau Kupfer?»

«Nein, besten Dank.»

«Ich nehme nicht an, dass Sie zugeben, mit Ihren drei Freunden Beat Fahrner ...»

«... umgebracht zu haben?», brachte Stähli den Satz zu Ende. «Sie nehmen richtig an, Herr Kommissär. Wir waren damals gar nicht in der Stadt, sondern in Riehen im Wenkenpark – wie es in den Protokollen steht.»

«Eine andere Antwort habe ich nicht erwartet. Sie haben sich damals sicherlich Gedanken gemacht, wie es zu solch einem grässlichen Verbrechen kommen konnte.»

«Vielleicht ein Unfall?»

«Rein hypothetisch: Es ist Abend, vier junge Leute suchen ein Abenteuer. Sie schaukeln sich gegenseitig hoch. Zufällig kommt ein anderer junger Mann des Weges, womöglich provoziert er. Es kommt zum Streit. Ein Unfall?»

«So könnte es gewesen sein. Ich glaube nicht, dass die Jungs bewusst darauf aus waren, jemandem an diesem Abend zu töten. Wahrscheinlich sind unglückliche Umstände hinzugekommen. Vielleicht war Alkohol mit im Spiel. Eine unselige Verkettung von Ereignissen. Rein hypothetisch, Frau Kupfer.»

«Was glauben Sie, wie sich die jungen Menschen danach fühlten? Wie konnten sie mit ihrer Tat leben?»

Der Arzt erhob sich und stellte sich ans Fenster.

«Der Regen bringt keine Abkühlung. Ich mag lauwarmen Regen nicht. Er verstärkt nur unnötig die drückende Schwüle. Wenn ... wenn die jungen Männer keine Perversen gewesen sind, dann muss es bei ihnen einen Schock ausgelöst haben.»

«Ob sie damit klarkamen?»

«Das ist eine gute Frage. Solch eine Tat, auch wenn es ein Unfall gewesen ist, ein unglücklicher Umstand, der dazu geführt hat ... so etwas verfolgt dich das ganze Leben.»

Er drehte sich ruckartig um.

«Die vier sind ohne Strafe davongekommen, wurden nie gefasst. Stimmt doch, Herr Kommissär?»

«Ist das so?»

«Ja, wenn ich richtig informiert bin. Aber vielleicht ist das viel schlimmer, als wenn die Justiz gegriffen hätte. So ist es jedem Einzelnen überlassen, sich selbst zu bestrafen, sich täglich damit auseinanderzusetzen, die Schuld am Tod eines Menschen zu tragen. Ein sinnloses Opfer. Ist ein Mensch stark genug, um daran nicht zu zerbrechen?»

Stähli schien in Gedanken weit entfernt zu sein. Er hatte sich an seinen kleinen Schreibtisch gesetzt. Ferrari hatte erwartet, dass ein Arzt über ein viel grösseres Büro und einen mächtigen Schreibtisch voller Akten verfügte. Hier wirkte alles sehr bescheiden.

«Wie finden diese Menschen in ein normales Leben zurück?»

«Eine ... eine gute Frage. Sie können das Geschehene nicht rückgängig machen, Herr Kommissär. Sie können nur eines: versuchen, aus ihren Fehlern zu lernen, und Gutes tun. Anderen Menschen helfen, die in Not sind.»

Stähli setzte sich wieder zu Nadine und Ferrari an den Tisch. Der Kommissär spielte mit dem leeren Wasserglas.

«Sie sind ein sehr erfolgreicher Arzt.»

«Bin ich das? Ich hatte Glück, einen guten Lehrmeister und einige ganz passable Ideen.»

«Man sagt, dass Sie einer der besten Ärzte weltweit sind. Ihnen sind unzählige Frauen dankbar.»

«Das Lob freut mich. Ich gebe zu, dass ich auf meinem Gebiet einiges bewirkt habe. Dankbar muss mir deswegen niemand sein, ganz im Gegenteil. Ich muss dankbar dafür sein, dass ich hier im Spital die Karriereleiter hochklettern darf und man mir meine Forschungen ermöglicht. Das ist nicht selbstverständlich. Es gibt Unzählige, die über das gleiche Talent verfügen, jedoch nie eine Chance bekommen, dies zu zeigen. Ich hatte ganz einfach Glück.»

«Nur Glück?»

Er lächelte zaghaft.

«Sie haben recht, Frau Kupfer. Bei aller Bescheidenheit, ich habe hart gearbeitet und Leistung erbracht. Darauf bin ich ein wenig stolz. Aber es ist mir nicht in den Kopf gestiegen. Und dankbar müssen mir meine Patientinnen wirklich nicht sein. Ich tue nur das, was ich ihnen schuldig bin.»

Ferrari nickte beim letzten Satz. Er verstand die Doppelbedeutung, die in Stählis Worten mitschwang.

«Haben Sie Kontakt zu Robert Selm oder zu Andreas Richter?»

«Nein, auch nicht. Glauben Sie, dass Arnolds Tod mit den damaligen Ereignissen zusammenhängt?»

«Das wissen wir nicht. Möglich wäre es. Dagegen spricht, dass es fünfzehn Jahre her ist. Wenn sich jemand rächen will, weshalb erst jetzt?»

«Ich glaube nicht, dass jemand so lange warten würde. Ich würde es auf keinen Fall.»

«Und wenn es doch so wäre? Wer käme dafür in Frage?»

«Ganz oben stünde für mich Elisabeth Fahrner, Frau Kupfer. Sie hat uns nach dem Freispruch noch Monate lang mit ihrem Hass verfolgt. Drohungen, Anrufe zu jeder Tages- und Nachtzeit. Sie hat mich förmlich mit ihren Hasstiraden terrorisiert. Meine Einstellung hier im Kantonsspital wäre beinahe gescheitert. Als sie davon erfuhr, schrieb sie sogar einen Brief an das Gesundheitsdepartement. Es hörte erst auf, als ihre Mutter sehr krank wurde. Sicher kämen auch die alten Fahrners in Frage. Wobei ich nicht weiss, ob die überhaupt noch leben. Und …»

«Ja?»

«Bernhard Meister und Anita Brogli!»

«Der Kommissär und seine Assistentin?»

«Die hatten sich dermassen in den Fall verbissen. Anita Brogli fast noch mehr als der Kommissär.»

«Interessant. Und den beiden trauen Sie wirklich einen Racheakt zu?»

«Ja. Als ich im Untersuchungsgefängnis meine persönlichen Sachen abholte, wurden sie mir von Frau Brogli ausgehändigt. Sie flüsterte mir zu, dass es noch nicht zu Ende sei. Dies sei erst der Anfang. Ich könne der Gerechtigkeit nicht entgehen.»

Ferrari lehnte sich im Stuhl zurück und streckte seine Beine unter den Tisch. Anita Brogli! Die Hardlinerin unter dem aufstrebenden Kader. Mit dem absoluten Gerechtigkeitssinn. Mehr noch, mit einem Wahn zur Gerechtigkeit. Für Anita gab es nur Schwarz und Weiss. Und, wer einmal auf der Liste der Schwarzen stand, hatte keine Chance mehr, die Seite zu wechseln. Andererseits konnte sich ein Weisser so einiges erlauben. All die spannenden Grautöne existierten in ihrer Welt nicht. Kurz vor Meisters Pensionierung kam Anita Brogli ins Stolpern, als sich alle bereits einig waren, dass sie seine Nachfolgerin werden würde. Sie hatte einen Verdächtigen dermassen in die Mangel genommen, dass er beim Verhör einen Herzinfarkt erlitt und auf dem Weg ins Spital verstarb. Zwei Tage später wurde der wirkliche Täter gefasst. Die Medien fielen über die Polizei her und Anita verliess das Kriminalkommissariat. Soviel er wusste, ging sie nach Graubünden.

«Sonst noch jemand?»

«Nein, es fällt mir niemand ein. Glauben Sie, dass ich in Gefahr bin?»

«Schwer zu sagen, Herr Stähli. Solange wir keine neuen Erkenntnisse haben, möchte ich Sie bitten, vorsichtig zu sein. Wir tappen noch ziemlich im Dunkeln.»

Nadine erhob sich. Das Gewitter hatte die Luft gereinigt. Die ersten Sonnenstrahlen bahnten sich ihren Weg durch die Wolken.

«Es wäre schön, wenn sich die finsteren Wolken immer so schnell verziehen würden. Aber das wäre wohl zu einfach», sinnierte Stähli vor sich hin.

Ferrari drückte ihm lange und fest die Hand.

«Ich danke Ihnen», verabschiedete sich der Arzt.

«Danke wofür?»

«Dass Sie mir echt zugehört haben, Frau Kupfer. Es gibt nicht viele Menschen, die das können ... und einen verstehen.»

Ferrari verliess nachdenklich das Spital. Er schaute zum obersten Stockwerk hoch und vermutete, dass Stähli sie von seinem Fenster aus beobachtete.

«Er leidet und wird nicht damit fertig. Es mag blöd klingen, aber irgendwie tut er mir leid, Nadine.»

«Er hat immerhin einen Menschen auf dem Gewissen.»

«Das will ich auch gar nicht bestreiten oder schönreden. Beileibe nicht. Aber er bereut die Tat zutiefst, ist nie damit fertig geworden. Deshalb setzt er sich auch so für seine Patientinnen ein.»

«Ich habe ihn mir ganz anders vorgestellt.»

«Er sieht zwar nicht so gut aus wie ich. Aber immerhin ...»

«Das meine ich nicht. Ich habe mich auf ein arrogantes Arschloch eingestellt. Dabei ist er ein introvertierter Mensch, der sich beinahe noch dafür entschuldigt, dass er ein guter Arzt ist.»

Stimmt, auch Ferrari hatte einen arroganten Schnösel erwartet, der zu keinem echten Gespräch bereit sein würde. Hatte sogar damit gerechnet, dass er, in die Enge getrieben, voll auf sein Beziehungsnetz setzen und damit versuchen würde, Nadine und ihn einzuschüchtern. Von alledem nichts! Ein Mann, der fünfzehn Jahre unter der Last litt, ein Mörder zu sein. Tag für Tag, Nacht für Nacht. Wenn er könnte, hätte er das Rad der Zeit zurückgedreht und die sinnlose Tat ungeschehen gemacht.

«Am Blumenrain ist ein Café. Trinken wir dort etwas?»

«Gute Idee, Nadine.»

«Für ihn muss es besonders schlimm sein.»

«Was?»

«Ein Arzt legt den hippokratischen Eid ab, verspricht, Leben zu retten. Im Gegensatz dazu steht die traurige Gewissheit, einen Menschen getötet zu haben. Dieser Zwiespalt muss furchtbar sein.»

Sie setzten sich vor dem Café an den letzten noch freien Tisch und bestellten zwei Eistee. Extra kalt.

«Wer ist diese Anita Brogli?», begann Nadine.

«Du hättest sie geliebt oder gehasst. Etwas anderes gab es nicht. Das entsprach auch ganz ihrem Charakter. Eine Gerechtigkeitsfanatikerin der Superlative und doch irgendwie ziemlich naiv. Wenn sie einmal an jemanden glaubte, dann hundertprozentig. Für

Bernhard Meister hätte sie alles getan. Als sie einen Verdächtigen dermassen in die Mangel nahm, dass er an einem Herzinfarkt verstarb, hat man ihr nahegelegt, den Dienst zu quittieren. Sonst sässe sie jetzt auf meinem Posten und ich wäre ihr Assistent.»

«Wo ist sie jetzt?»

«Irgendwo in Graubünden. Ich weiss es nicht genau. Weshalb?»

«Meister und Brogli? Anstatt Meister und Fahrner.»

Ferrari nickte.

«Wir sollten einmal abchecken, wo Anita steckt. Übernimmst du das?»

«Zu Befehl, Chef!»

«Da fällt mir ein, wie war das mit der spontanen Idee, Stähli aufzusuchen?»

«Och das! Das war nur so ein Gedanke.»

«Und wenn ich da nicht mitgespielt hätte?»

«Ich hätte dich schon rumgekriegt. Aber es war ja deine Entscheidung. Ich weiss gar nicht, was du hast …»

9. Kapitel

Auf dem Weg ins Kommissariat gönnte sich Ferrari eine Kleinigkeit. Schliesslich war Mittagszeit. Zuerst eine grosse Portion Pommes und zur Abrundung ein Vanillesofteis von «McDonald's». Die erlesene Fastfoodkombination lag ihm danach schwer im Magen.

«Ich hätte vielleicht nur die Glace nehmen sollen», brummte Ferrari.

«Oder die Pommes mit Verstand und nicht im Tempo Teufel verdrücken. Wie ein kleines Kind, das Angst hat, jemand könnte sie wegschnappen», stellte Nadine trocken fest. Ihre Wahl war auf ein Birchermüesli mit frischen Früchten vom Sutter Begg gefallen. Im Büro angekommen, erwartete sie eine Überraschung.

«Du hast Besuch, Francesco», empfing sie ein Kollege.

«Ah ja, wer denn?»

«Eine attraktive Dame. Sie sitzt bei Stephan. Er ist ganz begeistert von ihr.»

«Und sie will zu mir?»

«Ja, so viel ich verstanden habe.»

«Übrigens, Nadine, ich soll dir von der Fahndung ausrichten, dass dieser Selm unauffindbar ist.

Seine Schlummermutter liess die Kollegen in das Zimmer hinein. Es ist aufgeräumt. Keine Bilder an den Wänden und keine Pflanzen, ziemlich steril das Ganze. Wahrscheinlich macht er gerade Ferien.»

«Immerhin lag er nicht tot in einer Ecke. Danke.»

«Sie bleiben auf jeden Fall dran. Soll die Suche auf die anderen Kantone ausgedehnt werden?»

«Ja, schreibt ihn aus. Das kann nichts schaden.»

Nadine folgte Ferrari neugierig zu Kollege Stephan.

«Ah, da seid ihr ja endlich, Francesco. Darf ich dir ...»

«Guten Tag, Frau Fahrner.»

Ferrari streckte Elisabeth Fahrner die Hand entgegen.

«Du kennst Frau Fahrner?»

Sie gab ihm irritiert die Hand.

«Nur von den Fotos, Stephan. Sie haben sich kaum verändert, Frau Fahrner.»

«Ist das ein Kompliment?»

«Das sollte es eigentlich sein. Vielen Dank, Stephan, dass du Frau Fahrner die Zeit verkürzt hast.»

«War mir ein besonderes Vergnügen.»

«Wenn es Sie nicht stört, dislozieren wir in mein Büro. Darf ich Ihnen meine Kollegin Nadine Kupfer vorstellen.»

«Sehr erfreut.»

«Guten Tag, Frau Fahrner.»

Elisabeth Fahrner war vor fünfzehn Jahren eine schöne junge Frau gewesen. Sie hatte sich nur wenig verändert. Einige kleine Falten um die Augen, die sie geschickt mit Make-up verdeckte, aber noch immer sehr attraktiv.

«Bitte nehmen Sie Platz. Wir hätten Sie demnächst ebenfalls aufgesucht.»

«Und nun bin ich Ihnen zuvorgekommen. Dafür gibt es einen Grund. Ich lebe mit meinen Eltern zusammen. Da beide krank sind, versuche ich, jegliche Aufregung vor ihnen fernzuhalten. Stephan …»

«Stephan?»

«Herr Moser orientierte mich darüber, dass Sie und Frau Kupfer den Fall untersuchen. Nun, da bin ich und Sie können mich verhören.»

Eine sehr selbstbewusste Dame!, dachte Ferrari, die ihnen da gegenüber sass. Und wahrscheinlich ein ziemlich harter Brocken, den es zu knacken galt. Insbesondere, wenn bereits die Kollegen wie Butter geschmolzen waren. Vorsichtig, Ferrari, mahnte seine innere Stimme.

«Dann wollen wir mal. Soviel ich weiss, ist bisher nichts von Gisslers Tod an die Öffentlichkeit gedrungen. Woher haben Sie Ihre Informationen?»

«Das ist mein kleines Geheimnis, Herr Kommissär», lächelte sie ihn entwaffnend an.

«Das dachte ich mir», antwortete Ferrari mit einem vielsagenden Blick zu Nadine.

«Damit Sie keinen falschen Verdacht hegen. Ich weiss es nicht von Stephan.»

«Ihr kennt euch schon länger?»

«Seit einer Stunde, Frau Kupfer», lächelte Frau Fahrner wieder. «Stephan hat mir nichts verraten. Sie können mich übrigens Elisabeth nennen.»

«Bleiben wir doch lieber bei Frau Fahrner», knurrte Ferrari. «Sie wissen also, dass Arnold Gissler tot ist.»

«Was mich freut, das gebe ich unumwunden zu. Es gibt mir eine gewisse Genugtuung.»

«Nur eine gewisse?»

«Wirklich zufrieden bin ich erst, wenn alle vier auf dem Hörnli liegen, Frau Kupfer.»

«Die vier Angeklagten wurden damals freigesprochen.»

«Ein abgekartetes Spiel. Vom alten Stähli eingefädelt, zogen seine Freunde Streck und Hartmann die Show brillant ab. Das muss ich zugeben. Alle, die an das Rechtssystem und an die Gerechtigkeit glauben, wurden hinters Licht geführt. Jetzt hat es endlich den ersten erwischt. Ich hoffe, dass er qualvoll sterben musste», sagte sie mit dem strahlendsten Lächeln der Welt.

«Sie sind ziemlich offen und sehr direkt, Frau Fahrner.»

«Stephan hat mir geraten, ohne Umschweife zur Sache zu kommen. Er meinte, Sie würden oft einen unbeholfenen Eindruck erwecken, aber der Schein trüge.»

So ist das. Ich bin ein verkalkter, verschrobener Trottel, der manchmal seine lichten Momente hat. Schöne Meinung haben die Kollegen von mir. Ferrari schaute zu Nadine hinüber, die das Gespräch sichtlich genoss.

«Meinen Eltern geht es nicht gut. Sie sollen ihre letzten Tage geniessen können, so gut das überhaupt möglich ist. Seit dem Tod von Beat ist kein Tag vergangen, ohne dass wir darüber gesprochen haben. Und jetzt wird alles erneut aufgewühlt. Sie und Ihre Kollegin werden sie verhören wollen. Nicht, weil Sie glauben, dass meine Eltern den Mistkerl umgebracht haben, wohl aber in der Hoffnung, irgendetwas zu erfahren. Verständlich. Dennoch — ich will nicht, dass Sie meine Eltern belästigen. Sie haben wirklich genug durchgemacht.»

Elisabeth Fahrner nestelte in ihrer Handtasche.

«Hier ist ein ärztliches Attest. Meine Eltern sind nicht vernehmungsfähig. Ich bitte Sie eindringlich, sich daran zu halten.» Ihre Stimme zitterte leicht. Nach einer kurzen Pause fuhr sie fort. «Hoffentlich erfährt die Presse nichts davon.»

«Das ist nicht in unserem Sinn. Nur lässt es sich erfahrungsgemäss kaum verhindern. Früher oder später wird ein Journalist in der Vergangenheit wühlen und die gewonnenen Erkenntnisse der Öffentlichkeit mitteilen. Pressefreiheit, da sind wir machtlos ... Gut, beginnen wir mit der wichtigsten Frage. Wo waren

Sie am Freitagabend sowie am Samstagvormittag vor einer Woche?»

«Am 3. und 4. Juli?», sie sah auf ihr Handy und tippte etwas ein. «Am Freitagabend war ich mit Ständerat Markus Schneider in einem Konzert und am Samstagvormittag einkaufen. Für die Nacht von Freitag auf Samstag habe ich kein Alibi, da Markus nicht bei mir schlafen wollte.»

Ferrari zog die Augenbrauen hoch.

«Markus ist ein sehr guter Freund von mir, mein bester. Ab und zu mehr als ein Freund.»

«Ich verstehe. Sie sagten, dass Sie mit Ihren Eltern zusammen wohnen?»

«Ja. Ich habe das Haus selbst entworfen. So, dass es genügend Platz für uns alle hat und gleichzeitig die Intimsphären gewahrt bleiben. Mam und Pa wohnen im Parterre, damit sie keine Treppen steigen müssen und den Garten nutzen können. Ich habe mir in der ersten und zweiten Etage eine Maisonettewohnung eingerichtet.»

«Sie sagten damals nach dem Prozess vor laufender Kamera, dass die Mörder Ihres Bruders ihrem Schicksal nicht entgehen würden.»

«Meine Prophezeiung scheint ja nun einzutreffen, Frau Kupfer!», antwortete sie trocken.

«Haben Sie dabei etwas nachgeholfen?»

«Das herauszufinden, ist Ihre Aufgabe. Es scheint doch noch eine Gerechtigkeit zu geben.»

«Wir haben uns mit Philippe Stähli unterhalten.»

«Ein sehr guter Arzt mit grossartiger Karriere, die ich leider nicht verhindern konnte.»

«Dann stimmt es also, dass Sie gegen ihn mobil gemacht haben?»

«Ich bin von Pontius zu Pilatus gelaufen, um ihn fertigzumachen. Leider erfolglos. Das heisst nicht ganz.»

«Das müssen Sie mir etwas näher erklären», bat der Kommissär.

«Inzwischen bin ich in unserer Stadt ziemlich bekannt und habe einigen Einfluss. Ohne arrogant wirken zu wollen, mein Beziehungsnetz ist besser als jenes der Familie Stähli. Vor allem, seit der alte Stähli tot ist. Grosse Karrieresprünge liegen für Philippe Stähli im Kantonsspital nicht mehr drin.»

«Ich habe aber gehört, dass er Chefarzt werden soll.»

«Schön für ihn, Frau Kupfer. Aber sicher nicht hier in Basel.»

Ihre Augen funkelten erbarmungslos.

«Sie können uns bestimmt auch noch etwas über die anderen drei erzählen.»

«Bedaure. Stähli war der Anführer ... dieser gottverdammten Sippe ... Ohne seinen Vater und die korrupte Bande von Anwälten und Richtern sässen die vier im Gefängnis.

«Wohl jetzt nicht mehr.»

«Wie meinen Sie das, Herr Kommissär?»

«Vermutlich hätten sie im schlimmsten Fall zehn Jahre gekriegt und wären nach spätestens sieben wegen guter Führung entlassen worden.»

«Doch in Tat und Wahrheit sind sie schon nach der Untersuchungshaft wieder rausgekommen. Schöne Gerechtigkeit!»

«Sie haben also nie mehr etwas von den anderen gehört?»

«Doch, von diesem Richter. Seine Stiftung liess im Gellert einen Wohnkomplex bauen, den ausgerechnet mein Büro planen sollte.»

«Vielleicht ein Friedensangebot von Richter?»

«Und wenn schon. Ich habe seine Leute hochkant rausgeworfen. Ich bin nicht käuflich … Ich hoffe, dass sie den Mörder … die Person nicht erwischen, bevor alle vier tot sind. Noch besser, ich wünsche mir, dass Sie sie nie erwischen.»

«Wir kriegen jeden.»

«Ich kenne Ihren Ruf», schmunzelte Elisabeth Fahrner. «Falls Sie die Person wirklich fassen, die meinen Bruder rächt, dann werde ich ihr den besten Anwalt der Welt verschaffen und die ganze Staatsanwaltschaft mitsamt Richter bestechen. Das ist ja hier in Basel so üblich.»

Ferrari verzog das Gesicht.

«Sie erinnern sich bestimmt noch an Gregor Hartmann?»

«Lebt der noch?»

«Es geht ihm anscheinend nicht besonders gut.»

«Recht so. Er soll der Fünfte auf der Liste des Gerechten sein.»

«Das nimmt Ihnen das Schicksal vermutlich ab. Haben Sie sich schon einmal überlegt, was wäre, wenn die Ermordung von Gissler gar nichts mit dem Fall Fahrner zu tun hätte?»

«Das wäre schade und nicht zu hoffen. Dann müsste ich die Rache endlich selbst in die Hand nehmen.»

«Haben Sie das nicht schon?»

Sie lächelte Ferrari mit dem harmlosesten Lächeln der Welt an.

«Wie gesagt, Herr Kommissär, das müssen Sie herausfinden.»

Der Kommissär sah ihr tief in die Augen und nickte.

«Danke, dass Sie gekommen sind. Würden Sie mir bitte noch aufschreiben …», Ferrari schob einen Block über den Tisch, «wo wir Sie erreichen können? Am besten auch Ihre Handynummer. Falls wir noch Fragen haben, melden wir uns.»

«Was ist mit meinen Eltern?»

Der Kommissär blickte unsicher zu Nadine.

«Im Augenblick sehen wir keinen Grund, mit Ihren Eltern zu sprechen. Falls es aber dazu kommen muss, werde ich Sie vorher informieren, damit Sie beim Gespräch dabei sein können.»

«Danke, Frau Kupfer. Sie halten mich für eiskalt, nicht wahr?»

«Eiskalt ist vielleicht nicht das richtige Wort, aber … wie soll ich sagen …»

Sie lachte und zeigte dabei ihre strahlend weissen, ebenmässigen Zähne.

«Wenn Sie geheucheltes Mitleid erwarten, sind Sie bei mir an der falschen Adresse. Haben Sie Geschwister?»

«Nein.»

«Ich habe meinen kleinen Bruder vergöttert, abgöttisch geliebt. Beat war ein intelligenter, fröhlicher und herzensguter Mensch. Strahlte ungeheure Lebensfreude aus, hatte viele Interessen und noch so viele Pläne …», sie atmete tief durch. «Musik und Literatur waren seine Steckenpferde. Er spielte ziemlich gut Gitarre und besuchte beinahe jede Theatervorstellung. Opern waren nicht sein Ding, aber für ein Schauspiel hat er die halbe Schweiz bereist … Sie denken jetzt, dass sei das verklärte Geschwätz der grossen Schwester. Fragen Sie in seinem Bekanntenkreis nach, er war sehr beliebt … ‹Du hast jeden Raum mit Sonne geflutet, hast jeden Verdruss ins Gegenteil verkehrt. Nordisch nobel, deine sanftmütige Güte, dein unbändiger Stolz, das Leben ist nicht fair.› …» Mit Mühe bezwang sie ihre Tränen. «Er ist einen so sinnlosen Tod gestorben. Bloss, weil er im falschen Moment am falschen Ort gewesen ist – auf dem Heimweg vom Stadttheater. Wir haben damals am Rheinsprung gewohnt. Beat hat seine Mörder nicht einmal gekannt …»

Nadine und Ferrari sassen schweigend da. Betroffenheit machte sich breit.

«Vor Gericht hat Hartmann die These aufgestellt, dass mein Bruder die vier unbekannten jungen Männer provoziert haben könnte. Was für ein Hohn! Beat hat nie jemanden provoziert, er verabscheute Gewalt.» Sie fuhr sich durch eine Stirnlocke und warf mit einer Kopfbewegung die Haare zurück. «Ich hoffe wirklich, dass Gissler nicht zufälligerweise umgebracht wurde, und bete inständig, dass es erst der Anfang ist.»

«Das hoffen wir nicht. Wir werden unser Möglichstes tun, um dies zu verhindern.»

«Das ist Ihre Pflicht, Herr Kommissär. Doch der gerechte Gott wird meine Gebete erhören. Wenn Sie mich nicht länger benötigen, möchte ich jetzt gern gehen.»

Während Nadine Elisabeth Fahrner zum Ausgang begleitete, versuchte Ferrari seine Gedanken zu ordnen. Wie man an einem Tag in die Abgründe verschiedener Menschen blicken kann. Die vier Täter, er hielt das Wort Mörder in diesem Zusammenhang für falsch, die einen anderen jungen Menschen brutal erschlugen. Eine sinnlose Mutprobe jugendlichen Leichtsinns. Vermutlich hatten sie sich gegenseitig hochgeschaukelt, keiner konnte als Feigling dastehen. Das Opfer wehrt sich, zuerst nur verbal. Ein Wort gibt das andere. Dann folgen schreckliche Taten. Sekunden später ist die Entscheidung über Leben und

Tod gefallen. Beat Fahrner hatte nicht den Hauch einer Chance. Was für ein Wahnsinn! Der Kommissär schüttelte den Kopf. Das Leben ist nicht fair, hatte Elisabeth Fahrner aus einem Lied von Grönemeyer zitiert. Nein, das war es wirklich nicht.

Zwei der vier Täter ziehen sich vollkommen zurück. Sie wollen keine Verantwortung übernehmen, haben keine Freunde, keine Familie. Ein Leben im Nichts. Der Dritte stellt sich in den Dienst der Menschheit, kämpft erfolgreich für die Rechte von Senioren. Der Kopf der Gruppe wird ein renommierter Arzt, der unzählige Leben rettet. Nur dieses eine bleibt für immer verloren. Dieser tragische Moment vor fünfzehn Jahren brennt sich für immer in die Seelen der Täter ein. Ein Vergessen, ein Entrinnen ist unmöglich. Die Schuld wiegt zu schwer.

Diese verhängnisvolle Nacht zieht weitere Kreise. Da ist ein Vater, der instinktiv und mit aller Macht sein Kind schützen will, sein alter Freund, der Staatsanwalt, und ein brillanter Strafverteidiger. Alle verfolgen sie dasselbe Ziel: den Freispruch der Angeklagten. Gewonnen hat am Ende niemand. Schon gar nicht Kommissär Meister, der die Täter fasst und sie wieder frei lassen muss. Wie sich Meister gefühlt hat und immer noch fühlt, konnte sich Ferrari vorstellen. Nicht auszudenken, wie er reagiert hätte … Der Assistentin Anita Brogli mit ihrem ausgeprägten Gerechtigkeitssinn und ihren unorthodoxen Methoden kostete es die Karriere.

Und die Familie des Opfers? Eltern, die sich Tag für Tag hintersinnen, nur mit Mühe weiterleben können, die Schuld bei sich suchen und unaufhaltsam zerbrechen. Die Schuld – sie liegt immer bei den Eltern. Die Frage nach der Wahrheit stellt sich nicht, weil sie im entscheidenden Augenblick ihr Kind nicht beschützt haben. Bleibt noch die Schwester des Toten, die ganz offen auf Rache sinnt. Kalt und berechnend den passenden Moment abwartet, um zuzuschlagen? Oder um zuschlagen zu lassen?

Für Ferrari lag eine ungeheure Dramatik in diesem Fall. Mit dem Tod von Gissler wurde die Vergangenheit lebendig. Die unterschiedlichsten Gefühle brachen auf, traten aus tiefem Innern ans Tageslicht. Fünfzehn Jahre kochte das Vergangene auf Sparflamme und plötzlich loderte das Feuer wieder wild auf.

«In Gedanken versunken?»

«Komm rein, Stephan. Hast du deine neue Freundin anständig verabschiedet?»

«Höre ich da eine Spur von Sarkasmus in deiner Stimme, Francesco?»

Stephan Moser setzte sich lässig auf einen Stuhl.

«Na ja, du gibst ziemlich Gas. Wann ist man schon nach zwanzig Minuten mit einer attraktiven Frau per Du?», stichelte der Kommissär.

«Sie hat mich total überrumpelt. Zu deiner Beruhigung, sie war in Begleitung von ...»

«Markus Schneider. Ist er nicht mit raufgekommen?»

«Doch. Aber sie wollte ihn nicht dabei haben. Eine Wahnsinnsfrau!»

«Was habt ihr mit Schneider angestellt?»

«Er sass draussen an einem Tisch und las Zeitung.»

Nadine war zurückgekommen und blieb am Fenster stehen.

«Von wem sprecht ihr?»

«Von Ständerat Schneider.»

«Also draussen sitzt niemand. Das wäre mir aufgefallen. Frau Fahrner hat auch nichts erwähnt. Übrigens eine starke Frau!»

«Meine Rede, Nadine. Eine super Frau!»

«Gut, dass ihr einer Meinung seid. Dann wäre jetzt nur noch das Problem Schneider zu lösen. Wo steckt er?»

«Vielleicht ist er in der Kantine.»

«Eher bei unserem Staatsanwalt», überlegte Nadine.

«Du meinst, er schlägt schon mal einen Pfahl ein.»

«Würde mich nicht wundern. Borer liebäugelt doch schon lange mit einer politischen Karriere, und unter guten Freunden …»

«Sauhäfeli, Saudeckeli!»

«Vermutlich wird sich Borer demnächst sehr intensiv um den Fall bemühen. Ich könnte mir jetzt auch vorstellen, woher der Tipp kam.»

«Von Schneider. Borer wird es ihm gesteckt haben.

Wer weiss, vielleicht sind sie zusammen bei den Rotariern oder Parteifreunde. Kannst du dich an Anita Brogli erinnern, Stephan?»

«Stiefelchen?»

«Exakt. Den Spitznamen hatte ich ganz vergessen.»

«Weshalb gerade Stiefelchen?», fragte Nadine nach.

«Weil sie immer in hohen Stiefeln rumlief. Ich habe mir oft vorgestellt, wie sie in ihren Stiefeln Verdächtige quält.»

«Das geht jetzt aber zu weit, Stephan», brummte Ferrari. Aber der Vergleich war nicht von der Hand zu weisen.

«Welchen Kosenamen habt ihr mir verpasst?»

«Kratzbürste!», rutschte es Stephan Moser heraus.

«Wie bitte? Immerhin besser als Stiefelchen.»

«Ich glaube, Anita Brogli wusste, wie wir sie nannten. Das berührte sie überhaupt nicht, es war ihr absolut egal. Die hat schon das eine oder andere Ding abgezogen, hart an der Grenze. Dann hats geknallt. Einem Disziplinarverfahren ist sie nur knapp entgangen. Und weg war sie.»

«Weisst du, wo sie jetzt ist und was sie macht?»

«Sie ist irgendwo in Graubünden. Ich habe sie vor drei Jahren an einem Weiterbildungsseminar getroffen. Hat in den Bergen ziemlich Karriere gemacht. Wenn mich nicht alles täuscht, ist sie Polizeichefin von Chur oder so. Was hat Stiefelchen mit eurem Fall zu tun?»

«Sie war damals die Assistentin von Meister und hat einem der Angeklagten nach dem Prozess gedroht.»

«Typisch Brogli!», schmunzelte Moser. «Für die gab es keine halben Sachen. Schuldige in den Bau. Zudem war sie eine Verfechterin der Todesstrafe.»

«Und Unschuldige nahm sie so lange in die Mangel, bis sie alles gestanden … oder starben.»

«Tja, sie ist oft über das Ziel hinausgeschossen, Nadine. Aber sie ist eine gute Polizistin gewesen.»

Was sind die Kriterien für einen guten Polizisten?, überlegte Ferrari, als er mit Nadine wieder allein war. Zeichnet sich ein guter Polizist dadurch aus, dass er Härte zeigt, stundenlange Verhöre führt, bis der Verdächtige gesteht? So wie Anita Brogli? Mag sein. Wenn Stephan sie als gute Polizistin bezeichnet, was sind dann wir? Mit Sicherheit zu anständig. Ferrari schmunzelte und wippte in seinem Sessel hin und her. Es gibt auch andere Methoden, zum Beispiel unsere! Vielleicht bin ich oft eine Spur zu menschlich. Andere würden wohl sagen zu weich. Da ist Nadine schon härter. Deshalb sind wir ja auch ein echt gutes Team, wir ergänzen uns perfekt. Genau. Ein guter Polizist zeichnet sich also durch analytisches Denken, Hartnäckigkeit, Einfühlungsvermögen und Intuition aus. Man darf sein Ziel nie aus den Augen verlieren, aber auch nicht darüber hinausschiessen. Wahrscheinlich bin ich in den Augen meiner Kollegen kein guter Polizist. Nur einer, der auf der Sonnenseite des Lebens steht, der das Glück gepachtet hat. Der italienische Schickimicki-Bulle von Basel!, dachte Ferrari amüsiert.

«Nadine an Francesco ... bist du da? Hallo?»

«Wie ... was? Entschuldige. Ich habe ein wenig sinniert. Über Polizeimethoden. Was ist richtig? Was ist falsch?»

«So, wie wir es angehen, ist es richtig, Francesco. Basta!»

«Da denken andere ganz anders, du Kratzbürste!»

«So eine Frechheit! Kratzbürste! Wenn ich erfahre, wer mir diesen Namen verpasst hat, dem reisse ich den Arsch auf. Du weisst es bestimmt.»

«Nein, nein und nochmals nein. Ich schwöre es. Bei allem, was mir heilig ist.»

«Ich kann Elisabeth Fahrner verstehen, dass sie Stähli und Co. den Tod wünscht.»

«Und weil ihr das auf natürliche Art und Weise zu lange dauert, legt sie selbst ein wenig Hand an.»

«Du glaubst, dass sie in den Mord verwickelt ist?»

«Sagen wir, sie gehört zum Kreis der Verdächtigen. Genau wie Anita Brogli. Ich finde übrigens die Bezeichnung recht passend. Gut getroffen.»

«Welche Bezeichnung?»

«Das mit der Kratzbürste.»

Getroffen wurde daraufhin Ferrari, von einem auf dem Tisch liegenden Aktenordner.

10. Kapitel

Der Kommissär stieg an der Endstation des Dreiers aus und spazierte gemächlich am Waldrand entlang nach Hause. Heute Abend machen wir es uns gemütlich. Nur Monika, Nicole und ich. Keine Mutter, keine Schwiegermutter. Ferrari atmete tief durch. Es tat gut, ein paar Schritte zu gehen. Die Förster hatten überall Äste aufeinandergeschichtet. Zu welchem Zweck, war Ferrari nicht klar. Vielleicht, damit die Niederbrüter in Ruhe brüten konnten, geschützt vor neugierigen Blicken, spitzigen Katzenkrallen und gefährlichen Hundeschnauzen. Der Kommissär betrat das Haus und wurde bereits zum zweiten Mal an diesem Tag von Besuch überrascht.

«Oh, Francesco ist schon nach Hause gekommen. Komm doch zu uns», empfing ihn eine Freundin von Monika herzlich.

Aus mit dem gemütlichen Abend zu dritt! Da half nur noch die Flucht nach vorne. Wie hatte er nur vergessen können, dass heute der monatliche Hexenbasar stattfand. Die Vereinigung von fünf Akademikerinnen, die zusammen studiert hatten. Normalerweise blieb er einfach länger im Büro oder ging mit einem Freund essen und trudelte dann so gegen Mitternacht ein. Monika warnte ihn jeweils vor dem schrecklichsten Tag des Monats. Irgendwie hatte er ihn verdrängt. Mist, elender! Bald schon sass er mit einem Glas Wein in der Hand inmitten von Monikas Freundinnen und liess deren Geschichten über sich ergehen. Nach dem dritten Glas Aigle rouge fühlte er sich langsam wohl. Monikas strengen Blick übersah er geflissentlich.

«Und, ist wieder ein Mord geschehen, Francesco?», fragte Ursula Wüthrich, eine Tierärztin.

«Nicht nur einer. Ein Serientäter macht Basel unsicher. Aber pssst», er mimte den Verschwörer, «kein Sterbenswörtchen davon. Sonst bricht eine Panik aus.»

«Ein Serienmörder? Wie viele Menschen hat er denn schon getötet?», mischte sich Doris Schläpfer, Zahnärztin, in die Diskussion ein.

«Bisher wissen wir von einem Dutzend. Aber es werden laufend mehr.»

Ruth Kern lachte.

«Glaubt ihm doch den Käse nicht. Er nimmt uns auf die Schippe. Das wüssten wir doch längst.»

«Woher denn, meine Liebe?», verteidigte Ferrari seinen Serienmord.

«Wir sind doch eine eingeschworene Clique, Francesco. Wenn es einen Serienmörder gäbe, würde uns einer der Assistenten von Peter Strub längst informiert haben.»

«Bingo! Eins zu null für dich, Ruth. Nein, es ist im Augenblick ziemlich langweilig in Basel. Nur ein

Toter in den vergangenen zwei Monaten. Manchmal habe ich sogar Angst, dass ich meine Stelle verliere, weil zu wenig gemordet wird.»

«Du kannst dich jederzeit an uns wenden. Wir würden einen perfekten Mord für dich begehen, Francesco», lachte Ruth Kern. «Mit der Aufklärung würdest du dich bis zu deiner Pensionierung die Zähne ausbeissen.»

«Das ist wirklich lieb von euch. Wenn ich hier schon die versammelte geistige Akademikerinnenelite von Basel an einem Tisch habe, könnte ich doch ein oder zwei Fragen stellen ...»

«Francesco, es ist genug. Pack dein Glas und nimm von mir aus eine Flasche mit», forderte Monika bestimmt.

«Das ist nicht fair, Monika. Lass deinen Schatz doch die Fragen stellen. Das ist echt spannend», bettelte Doris Schläpfer.

«Also gut, zwei Fragen und dann werfe ich dich raus.»

«Schon verstanden. Frage eins: Kennt jemand von euch, ausser Monika natürlich, Philippe Stähli und was haltet ihr von ihm?»

Die Damen schauten sich mit Verschwörermiene an. Ruth hatte sich zur Sprecherin erkoren.

«Der schöne Philippe. Die Frauen liegen ihm zu Füssen. Aber anscheinend liebt er seine Frau wirklich. Es hat ihn noch keine rumgekriegt. Oder er ist ein ganz Raffinierter.»

«Eine meiner besten Freundinnen war bei ihm in Behandlung. Er hat sie geheilt. Sie schwärmt in den höchsten Tönen von ihm. Er habe sich um sie gekümmert, als ob sie seine Frau wäre. Auf den schönen Philippe lässt sie nichts kommen», ergänzte Doris Schläpfer.

«Nichts Negatives, keine Skandale?»

Sie schüttelten nur den Kopf.

«Gut. Und Andreas Richter?»

Sie schauten sich gegenseitig fragend an. Iris Gubler, Kunsthistorikerin mit abgebrochenem Medizinstudium, die sich bisher an der Diskussion nicht beteiligt hatte, räusperte sich.

«Andreas ist Leiter einer Stiftung. Ein absolut integrer Mann, ein Gerechtigkeitsfanatiker. Ich sitze mit ihm im Stiftungsrat von Pro Vita. Die Stiftung vergibt Beiträge an ältere Menschen, die von ihrer Rente nicht leben können und die sich weigern, Sozialhilfe zu beantragen. Davon gibt es mehr, als ihr euch vorstellen könnt. Andreas versucht jedem zu helfen. Er geht sogar so weit, dass er sich mit den Behörden anlegt, um den Berechtigten Sozialhilfe zu verschaffen, ohne dass sie selbst etwas unternehmen müssen. Er lässt sich von ihnen eine Vollmacht geben und setzt sich dann bei den Ämtern durch.»

«Deshalb bezeichnest du ihn als Gerechtigkeitsfanatiker?»

«Nein. Wir hatten bei der Stiftung eine Ungereimtheit in den Finanzen. Es ging um keine grosse

Summe. Aber Andreas liess nicht locker, obwohl wir anderen der Meinung waren, dass es keinen Sinn mache. Er bezahlte aus der eigenen Tasche einen externen Treuhänder, der dann auch fündig wurde. Unser Kassier hatte sich unrechtsmässig Geld genommen. Wie gesagt, es war nur eine kleine Summe. Doch die Ungereimtheit löste eine Lawine aus. Nachdem die Treuhandfirma weiterbohrte, kam heraus, dass Richters Stellvertreter eine halbe Million Franken veruntreut hatte. Das war das Verdienst von Andreas Richter.»

«Kam es zu einer Anzeige?»

«Das war dann wiederum komisch. Als das Ergebnis feststand, bat Andreas den Vorstand darauf zu verzichten. Er verlangte von den beiden, dass sie kündigten und die Schadenssumme zurückbezahlten. Damit waren sie natürlich einverstanden. Andreas begründete sein Verhalten damit, dass er nicht wolle, dass die Stiftung in ein falsches Licht gerate.»

«Scheint mir ein vernünftiger Mann zu sein, dieser Richter», stellte Ruth fest.

«So, jetzt ist die Fragestunde vorbei, Francesco. Ab mit dir nach oben.»

«Wo ist eigentlich Nicole?»

«Sie schläft bei einer Freundin.»

Wenigstens eine in der Familie hatte den Tag, als die Hexen kamen, nicht vergessen!

11. Kapitel

Ferrari meldete sich am nächsten Vormittag bei der Zentrale ab und rief Nadine übers Handy an. Ein Umstand, der sie geradezu schockierte, dachte sie doch, es sei ein weiterer Mord passiert. Weshalb sonst würde Francesco zum mobilen Telefon greifen? Der Grund war ein anderer. Der Kommissär hatte unter der Dusche spontan entschieden, Gregor Hartmann aufzusuchen. Ein kurzer Anruf genügte, um ihn zu verständigen. Überrascht klang er nicht, vielmehr schien er darauf gewartet zu haben. Nadine traf einen leicht verkaterten Kommissär beim St. Jakob-Park. Die Fahrt mit dem Uraltmodell der Basler Verkehrsbetriebe bekam Ferraris Kopfschmerzen nicht sonderlich. Vermutlich war die eine Flasche Aigle rouge des Guten zu viel gewesen … Der Buschauffeur schien seinen Beruf zu lieben, er raste wie ein Formel-1-Pilot den Stich vom St. Jakob-Park zum Dreispitz hoch, wo Ferrari und Nadine in den Elfer nach Reinach umstiegen.

«Die spinnen mit ihren alten Kisten! In so einem Bus bin ich zum letzten Mal in Bukarest gefahren. Vermutlich ist schon Munatius Plancus mit solch einem Gefährt in die Schlacht gezogen. Mir brummt der Schädel!»

«Hm.»

«Was hm?! Ich habe mir eben den Kopf an der Scheibe angeschlagen. Und weshalb stehen wir uns hier die Beine in den Leib? Der halbe Wagen ist leer. Setzen wir uns doch einfach hin», polterte der Kommissär wütend, denn sein Platz war besetzt und die alte Dame machte keinerlei Anstalten, das Feld zu räumen. Ganz im Gegenteil. Als er sich ganz nahe neben sie stellte, rollte sie ihm den schwer beladenen Einkaufswagen über den rechten Fuss. Natürlich aus Versehen. Abwarten, wir sehen uns bestimmt wieder. Ich habe vielleicht diese Schlacht verloren, aber noch lange nicht den Krieg ...

Nadine und der Kommissär wurden von einer Krankenschwester Mitte oder Ende dreissig ins Wohnzimmer geführt. Der Anwalt sass in einem bequemen Ledersessel und deutete ihnen an, dass sie sich setzen sollten. Gregor Hartmann konnte trotz makelloser Kleidung und gepflegtem Aussehen seine Krankheit nicht verbergen. Eingefallenes, bleiches Gesicht, aus denen ihnen ganz zum Gegensatz dazu messerscharfe, wachsame Augen entgegenblickten.

«Darf ich Ihnen etwas anbieten?» Seine Stimme klang fest und freundlich.

«Einen Kaffee, wenn das nicht zu viele Umstände macht.»

«Das geht allemal. Alice, sei bitte so lieb und bring uns Kaffee. Danke. Und dann bin ich für niemanden zu sprechen, ich möchte mich mit Frau Kupfer und Herrn Ferrari in Ruhe unterhalten.»

Der Kommissär schaute sich um. An den Wänden hingen Werke von Basler Künstlern.

«Ein Peter Baer aus der Anfangszeit.»

«Sie kennen sich mit Kunst aus, Herr Kommissär?»

«Ein wenig. Ich ermittelte mal in der Kunstszene. Da habe ich das eine oder andere mitbekommen. Vor diesem Fall war ich ein absoluter Kunstmuffel. Der Lenz Klotz dort überm Kamin gefällt mir sehr gut.»

Hartmann lächelte milde.

«Es freut mich, mich mit einem kunstinteressierten und sachverständigen Kommissär unterhalten zu können. Wenn Sie wollen, führe ich Sie nach unserem Gespräch durchs Haus und zeige Ihnen meine ganze Sammlung.»

«Das wäre mir eine Ehre.»

«Ich habe übrigens schon viel von Ihnen gehört, Herr Ferrari.»

«Auch etwas Gutes?»

«Vorwiegend!» Er lachte. «Mit einer Ausnahme.»

«Und die wäre?»

«Jakob hat sich im Rotarierclub mehrmals über Sie beschwert oder sagen wir gejammert. Das trifft es eher. Aber das hat mich nur in meinem positiven

Urteil über Sie bestärkt. Jakob ist ein brillanter Taktierer, immer auf der Seite der Gewinner. Da passt es ihm natürlich nicht, wenn sein wichtigster Kommissär in Teichen fischt, die tabu sind. Und Sie, meine Liebe, scheinen auch nicht gerade Jakobs beste Freundin zu sein. Betrachten Sie das bitte als Kompliment.»

Alice Schneeberger brachte den Kaffee und schloss diskret die Tür.

«Sie kümmert sich rührend um mich. Einige meiner Freunde glauben, dass sie auf mein Erbe scharf ist. Das stimmt nicht. Sie weiss, dass sie nichts zu erwarten hat. Trotzdem kümmert sie sich um mich. Als ob ich ihr kranker Vater wäre. Sie könnte leicht eine andere Stelle finden, wo sie unter Gleichaltrigen ist. Aber sie hat sich für die Betreuung eines alten, kranken Mannes entschieden. Können Sie das verstehen?»

«Ich habe in meinem Beruf so viele verschiedene Menschen kennengelernt, dass ich es längst aufgegeben habe, alles verstehen zu wollen. Es ist doch schön, wenn ein junger Mensch ohne Eigennutz einem älteren Menschen hilft.»

«So habe ich mir meinen Lebensabend eigentlich nicht vorgestellt. Ich hatte noch viele Pläne und viele Ideen. Aber anscheinend will Gott es nicht, dass ich diese noch verwirkliche.»

«Darf ich fragen, wie es Ihnen gesundheitlich geht oder möchten Sie nicht darüber reden?»

«Über diesen Punkt bin ich längst hinaus, Frau Kupfer. Ich habe Krebs. Die Ärzte geben mir noch drei bis höchstens sechs Monate. Anfänglich war ich wie vom Blitz getroffen, eine Woche lang zu nichts fähig. Dann raffte ich mich auf. Ich hatte keine Zeit zu verlieren. Seither verbringe ich jeden Tag, wie wenn es mein letzter wäre.»

«Können Sie keine Therapie machen?»

«Der Tumor ist zu weit fortgeschritten. Es wäre nur noch eine Qual. Es ist besser so. Es geht mir gut. Noch komme ich ohne Morphium aus. Aber diese Zeit steht mir bevor. Schneller, als ich es mir wünsche.»

«Seit wann wissen Sie es?»

«Seit fünf Jahren kämpfe ich gegen die Krankheit. Dass ich diesen Kampf verlieren werde, weiss ich seit einem Monat. Es ging immer auf und ab, doch die letzte Chemotherapie brachte nichts. Deshalb entschied ich mich gegen weitere medizinische Massnahmen. Ich will das Ganze nicht unnötig verlängern.»

«Das ist ... schrecklich. Es tut mir sehr leid», murmelte Ferrari.

Gregor Hartmann sah den Kommissär mit einem kritischen Blick an.

«Ich sehe, dass Sie es ernst meinen, Herr Kommissär. Ich danke Ihnen für Ihre Anteilnahme. Glauben Sie an das Schicksal?»

«An Gott?»

«Nicht unbedingt. Daran, dass das Schicksal vorbestimmt ist.»

«Ich glaube an eine höhere Macht, die über unser Schicksal wacht.»

«Wissen Sie, als Anwalt habe ich den einen oder anderen Verbrecher vor dem Gefängnis bewahrt, zum Teil hoffnungslose Fälle. Vielleicht ist dies nun meine gerechte Strafe. Als junger Mensch hatte ich viele Träume und hohe Ziele. Ich träumte etwa davon, ein zweiter Perry Mason zu werden. Sie kennen seine Geschichten?»

«Ich habe mir die Fernsehserie mit Raymond Burr in der Hauptrolle immer angeschaut.»

«Wunderbar! Eine Seelenverwandtschaft zwischen uns beiden. Mason war mein Vorbild. Aber die Schweiz ist nicht Amerika und so wurde aus mir nur ein ganz normaler Strafverteidiger mit weniger edlen Fällen.»

«Sie untertreiben! Sie sind ein Staranwalt, wobei Ihr Ruf nicht überall der beste ist.»

«In der Tat, Frau Kupfer!», er lachte, dass ihm die Tränen über die Wangen liefen. «Sie beide sind wirklich eine Bereicherung für mich. Schade, dass wir uns nicht früher kennengelernt haben. Mein Ruf ist tatsächlich nicht der beste, aber gefürchtet. Von der Halbwelt mit Ehrfurcht ausgesprochen. Das ist doch auch etwas und sozusagen eine Lebensversicherung, wenn alle Stricke reissen. Wissen Sie, eine Persönlichkeit polarisiert. Die einen lieben mich, die anderen wünschen mich zur Hölle. Anscheinend haben die Letzteren Gehör gefunden.»

«Wegen einer Ihrer Fälle sind wir jetzt auch hier.»

«Ich weiss, der Fall Fahrner. Arnold Gissler ist tot.»

Ganz Basel schien von diesem Mord zu wissen, obwohl noch kein Sterbenswort durch die Presse ging.

«Sie sind gut informiert. Darf ich fragen von wem?»

«Aber sicher. Bernhard Meister hat es mir mitgeteilt.»

«Meister? In welchem Verhältnis stehen Sie zu ihm? Ich dachte, …»

«… dass wir uns hassen. Voll ins Schwarze getroffen. Bernie rief mich an, um mir mitzuteilen, dass es den ersten erwischt habe. Die anderen würden folgen und am Schluss käme ich an die Reihe. Diesen Zahn habe ich ihm jedoch rasch gezogen. Er war, zumindest, was mich betrifft, nicht auf dem Laufenden. Ob mich der Teufel einen Tag früher oder später holt, ist mir egal.»

Ferrari sass mit offenem Mund da. Das gibt es doch nicht! Mein Vorgänger Meister ruft einen seiner Feinde an, um den Anfang eines späten Siegs zu verkünden.

«Glauben Sie, dass der Mord an Gissler wirklich mit dem damaligen Prozess zu tun hat, Herr Ferrari?»

«Es ist eine These.»

«Die sich mit der nächsten Leiche erhärten wird.»

«Ein weiterer Mord muss unbedingt verhindert werden. Deshalb sind wir auch hier. Hand aufs Herz, sind die vier Angeklagten damals schuldig gewesen?»

«Schuld oder Unschuld – wer entscheidet darüber, Frau Kupfer? Ein menschliches Gericht basierend auf gewissen Moralvorstellungen. Ist ein Präsident, der ein anderes Land aus wirtschaftlichen Interessen annektiert, ein Held oder ein Mörder? Das ist Ansichtssache, eine Frage der Perspektive. Gelingt es ihm, zu überleben und Verbündete zu finden, ist er ein grosser Staatsmann. Denken Sie nur zum Beispiel an Saddam Hussein zurück. Ein Massenmörder. Wen hat das im Westen interessiert, solange er gut Freund gewesen ist. Da war er der gefeierte Held. Erst, als es ihm in den Kopf stieg, als er glaubte, dass ihn nichts und niemand bremsen könnte, verlor er den Westen als Freund. Das war sein Untergang. Sehr dumm von ihm. Der würde noch heute als gehätschelter Diktator im Irak an der Macht sitzen. Also, wer gibt den Moralkodex an? Nicht Gott legt die Regeln fest, sondern wir Menschen. Schuldig oder nicht schuldig, das ist immer die Kernfrage.»

«Im Fall von Beat Fahrner gab es Schuldige.»

«Niemand konnte beweisen, dass meine Klienten die Täter waren. Deshalb galt auch in dubio pro reo.»

«Es gab eine Zeugin und einer Ihrer Klienten hatte die Tat gestanden. Zumindest am Anfang des Prozesses. Später war sich die Zeugin nicht mehr sicher, ob sie einen der Angeklagten erkannt hatte, und der Geständige widerrief seine Aussage.»

«Richtig. Ergo gab es keine Belastungszeugen. Ein Fall, der nur auf Indizien aufgebaut war. Und das Gericht befand diese als unzureichend.»

«Waren und sind Sie von der Unschuld der vier Angeklagten überzeugt?»

«Das ist die falsche Frage, Herr Kommissär. Das Gericht musste die Schuld beweisen, und nicht die Angeklagten ihre Unschuld. Aber ja, ich war von der Unschuld überzeugt.»

«Wie standen Sie persönlich zu den vier?»

«Ich kannte nur Philippe Stähli. Sein Vater, den ich jetzt dann bald wieder im Jenseits treffen werde, war ein guter, ein sehr guter Freund von mir. Er bat mich, die Verteidigung seines Sohnes zu übernehmen.»

«Und die Verteidigung der anderen?»

«Philippe Stähli wünschte es. Er sagte damals, einer für alle, alle für einen.»

«Wie edel!»

«Jetzt werden Sie sarkastisch, Frau Kupfer. Letztendlich war es einer meiner einfachsten Fälle. Der Staat schlug sich selbst.»

«Wie meinen Sie das?»

«Die Ermittlungen waren noch nicht einmal richtig abgeschlossen, als Alexander Streck bereits Anklage erhob. Sie fragen mich jetzt bestimmt, ob das Ganze ein abgekartetes Spiel gewesen ist. Nicht von meiner Seite. Inwieweit Alexander und Justus Stähli einen Deal machten, bleibt ihr Geheimnis.»

«Wo bleibt die Gerechtigkeit?»

«So ist nun mal unser Rechtssystem. Die ethische Grundsatzdiskussion wird woanders geführt. Perry Mason hätte wohl viele meiner Fälle abgelehnt. Doch ich stand mitten in der Realität und seien wir ehrlich, wäre die Welt nur um einen Deut besser geworden?» Hartmann hielt einen kurzen Augenblick inne. «Natürlich verändern sich Ansichten, Ideologien und Visionen im Laufe eines Lebens. Damals hat es unheimlich Spass gemacht, das Recht mit all seinen Schwächen auszuloten. Es war ein faszinierendes Spiel. Damals …»

«Der schwarze Ritter im Kampf für die Verbrecher!»

Hartmann lachte.

«Ihr Humor gefällt mir, Frau Kupfer. Beinahe würde ich sagen, Sie sind nicht weit von mir entfernt. Lassen Sie mich die These aufstellen, dass Sie einen Menschen, den Sie mögen, sagen wir hier unseren Kommissär, selbst dann in Schutz nehmen, wenn Sie ihn für einen Mörder halten.»

«Das ist ganz etwas anderes», Nadines Stimme klang trotzig.

«Wirklich? Wie heissen Sie mit Vornamen, Herr Kommissär?»

«Francesco.»

«Also, würden Sie Ihren Partner Francesco an ein

Gericht ausliefern, wenn Sie wüssten, dass er ein Mörder ist?»

«Francesco bringt niemanden um.»

«Das beantwortet meine Frage nicht. Vielleicht handelte er im Affekt oder hatte ein Blackout. Nun, meine Liebe, wie lautet Ihre Antwort?»

«Ich würde ihn nicht ausliefern», flüsterte Nadine.

«Aha! Sie würden ihn also beschützen, sich vor ihn stellen. Und ich vermute, das Gleiche gilt für den Kommissär im umgekehrten Fall. Interessant. Wo bleibt nun die Gerechtigkeit? Alles eine Frage der Perspektive oder anders formuliert: Wenn zwei das Gleiche tun, ist es nicht dasselbe.»

Nadine sah den feixenden, alten Anwalt mit funkelnden Augen an.

«Oh! Sie würden mir jetzt am liebsten an den Kragen gehen. Nur zu, meine Liebe.»

Ferrari gefiel der Verlauf des Gesprächs überhaupt nicht. Er musste das Schiff wieder auf Kurs bringen. Unbedingt.

«Das sind ja nur rein hypothetische Überlegungen. Zurück zu unserem eigentlichen Anliegen. Was können Sie uns über Arnold Gissler erzählen? Hatten Sie noch Kontakt mit ihm?»

«Ja, wir blieben auch nach dem Prozess in Kontakt. Gissler führte ein sinnloses Leben. Ging am Morgen zur Arbeit und am Abend nach Hause. Mehr war da nicht. Wohl die Folge seiner Schuldgefühle.»

«Was nichts anderes heisst, als dass er zusammen mit den anderen Beat Fahrner umgebracht hat. Hatten Sie nicht eben gesagt, Sie wären von der Unschuld überzeugt gewesen?»

«Exakt. War! Damals wusste ich es nicht. Die vier jungen Menschen hatten geschworen, dass sie nichts mit der Sache zu tun hätten … Wie gesagt, ich stand in Kontakt mit Arnold Gissler. Ich war sein einziger Ansprechpartner zur Aussenwelt. Im Laufe der Zeit intensivierte sich unsere Beziehung und Arnold wurde so etwas wie mein Mündel. Als ich ihm in Tranchen erzählte, wie es um mich steht, brach er in Tränen aus. Ich bat ihn, das Ganze nicht so ernst zu nehmen. Ein paar Tage später kam er ziemlich aufgelöst zu mir und gestand, dass sie mich systematisch belogen und Beat Fahrner umgebracht hatten. Nicht mit Absicht. Sie hätten ihn provoziert, beschimpft, geschlagen. Die Situation war rasch ausser Kontrolle geraten. Niemand wollte den jungen Mann ernsthaft verletzen. Jugendlicher Leichtsinn mit tödlichem Ausgang. Furchtbar. Gissler wollte angesichts meines nahen Todes reinen Tisch machen. Er bat mich um Verzeihung.»

«Haben Sie ihm verziehen?»

«Keine einfache Frage. Nein, ich denke nicht. Ich war sehr enttäuscht und habe ihn seit diesem Abend auch nicht mehr gesehen.»

«Wurde der Kontakt von Ihrer Seite abgebrochen?»

«Es war wohl gegenseitig.»

«Sie haben ein eigenartiges Moralempfinden.»

«Finden Sie, Frau Kupfer? Ich werde darüber nachdenken. Wenn mir am Himmelstor Petrus die Frage stellen würde, welcher deiner Klienten hat dich angelogen, dann könnte ich ihm spontan zwei oder drei Namen nennen. Aber niemals hätte ich an Arnold, Robert, Andreas und Philippe gedacht.»

Alice Schneeberger machte sich bemerkbar.

«Denkst du bitte daran, deine Tabletten zu nehmen, Gregor?»

«Danke, Alice. In einigen Minuten. Sobald Frau Kupfer und Herr Ferrari mit ihren Fragen fertig sind.»

Sie lächelte ihm verschmitzt zu.

«Du nimmst die Tabletten, ob du willst oder nicht, ob jetzt oder in ein paar Minuten.»

Sie schloss leise die Türe.

«Ich habe Alice gar nicht verdient. Als klar war, dass ich nicht mehr alleine zurechtkomme, habe ich eine Anzeige aufgegeben. Sie kam ohne Voranmeldung, stand einfach plötzlich da und sagte, dass sie keine Lust habe, sich lange in einem Gespräch zu bewerben. Sie legte mir ihre Zeugnisse auf den Tisch, stellte ihre Forderungen und fragte dann, was ist nun? Ich habe sie am gleichen Tag eingestellt und gebeten, bei mir einzuziehen. Wie sagte Caesar? Veni, vidi, vici. Das war knapp vor einem halben Jahr.»

«Vielleicht ein Engel, ein Geschenk des Himmels.» Hartmann schmunzelte.

«Eine ungerechte Welt, Frau Kupfer, nicht wahr? Ein alter Gauner erhält am Ende seines Lebens Gesellschaft eines Engels, der ihn in die Hölle führen soll.»

«Oder ins Paradies, wer weiss.»

«Sie gefallen mir, Frau Kupfer. Entschuldigen Sie, dass ich Sie vorhin auf die Palme gebracht habe. Ich konnte dem Gedankenspiel nicht widerstehen. Wie zu meinen besten Zeiten im Gericht.»

«Sie haben mich ganz schön in die Enge getrieben.»

«Eine meiner Stärken. Ich bin ein analytischer Mensch und Sprache hat mich schon immer fasziniert. Kennen Sie den Tractatus logico-philosophicus von Ludwig Wittgenstein?»

«Es geht darum, dem Denken eine Grenze zu ziehen oder vielmehr dem Ausdruck der Gedanken, nicht eigentlich dem Denken selbst. Die Dinge können in verschiedenster Weise verbunden sein und bilden so verschiedene Sachverhalte.»

«Alle Achtung, Herr Kommissär. Und das Bestehen und Nichtbestehen von Sachverhalten ist die Wirklichkeit. Ihre und meine. Wittgensteins philosophische Abhandlung ist einfach wunderbar.» Hartmann blickte auf seine Uhr. «Haben Sie noch weitere Fragen oder wollen wir uns der Kunst zuwenden?»

«Noch eine Frage. Wer hat Arnold Gissler umgebracht und aus welchem Grund?»

«Ich weiss es nicht. Allerdings bin ich für einmal mit Bernhard Meister einer Meinung, Herr Kommissär – die Lösung liegt in der Vergangenheit. Es hängt mit dem damaligen Prozess zusammen und ich bin sicher, weitere Morde werden folgen oder zumindest Mordversuche.»

Die Kunstsammlung von Gregor Hartmann war beachtlich. Von Jean Tinguely bis Samuel Buri gab es nichts, was fehlte. Besonders ein Gemälde hatte es Ferrari angetan, «Basel, Wettsteinbrücke», um 1930, von Irène Zurkinden. Basel, das war die Lebensmitte der Künstlerin. Von dieser Stadt gingen alle ihre Wege aus und hierher kam sie auch immer wieder zurück. Hier versorgte sie den bürgerlichen Geschmack mit sehnsüchtigen Bildern aus dem sinnlichen Paris. Hier zeichnete sie die Fähre über den Rhein, als gäbe es kein anderes Fahrzeug auf dem Fluss. Diese tiefe Liebe zu Basel spiegelte sich in ihrer Kunst und verzauberte den Kommissär. Eine ganz wunderbare Frau und eine aussergewöhnliche Malerin und Zeichnerin, da waren sich die Betrachter einig. Hartmann betonte, dass der Wert der Sammlung nicht gross sei, da es sich nur um Basler Künstler handle. Er habe nie auf die Bedeutung der Sammlung geachtet, sondern immer nur jene Kunst gekauft, die ihm gefiel. Dass das eine oder andere Bild inzwischen einen beachtlichen Wert habe, sei für ihn Nebensache. Ferrari lag es auf den Lippen, zu fragen, wer denn das alles erbe? Aber aus Pietätsgründen hütete er sich davor, diese Frage zu stellen. Der Kommissär wusste, dass Hartmann keine Nachkommen hatte. Alice Schneeberger schied ebenfalls aus, wie er eingangs erklärt hatte. Wer also war als Erbe eingesetzt?

An der Tramhaltestelle hoffte Ferrari inständig, erneut auf die Alte zu treffen. Schliesslich war noch eine Rechnung zu begleichen. Er stieg wie ein Schaffner ganz hinten ein und durchquerte den ganzen Tramzug.

«Was soll das, spinnst du?»
«Ich suche jemanden.»
«Die Alte mit dem Einkaufswagen von vorhin? Ich glaube langsam, dass du einen Knall hast, Francesco. Von mir aus kannst du zig Mal durch das Tram watscheln. Ich setze mich jetzt hier hin. Das ist doch voll peinlich.»

Etwas Unverständliches vor sich hin brummend, setzte er sich neben Nadine.

«Ich hätte zu gerne …»
«Ja, ja! Der private Krieg unter Tramfahrern! In einer Woche kann ich endlich meinen Wagen wieder holen. Dann ist Schluss mit diesem Mist. Weisst du, Hartmann fasziniert mich. Er hat mich mit einigen wenigen Sätzen in die Defensive gedrängt. Das gelingt sonst niemandem so schnell.»

«Ganz fair war sein Verhalten ja nicht. Aber es ist schön, zu wissen, dass ich als Mörder nichts zu befürchten habe.»

«Bild dir nur nichts darauf ein!», zischte Nadine.

«Aber du würdest ja das Gleiche für mich tun.»

Zwanzig Minuten später stiegen sie am Barfüsserplatz aus. Als der Elfer an ihnen vorbeirollte, traute Ferrari seinen Augen nicht.

«Das gibts doch nicht!»

Auf seinem Platz sass die alte Dame und winkte ihm lächelnd zu!

12. Kapitel

Sie setzten sich an einen freien Tisch vor dem Stadtcasino. Ferrari bestellte einen Cappuccino, Nadine eine Cola Zero. Der Kommissär beobachte die vorbeigehenden Passanten. Ein grosser Lastwagen, vollbeladen mit Stahlrohren, hielt genau vor dem Casino. Der Lastwagenchauffeur rief einige Arbeiter her, die mit gigantischem Lärm die Rohre abluden.

«Morgen beginnt das Beachvolleyball-Turnier», klärte sie die Bedienung auf. «Macht 8.80.»

Ferrari gab ihr zehn Franken.

«Stimmt so.»

«Vielen Dank.»

Eines der Rohre hatte sich selbstständig gemacht und krachte mit lautem Getöse auf den Boden. Der Vorarbeiter kam wutentbrannt auf die Arbeiter zu und schrie sie an. Nadine nippte belustigt am Glas, als ihr Handy vibrierte.

«Kupfer! … Ah, hallo Stephan. … Wahrscheinlich hat er sein Handy abgeschaltet, wie immer. Er führt lieber Krieg mit alten Frauen im Tram … Das erklär ich dir später. Er sitzt neben mir und spitzt die Ohren.»

Nadine hörte aufmerksam zu, gab ab und zu ein ja, gut, gut, von sich. Als Ferrari näher zu Nadine rutschte, um auch etwas vom Gespräch mitzubekommen, drehte sie sich ab. Beleidigt schlürfte er seinen Cappuccino.

«Die Fahnder haben Robert Selm auftreiben können.»

«Wunderbar!»

«Aha! Der Herr ist beleidigt, weil er nicht zuerst die Nachricht erhalten hat.»

«Dummes Zeug!»

«Ich sehe es dir doch an, du beleidigte Leberwurst. Stephan konnte dich nicht erreichen. Dein Handy ist ausgeschaltet.»

Zögernd holte er sein Telefon aus dem Hosensack. Tatsächlich, ich habe es wahrscheinlich nicht gesperrt und bin auf die Off-Taste gekommen. Kann ja mal passieren.

«Hm. Ich schlage vor, wir unterhalten uns jetzt gleich mit Robert Selm. Haben Sie ihn ins Kommissariat gebracht?»

«Nicht ganz. Er erwartet uns in seiner, sagen wir Zweitwohnung. Aber wir müssen uns nicht beeilen. Er ist tot.»

«Was? Selm ist tot?», schrie Ferrari so laut, dass die Leute an den anderen Tischen zu ihnen hinüber starrten.

«Ja. Wir müssen in die Hammerstrasse.»

Das darf doch nicht wahr sein. Hastig stürzte Ferrari seinen inzwischen kalt gewordenen Cappuccino runter und eilte zur Tramhaltestelle. Für einmal war es Nadine, die beinahe nicht mithalten konnte.

«He, Francesco! Warte auf mich. Was ist denn los mit dir?»

«Beeil dich, Nadine. Der Vierzehner fährt gerade ein.»

An der Hammerstrasse, Ecke Clarahofweg, erwartete sie Stephan Moser.

«Peter ist schon fertig. Wollt ihr die Leiche sehen?»

«Wie wurde Selm ermordet?»

«Erstochen.»

«Liegt er schon länger da?»

«Nein. Peter meint, es habe ihn erst letzte Nacht erwischt.»

«Sie sollen ihn wegbringen. Vielleicht schau ich mir die Leiche bei Peter an.»

Einige Minuten später wurde der Leichnam abtransportiert.

«So, jetzt kannst du beruhigt die Wohnung inspizieren, Francesco.» Peter Strub klopfte ihm jovial auf die Schulter. «Und Nadine muss auch nicht aufpassen, dass du umkippst. Übrigens wäre es für einmal kein Problem gewesen. Nur einige Einstiche, sonst noch ganz in Ordnung.»

«Zweifellos erstochen?»

«Ja. Der detaillierte Bericht folgt morgen, Nadine. Ciao.»

Die Wohnung war spärlich eingerichtet. Nur das Nötigste an Möbeln stand herum: ein Bett, ein Kasten, ein Tisch und zwei Stühle. Im Schlafzimmer stand noch ein kleiner Fernseher auf dem Boden. Dafür zählte der Kommissär insgesamt fünf Computer in einem der Räume.

«Da soll einer schlau werden.»

«Sein Arbeitsplatz», vermutete Nadine.

«Was soll das mit all diesen Computern?»

«Das sieht ganz danach aus, als ob er an der Börse spekuliert hat. Schau hier, alles Börsenstatistiken», Nadine warf Ferrari einen Ordner zu. «Die Laptops sind noch immer online.»

Nadine setzte sich an einen der Laptops und gab etwas im Internet ein.

«Wow! Richtig schnelle Verbindungen.»

«Das ist die Lösung. Er wohnt in der Allschwilerstrasse und arbeitet hier in der Hammerstrasse. Aber weshalb arbeitet und wohnt er nicht am gleichen Ort?»

«Das wissen die Götter. Zumindest scheint jetzt klar zu sein, woher sein hohes Einkommen stammt.»

«Wer hat ihn gefunden, Stephan?»

«Eine Nachbarin. Albanerin oder Türkin. Bin mir nicht so sicher. Spricht aber perfekt Baseldeutsch. Sie kam von der Arbeit nach Hause und bemerkte, dass die Tür offen war.»

«Wann war das?»

«Am besten fragt ihr sie selbst. Sie sitzt drüben in ihrer Wohnung. Die Spurensicherung ist an der Arbeit. Braucht ihr mich noch?»

«Danke, wir kommen alleine klar.»

«Wunderbar. Ich muss nämlich noch einiges im Büro erledigen und will heute Abend den Weltmeisterschaftskampf mit Klitschko nicht verpassen.»

«Ist der heute?»

«Wird spannend. Dieser Chris Arreola ist ein unbeschriebenes Blatt. Wahrscheinlich Fallobst. Aber man weiss ja nie.»

Sie wurden von der ungefähr vierzigjährigen Frau freundlich empfangen.

«Das ist eine schlimme Sache. Ich habe Ihrem Kollegen schon alles erzählt, was ich weiss. Leider ist es nicht viel.»

«Würde es Ihnen etwas ausmachen, uns das Ganze nochmals zu schildern?»

«Aber nein. Kaffee oder lieber Wasser?»

«Wasser. Entschuldigen Sie bitte, wir kennen nicht einmal Ihren Namen.»

«Iris Okaz.»

«Darf ich fragen, woher Sie stammen?»

«Ich bin Baslerin», sagte sie voller Stolz. Ferrari musste schmunzeln.

«Das höre ich gern. Ich heisse Francesco Ferrari, und die ganze Menschheit meint, dass ich Italiener bin. Dabei spreche ich kein Wort Italienisch.»

«Ja, mit einem Namen oder einer Hautfarbe verbinden viele ihre ganz eigenen Vorstellungen, leider sind es oft Vorurteile. Das dauert noch eine Weile, bis sich dies in den Köpfen der Menschen verändert, wenn überhaupt je. Meine Eltern sind Kurden, stammen aus einem kleinen Dorf. Mein Vater kam als Gastarbeiter in die Schweiz und holte meine Mutter später nach. Ich bin in der Schweiz geboren, hier in Basel zur Schule gegangen. Vor zehn Jahren habe ich mich dann entschieden, dass ich endgültig den Schweizer Pass möchte, weil die Schweiz meine Heimat ist.»

«Ich habe mal irgendwo gelesen, dass des Menschen Heimat auf keiner Landkarte zu finden ist, nur in den Herzen der Menschen, die ihn lieben.»

«Das ist schön … Sie sind bestimmt wegen Robert hier.»

«Stimmt. Haben Sie ihn gefunden?»

«Ja. Als ich von der Arbeit nach Hause kam.»

«Wo arbeiten Sie?»

«Ich bin Chefsekretärin im Hotel ‹Central›. Im Augenblick werden wir von einer Grippewelle heimgesucht. Die Sommergrippe ist bekanntlich sehr hartnäckig. Unser gesamter Empfang ist ausgefallen. Da haben wir einen Notfalldienst aufgezogen, ich fing um Mitternacht an und hörte um acht Uhr früh auf.»

«Kam es öfters vor, dass Herr Selm die Tür offen liess?»

«Nein. Es war mir bereits in der Nacht aufgefallen. Ich dachte allerdings, er hätte vielleicht etwas vergessen und sei nochmals kurz in die Wohnung. Als heute Morgen die Tür noch genauso leicht angelehnt war, bin ich misstrauisch geworden.»

«Wohnte er denn hier?»

«Nein, eben nicht. Gewöhnlich schloss er seine Wohnung vor Mitternacht ab und ging weg. Er wohnte in der Nähe des Brausebads, wo genau weiss ich nicht. Nur manchmal arbeitete er die ganze Nacht durch und kam am nächsten Morgen bei mir Kaffee holen. Ich schaute ihm dann ab und zu über die Schultern. Er war ein Genie. Es faszinierte mich, wie er innerhalb von wenigen Minuten Aktien kaufte und wieder verkaufte.»

«Er spekulierte also mit Aktien.»

«Nicht nur mit Aktien, Frau Kommissärin.»

«Ich heisse Kupfer, Nadine Kupfer.»

«Er sprach auch von Warentermingeschäften und allem, was es eben so gibt, Frau Kupfer.»

«Kannten Sie sich näher?»

«Nein. Von Zeit zu Zeit unterhielten wir uns, doch oft war er kurz angebunden, schien sehr beschäftigt zu sein.»

«Und als die Tür heute früh immer noch angelehnt war, gingen Sie hinein. Richtig?»

«Ja. Ich dachte, hoffentlich ist Robert nichts passiert. Und da lag er, rings um ihn herum war alles voller Blut. Entsetzlich!» Sie kämpfte mit den Tränen. «Wie ist Robert gestorben?»

«Er wurde mit einem Messer erstochen.»

«Mein Gott ...»

«Ich möchte mich bei Ihnen bedanken, Frau Okaz, dass Sie sofort die Polizei informiert haben.»

«Das war doch selbstverständlich. Ich ... ach was, schon gut.»

«Gibt es noch etwas, was Sie mir sagen möchten?»

«Nein ... eigentlich nicht.»

«Eigentlich vielleicht doch?», setzte Ferrari freundlich nach.

Sie schmunzelte.

«Es ist sicher nicht von Bedeutung. Aber gestern Nacht ist mir etwas aufgefallen ... eine Kleinigkeit nur ... und ich weiss nicht einmal, ob sie mit Roberts Tod zusammenhängt ...»

«Kleinigkeiten können sehr hilfreich sein. Zuweilen ist ein Detail von grösstem Belang.»

«Also gut. Als ich das Haus verliess, stand vorne an der Ecke ein schwarzes Auto. Am Steuer sass eine Frau, die sich mehrmals umdrehte und nach hinten schaute.»

«Würden Sie diese Frau wiedererkennen?»

«Eher nein, Frau Kupfer. Ich fuhr zwar mit dem Velo am Auto vorbei, doch als sie mich kommen sah, drehte sie sich ab. Glauben Sie, es besteht ein Zusammenhang mit Roberts Tod?»

«Durchaus möglich. Konnten Sie sich die Autonummer merken?»

«Nein, an so etwas habe ich gar nicht gedacht, im Nachhinein dumm von mir. Es war eher eine jüngere Frau, jünger als ich oder höchstens gleich alt.»

«Mitte dreissig?»

«Ja. Beschwören könnte ich es natürlich nicht. Es war ja dunkel. Ich bin Ihnen keine grosse Hilfe, nicht wahr?»

«Im Vergleich zu anderen Zeugenaussagen hätten Sie mit Ihrer Beobachtung beinahe schon einen Oscar verdient, Frau Okaz. Das ist eine sehr wertvolle Information.»

«Haben Sie vielleicht die Automarke erkannt?», bohrte Nadine nach.

«Bei Autos kenne ich mich leider überhaupt nicht aus. Es war ein Wagen mit vier Türen. Schwarz. Mehr weiss ich nicht. Glauben Sie, dass der Mörder bei Robert war, als ich zur Arbeit fuhr?»

«Gut möglich.»

«Eine schreckliche Vorstellung. Wenn ich ihm begegnet wäre, läge ich jetzt vielleicht auch tot im Flur.»

«Glücklicherweise ist dies nicht der Fall. Nochmals ganz herzlichen Dank für Ihre Hilfe», Ferrari gab ihr die Hand. «Hier meine Karte. Falls Ihnen noch etwas einfällt.»

Nadine und der Kommissär gingen nochmals in Selms Wohnung. In der Zwischenzeit hatte der Gerichtsarzt seine Untersuchungen abgeschlossen.

«Und? Hat euch die Türkin weitergeholfen?»

«Sie ist Baslerin, keine Türkin. Wie ich Basler bin und kein Italiener.»

«Ha! Schöne Basler. Nur weil ihr einige Brocken Baseldeutsch sprecht, seid ihr noch lang keine echten Basler.»

Nadine hörte sich die Diskussion zwischen Ferrari und dem Gerichtsmediziner amüsiert an.

«So, du beschränkter Urbasler! Glaubst wohl, du seist etwas Besseres? Beweise erst einmal, dass deine Vorfahren länger in dieser Stadt weilen als meine oder die von Iris Okaz. Dann schauen wir weiter, du bornierter Spiesser.»

«Das mit dem bornierten Spiesser nimmst du sofort zurück!»

«Einen feuchten Dreck werde ich. Du hast ja Scheuklappen vor den Augen. Begreifst du denn nicht, dass man Menschen nicht nach ihrer Hautfarbe oder ihrem Namen beurteilen soll? Sondern vielmehr danach, wie jemand fühlt!», Ferrari klopfte sich dabei theatralisch auf die Brust.

«Schon gut, Francesco. Reg dich ab. Aber das mit dem Spiesser nimmst du zurück.»

«Gesagt ist gesagt, basta. Ich stehe dazu, du Bünzli.»

«Jetzt bist du zu weit gegangen, Ferrari. Das mit dem Spiesser hätte ich dir noch knapp verziehen. Aber das mit dem Bünzli nicht.»

Strub wandte sich ab, sichtlich beleidigt.

«Nun hört schon auf. Es ist doch vollkommen egal, wer zuerst wo gewesen ist», intervenierte Nadine.

«Bünzli …», brummte Strub mit einem vernichtenden Blick zu Ferrari hin.

«Es gibt doch wirklich Wichtigeres als eure dummen Diskussionen. Kommen wir zu unserem Fall zurück und zwar schön sachlich, meine Herren. Iris Okaz hat eine Frau in einem schwarzen Auto gesehen, die offensichtlich auf jemanden gewartet hat und ziemlich nervös war.»

«Eine jüngere Frau. So zwischen dreissig und vierzig», fügte Ferrari an. «Elisabeth Fahrner?»

«Könnte hinkommen.»

«Dann werden wir ihr auf den Zahn fühlen, Nadine. Doch zunächst schlage ich vor, dem allwissenden Meister nochmals einen Besuch abzustatten. Und der Herr Bünzli Urbasler soll inzwischen die Leiche untersuchen und uns schnellst möglichst einen Bericht vorlegen.»

Noch bevor der Kommissär seinen Satz vollendet hatte, schlug Peter Strub die Wohnungstür hinter sich zu. Ein starker Abgang ohne Worte.

13. Kapitel

Der zweite Tote war ebenfalls erstochen worden. Langsam, aber sicher schwand die Zufallstheorie. Jetzt waren es nur noch zwei ... Der Mörder schien offensichtlich darauf aus zu sein, vier Menschen für ihre frühere Tat zu bestrafen. Falsch!, korrigierte sich Ferrari. Von Bestrafung kann keine Rede sein. Was auch immer in der Vergangenheit geschehen war, das hier war auch Mord. Kaltblütiger Mord sogar. Und bisher exakt in der Reihenfolge, wie es Bernhard Meister vorausgesehen hatte. Was wusste der alte Haudegen noch? Mit Sicherheit hatte er ihnen nicht alles erzählt. Nach einer kurzen Mittagspause fuhren sie in brütender Hitze zu Ferraris Vorgänger.

«Oh, hoher Besuch! Das freut mich. Kommt rein und setzt euch zu mir in den Garten.»

Sie folgten Meister durch die Küche hinaus zu einem Tisch ganz hinten am Ende des Gartens.

«Unter dem Baum ist es schön schattig.» Meister setzte sich einen Schlapphut auf, der nicht gerade vorteilhaft war. «Nicht schön, aber zweckmässig.»

Er schenkte den beiden, ohne zu fragen, eine gräulichgelbe Flüssigkeit ein.

«Limonensaft, ohne Alkohol, versteht sich. Das nimmt den Durst.»

Der Kommissär nippte daran.

«Hm, schmeckt gut.»

«Dann wollen wir doch gleich zur Sache kommen. Siehst du, Francesco, ich hatte recht!»

Wie in drei Teufels Namen wusste Meister schon wieder, dass sich ein Mord ereignet hatte? Wer war sein Informant? Oder …

«Der Nächste ist Andreas Richter. Wollen wir darauf wetten?»

«Eine makabre Wette. Ich wette darauf, dass ich den Mörder vorher zur Strecke bringe. Wie wärs damit, Bernie?»

Meister lachte.

«Die Wette gilt! Glaub mir, Francesco, du hast in diesem Mörder deinen Meister gefunden.»

Ferrari blickte irritiert. War das versteckte Wortspiel Absicht? Hatten sie in Meister den Meister gefunden? Wir werden sehen.

«Ein Mann, den ich immer bewundert habe, sagte mir einmal, dass alle Verbrecher irgendwann einen Fehler begehen. Die einen aus Unvorsichtigkeit …»

«… die anderen, weil ihnen das perfekte Verbrechen gelungen ist. Sie machen absichtlich Fehler, um der ganzen Welt zu zeigen, wie genial sie sind.»

«So ist es.»

Ferrari leerte das Glas in einem Zug.

«Wirklich gut.»

Meister schaute ihn fragend an.

«Das Getränk oder der Mörder?»

«Ein Mörder ist nie gut, sondern krank. Unsere Aufgabe ist es, die Gesellschaft vor solchen Krankheiten zu schützen. Und mehr noch, sie auszurotten», brachte sich Nadine ins Gespräch ein.

«Wie genau willst du dies tun? Oder konkreter, wie willst du verhindern, dass die anderen zwei bestraft werden?»

«Ermordet werden!», korrigierte der Kommissär. «Ganz einfach, wir werden sie unter Personenschutz stellen.»

«Mach dich nicht lächerlich, Francesco. Eine Woche vielleicht. Dann werdet ihr zurückgepfiffen. Der Gerechte hat Zeit.»

«Weshalb sind Sie so sicher, dass es sich um einen Mörder handelt und nicht um eine Mörderin?»

«Weil es die Handschrift eines Mannes ist. Eine Frau tötet anders, Nadine. Sie vergiftet ihr Opfer, greift vielleicht zur Pistole oder sticht allenfalls ein Mal zu, aber nicht drei oder vier Mal.»

«Du kannst uns nicht einen kleinen Hinweis auf den Täter geben?»

«Nicht die Bohne!» Er lehnte sich zurück und zupfte ein Blatt vom Baum, mit dem er spielte. «Ich bin nur noch ein alter, verkalkter, pensionierter Kommissär, der sich so einiges zusammenreimt. Mehr nicht.»

«Wie stehst du zu Gregor Hartmann?»

Meister zog die Stirn in Falten.

«Ihr habt ihn tatsächlich aufgesucht? Ein todkranker Mann. Ein armes Schwein, Francesco, niemand kümmert sich um ihn. Nur eine Krankenschwester, die es auf sein Geld abgesehen hat. Er erzählt zwar überall, dass sie nichts erben werde. Da kann ich nur lachen. Im Alter wird man entweder stur, geizig oder senil. Zuweilen auch alles zusammen. Hartmann ist senil geworden. Seine Krankheit hat ihm den Rest gegeben, ihm bleibt nur noch wenig Zeit.»

«Das beantwortet meine Frage nicht. Wie stehst du zu ihm?»

«Du meinst, ob ich noch Kontakt zu ihm habe? Das weisst du doch. Er hat dir sicher erzählt, dass ich ihn über den Tod von Gissler informiert habe. Und vor einer halben Stunde über den von Selm.»

«Was bezweckst du damit?»

«Er soll erfahren, dass die Gerechtigkeit doch noch siegt. Wenn auch spät.»

«Das ist krank!»

«Die ganze Menschheit ist krank, Nadine. Und wenn jemand für Gerechtigkeit sorgt, bin ich auf seiner Seite.»

Ferrari schaute sich im Garten um. Hier war alles so friedlich. Zwei Schmetterlinge flogen um die Wette und in der Astkrone eines Baumes zwitscherte eine Amsel vergnügt vor sich hin. Ein leichter Wind liess die Blätter tanzen. Herrlich. So musste es im Paradies gewesen sein. Wie würde wohl die Gegenwart aussehen, wenn Eva nicht der Versuchung erlegen wäre? Vielleicht gäbe es keinen Streit, keine Feindschaften, keinen Hass, keine Verbrechen, keine Morde. Die Amsel verstummte. Tiere sind anders als wir Menschen. Sie töten zwar auch, aber nur zum Überleben. Liegt des Übels Anfang wirklich im viel zitierten Sündenfall? Oder sind wir eine Fehlgeburt der Natur? Ein Irrläufer, den die Schöpfung so gar nicht vorgesehen hatte?

«Wo waren Sie gestern Nacht, Herr Meister?», holte Nadine den Kommissär wieder in die Realität zurück.

«Bitte nenn mich doch Bernhard oder Bernie.»

«Ja, gern. Wo warst du gestern Nacht, Bernhard?»

«Zuerst habe ich mir etwas gekocht, dann die Talkshow im Schweizer Fernsehen angeschaut. Es ging um das Bankgeheimnis. Ich bin während der Sendung eingeschlafen. Als ich aufwachte, war es bereits ein Uhr.»

«Kann das jemand bezeugen?»

«Nein. Aber das muss auch niemand. Ihr werdet doch nicht einen alten pensionierten Kommissär verdächtigen», fragte Meister mit dem harmlosesten Lächeln der Welt.

«Hm. Noch eine Frage. Nein, noch zwei Fragen. Hast du Kontakt zu Elisabeth Fahrner?»

«Nein.»

«Und zu Anita Brogli?»

«Zu Stiefelchen? Sie ruft mich ein Mal pro Woche an, um zu fragen, wie es mir geht. Die Kleine hat ziemlich Karriere gemacht. War Kommissarin in Chur.»

«War?»

«Sie kann noch immer ihre Gefühle nicht im Zaun halten. Du erinnerst dich sicher noch an den Fall, der ihr in Basel das Genick gebrochen hat. Jetzt ist ihr im Bündnerland etwas Ähnliches passiert. Bei einer Kindesentführung. Sie war der festen Überzeugung, dass sie den richtigen Täter geschnappt hatte. Ich warnte sie eindringlich, riet ihr, sie solle mehr mit dem Verstand und weniger mit dem Herzen an die Sache rangehen. Leider ohne Erfolg. Sie nahm den mutmasslichen Entführer so in die Mangel, dass er einen Zusammenbruch erlitt. Ein Déjà-vu-Erlebnis! Zum Glück starb der Mann dieses Mal nicht. Dank eines Zufalls stellte sich wenig später heraus, dass sie tatsächlich den richtigen Täter erwischt hatte. Das rettete ihr zwar die Ehre, nicht aber den Kopf. Auf politischen Druck hin musste sie zurücktreten.»

«Und wo ist sie jetzt? Und was macht sie?»

«Sie war eine Zeit lang arbeitslos. Seit zwei Monaten ist sie wieder in der Gegend. Aber frag mich nicht, was sie im Augenblick tut.»

«Weisst du es nicht oder willst du es uns nicht sagen?»

«Irgendetwas müsst ihr ja auch noch für euer Geld tun. Ich weiss es aber wirklich nicht, Francesco. Sie ruft mich zwar an und fragt mich, wie es mir geht. Aber sobald ich sie nach ihrer Arbeit frage, weicht sie mir aus. Wahrscheinlich schämt sie sich, dass sie irgendeinen Job annehmen musste, der unter ihrer Würde ist. Ehrlich gesagt, sei jetzt bitte nicht beleidigt, Francesco, hat sie einen besseren kriminalistischen Instinkt als du. Wäre sie nicht gestrauchelt, sässe sie jetzt vor mir, nicht du.»

Das war nichts Neues für Ferrari. Seine Beförderung hatte er letztendlich dem Fehler von Anita Brogli zu verdanken.

«Es läuft eben nicht immer so, wie man es sich vorstellt, Bernie. Danke, dass du Zeit für uns hattest.»

Elisabeth Fahrner, Anita Brogli und Bernhard Meister. Ein Trio infernale, verbunden durch den Tod von Beat Fahrner vor fünfzehn Jahren? Möglich. Verbindungen bestehen heute wie damals und alle haben sie noch eine Rechnung offen. Stellt sich einmal mehr die Frage, weshalb diese erst jetzt beglichen werden soll? War diese Antwort etwa der Schlüssel zur Lösung? Ferraris Gedanken drehten sich im Kreis. Bernhard Meister hatte in einem Punkt mit Sicherheit gelogen.

«Er hat Kontakt zu Elisabeth Fahrner. Sein Nein war ein wenig vorschnell», wandte er sich Nadine zu.

«Das denke ich auch. Gerade viel haben wir ja nicht erfahren. Ich hatte mir mehr erhofft.»

«Meister hat nur das wiedergegeben, was er von einem unserer Leute weiss. Er ist raffiniert, ein Meister eben. Ich bleibe dabei, er weiss mehr, als er uns erzählt. Aber ein Mörder ist er nicht.»

«Ich weiss nicht so recht, meines Erachtens könnte er der Mörder sein. Auf jeden Fall spielt er mit uns. Wir müssen uns unbedingt mehr Informationen beschaffen, Francesco. Sobald wir im Kommissariat sind, nehme ich mir Selm vor. Er hat doch sicher einige Spuren hinterlassen. Jeder hinterlässt welche.»

14. Kapitel

Zwei Stunden später konnte Nadine erste Erfolge verzeichnen, es gab Neues über Robert Selm. Ihr war zunächst aufgefallen, dass das Haus in der Allschwilerstrasse wie auch die Liegenschaft in der Hammerstrasse von der IRG-Immobilien Treuhand AG verwaltet wurde. Diese Spur erwies sich als Volltreffer. Es stellte sich nämlich heraus, dass Robert Selm der Besitzer dieser beiden sowie weiterer zehn Mehrfamilienhäuser war. Darüber hinaus hatte die IRG den Auftrag, den Markt zu beobachten und mögliche Kaufobjekte sofort Selm zu melden. Robert Selm habe sich jedoch nur für Mehrfamilienhäuser in Basel-Stadt interessiert. Pro Jahr seien immerhin ein bis zwei Immobilien hinzugekommen. Der Mann hätte wohl erst Ruhe gegeben, wenn ihm die ganze Stadt gehörte, so die Aussage von Hanspeter Kuster, dem Geschäftsführer der IRG. Robert Selm, der Immobilientycoon. Woher hatte Robert Selm so viel Geld? Einzig und allein durch seine Aktivitäten an der Börse? Und wer erbte Selms Vermögen?

«Das ist ja unglaublich», Ferrari war beeindruckt.

«Unglaublich, aber wahr. Anscheinend lief es gut an der Börse.»

«Da könnte man richtig neidisch werden.»

«Stimmt. Obwohl ich persönlich möchte nie und nimmer Hausbesitzerin werden. Das ist doch bloss eine Belastung mehr. Da lobe ich mir meine Freiheit, meine Ungebundenheit», wandte Nadine ein.

«Freedom is just another word for nothing left to loose», trällerte der Kommissär leise vor sich hin.

«Schon gut, ich verstehe den Wink. Bleiben wir beim Thema. Ich versuche noch rauszukriegen, wer den ganzen Mammon erbt. Vermutlich die Eltern.»

«Und bei Gissler?»

«Bisher ist kein Testament aufgetaucht. Vielleicht meldet sich noch ein Notar, wenn der Mord publik geworden ist. Zu erben gibt es jedoch nicht viel. Ich gehe davon aus, dass das Wenige unter den nächsten Verwandten aufgeteilt wird.»

«Gut, aber das mit den Erben kann vorerst warten. Wir sollen bei Borer antanzen. Hast du etwas angestellt, von dem ich besser wissen sollte?»

«Nicht, dass ich wüsste.»

«Dann auf in die Höhle des Löwen, Nadine.»

Annina Steiner hackte energisch auf die Computertastatur. Für einen Sekundenbruchteil blickte sie auf und gab mit einer majestätischen Handbewegung den Weg zu einem tobenden Staatsanwalt frei. Der zweite Mord innert kurzer Zeit hatte Jakob Borer merklich die Laune verdorben. Aber das war nicht der einzige Grund für seinen erregten Gemütszustand. Vielmehr war ihm zu Ohren gekommen, dass die Bekannte eines seiner besten Freunde von der Polizei verdächtigt wurde.

«Ich suche Sie schon den ganzen Tag. Wo stecken Sie bloss?»

«Wir ermitteln in zwei Mordfällen», brummte Ferrari.

«Das geht zu weit, Herrschaften! Ich überlege mir, Sie von dem Fall ... von den Fällen abzuziehen», polterte Borer los.

«Das ist doch die Höhe! Elisabeth Fahrner, um sie geht es doch wohl, ist eine der Tatverdächtigen.»

«Papperlapapp!»

«Hat Sie sich bei Ihnen beschwert?», fragte der Kommissär wieder ruhig.

«Nein, sie nicht.»

«Wer dann?»

«Das geht Sie nichts an, Frau Kupfer.»

«Und ob uns das etwas angeht. Wir lassen uns doch nicht von einem anonymen Arschloch ans Bein pinkeln.»

«Mässigen Sie sich, Frau Kupfer!», schrie der Staatsanwalt.

«Schreien Sie mich nicht an», gab Nadine zurück und schlug dabei mit der Faust auf den Tisch. In Sachen Lautstärke blieb sie ihrem Kontrahenten nichts schuldig. «Sie behindern unsere Ermittlungen. Damit sollte man an die Öffentlichkeit gehen. Mal schauen, wer dann der Dumme ist.»

«Sie drohen mir? Ferrari, Sie sind mein Zeuge! Das hat Folgen …»

«Ach, Sie können mich mal … Sie Bürofurz!», schrie Nadine und verliess mit hochrotem Kopf das Büro des Staatsanwalts.

«Das kostet Sie den Job, Frau Kupfer. Dafür sorge ich.»

Ferrari hatte der Szene belustigt zugeschaut.

«Was lachen Sie so dämlich, Ferrari. Schliessen Sie gefälligst die Tür. Es muss nicht das ganze Kommissariat unsere Unterhaltung mitbekommen.»

Wie befohlen, schloss der Kommissär die Tür.

«Das lasse ich nicht durch! Nie und nimmer! Die Frau ist untragbar. Das war sie vom ersten Augenblick an. Habe ich Sie nicht schon mehrfach gewarnt, Ferrari? Sie soll Sekretariatsarbeiten für Sie erledigen. Mehr nicht.»

«Sie ist eine sehr fähige Ermittlerin. Was man nicht von allen hier im Hause behaupten kann. Aber ich wiederhole mich, Herr Staatsanwalt.»

«Papperlapapp! Sie schlägt Mal für Mal über die Stränge. Sie ist ein Sicherheitsrisiko.»

«Was noch zu beweisen wäre. Ich vermute, dass wir beim Beschwerdeführer von Ständerat Markus Schneider sprechen, nicht wahr?»

«Kein Kommentar.»

«Wir ermitteln in zwei Mordfällen, Herr Staatsanwalt. Und irgendwie hängt nun mal Elisabeth Fahrner da mit drin. Ob es dem Ständerat passt oder nicht.

Wir können bei unseren Ermittlungen doch nicht jedes Mal darauf Rücksicht nehmen, wer, wo und wie irgendwelche politischen Fäden zieht. Oder wer mit wem schläft.»

«Vorsicht, Ferrari!»

«Ich glaube übrigens nicht, dass Nadine ein Sicherheitsrisiko darstellt. Meine geschätzte Kollegin mag ab und zu impulsiv sein. Na und? Ihrer Kompetenz und ihrer Loyalität tut dies keinen Abbruch.»

«Ha! Schauen Sie sich doch diese Frau an! Kein Feingefühl, kein Takt, kein Stil, keine leisen Töne. Nur immer draufhauen. Ich sage es ungern, aus Rücksichtnahme gegenüber Nationalrat Kupfer, aber an ihr scheint die gute Erziehung abgeprallt zu sein. Es ist mir schleierhaft, wie Sie es mit dieser Person aushalten. Die Frau ist doch total unfähig, eine absolute Fehlbesetzung.»

«In der Tat sitzen oft Leute auf Positionen, für die sie nicht geeignet sind. Aber damit meine ich nicht Nadine.»

«Ferrari, lehnen Sie sich nicht zu weit raus! Ich bin nicht blöd.»

«Das habe ich nie behauptet, Herr Staatsanwalt. Ich möchte mich, auch im Namen von Nadine, für ihren Ausbruch entschuldigen. Sie hat es nicht so gemeint.»

«Doch, das hat sie! Das wissen wir beide nur zu gut. Und Sie denken nämlich genauso!»

Ferrari musste lachen.

«Sie zu unterschätzen, wäre ein grosser Fehler, Herr Staatsanwalt. Ich verspreche Ihnen, dass wir in Zukunft sehr diskret ermitteln. Wenn Sie mir im Gegenzug versprechen, das Gespräch von eben zu vergessen.»

«Kein Deal! Machen Sie vorwärts mit dem Fall. Und ziehen Sie diese Kupfer aus dem Verkehr. Es wird wohl noch andere geeignete Assistenten geben.»

Ferrari wusste, dass Borer in der Angelegenheit nichts mehr unternehmen würde. Ein Sturm im Wasserglas, mehr nicht. Und auch Nadine hatte sich zwischenzeitlich beruhigt und wieder unter Kontrolle, zumindest einigermassen.

«Wie kommst du nur mit diesem geschniegelten Lackaffen klar, Francesco?»

«Dem Bürofurz?»

Nadine musste nun selbst lachen.

«Verdammt noch mal, das stimmt doch. Der sitzt in seinem Glaspalast und hat keine Ahnung, was sich auf der Strasse abspielt. Soll der Herr doch mal eine Woche Dienst schieben.»

«Keine schlechte Idee. Ich werde es ihm vorschlagen.»

«Hör auf mit deinem Zynismus!»

«Nein, im Ernst. Ich schlage ihm vor, vom Olymp in die Niederungen des Alltags abzusteigen, damit er mehr Verständnis für seine Untertanen aufbringt.»

«Das macht der Partylöwe doch nie mit. Zudem würde er sich doch schon bei der ersten Razzia in die Hose machen.»

«Vermutlich. Aber die Idee ist gut. Dann setzen wir auf Plan B, wir erhöhen den Druck. Ich schlage vor, wir beginnen bei Elisabeth Fahrner. Ruf sie doch an und frage sie nach dem Alibi für den Mord an Robert Selm und was sie für einen Wagen fährt.»

«Geht klar, Chef. Ich kann ja so ganz nebenbei erwähnen, dass wir ihre Eltern verhören müssen. Selbstverständlich in ihrer Anwesenheit.»

«Sehr gut!»

Knappe fünfzehn Minuten später war das Spiel lanciert.

«Sie fährt einen roten Alfa und hat kein Alibi. War allein mit den Eltern zu Hause, die wie jeden Abend früh schlafen gingen. Ich sagte ihr, dass wir vielleicht ihre Eltern vernehmen müssen. Zuerst weigerte sie sich. Als ich hartnäckig bei meiner Forderung blieb, gab sie nach.»

«Gut gemacht, Nadine. Ob dem Herrn Staatsanwalt bereits die Ohren läuten? Machen wir Schluss für heute. Morgen besuchen wir dann den Vierten im Bunde.»

15. Kapitel

Andreas Richter hatte sich bei der Stiftung krank gemeldet und so machten sich Nadine und Ferrari auf in Richtung Pilgerstrasse. Sie gingen durch die Steinentorstrasse am Theater vorbei zum Barfüsserplatz und warteten beim Lohnhof auf den Dreier. Hier, hinter diesen Mauern des ehemaligen Kommissariats hatte der Kommissär seine ersten Sporen abverdient. Das waren noch Zeiten gewesen. Nicht die guten alten, die man bei jeder passenden oder unpassenden Gelegenheit zitierte, denn die existierten ohnehin nicht. Es liegt wohl in der Natur des Menschen, dass wir Vergangenes verklären. Gutes bleibt in der Erinnerung haften, während schlechte Erlebnisse verdrängt oder wundersam verzaubert werden, bis sie sich nahtlos zum Guten und Schönen reihen können. Unwillkürlich dachte der Kommissär an seine Militärzeit. Wie er diesen Kadergehorsam gehasst hatte. Immer, wenn er einen Marschbefehl erhielt, allein schon dieser Name brachte ihn in Rage, wurde er missmutig. In den Tagen vor dem Einrücken war er überhaupt nicht mehr ansprechbar. Und doch, wenn er zufällig Dienstkollegen traf, unterhielten sie sich nur über die positiven Seiten jener Zeit. Seltsam und gut zugleich. Nicht auszudenken, wäre es anders ...

Judith Richter, Anfang dreissig, sportlich und sehr feminin, führte Nadine und den Kommissär in die zweite Etage eines Reiheneinfamilienhauses, das von aussen klein wirkte, sich innen aber als äusserst geräumig entpuppte. Richter sass auf dem Balkon und erhob sich umständlich zur Begrüssung. Fasziniert blickte Ferrari in den Garten hinunter. Nie hätte er es für möglich gehalten, dass sich mitten im Stadtzentrum eine so grosse Grünfläche befand.

«Das ist wunderschön!»

«Nicht wahr», bestätigte Frau Richter. «Was Sie hier sehen ist die Basler Mission mit ihrem schönen Park. Von allen vier Seiten führen die Gärten der Einfamilienhäuser zur Mission. Dadurch wirkt die Grünfläche viel grösser. Das kleinere Gebäude dort ist der Esssaal.»

«Eine privilegierte Wohnlage.»

«Stimmt. Wir geniessen es sehr, vor allem seit wir selbst eine Familie sind. Ich bin hier aufgewachsen. Meinen Eltern wurde das Haus mit der Zeit zu gross, zudem hegte meine Mutter schon seit Langem den Wunsch, wieder aufs Land zu ziehen.»

«So ein Bijou kommt nie in den Verkauf. Das geht entweder unter der Hand weg oder wird vererbt.»

«Wir sind privilegiert, Herr Ferrari. In jeder Hinsicht. Und dafür bin ich Gott dankbar. So, nun lasse ich Sie aber allein, damit Sie über Geschäfte sprechen können. Wenn du etwas brauchst, Liebling, ruf einfach. Schonen Sie bitte meinen Mann», sie küsste ihn auf die Stirne, «es geht ihm heute nicht besonders gut.»

Die Krankheit, die viele befiel, die mit der Polizei zu tun bekamen, stand Andreas Richter ins Gesicht geschrieben: Angst!

«Bitte setzen Sie sich. Möchten Sie etwas trinken?»

«Nein, danke», antworteten Nadine und der Kommissär im Chor.

«Judith, meine Frau, sie weiss von allem nichts», begann Andreas Richter das Gespräch. «Sie darf auch nichts erfahren.»

«An uns soll es nicht liegen, Herr Richter.»

«Arnold und Robert sind tot, oder?»

«Woher wissen das?»

«Von Bernhard Meister. Er hat mich heute Morgen angerufen und mir gesagt, dass ich der Nächste bin …auf der Liste des gerechten Mörders. Das hat er wortwörtlich so gesagt …», seine Stimme zitterte.

In Ferrari stieg die Wut hoch. Meister hier, Meister da, immer einen Schritt voraus. Er führte Regie, zog geschickt an den Fäden und liess die Puppen tanzen oder vielmehr vor Angst erstarren. Am liebsten hätte er ihn von einem Streifenwagen abholen und einsperren lassen. Aber mit welcher Begründung? Dass er

Informationen weitergab, die ihm aus dem Kommissariat zugetragen wurden? Na prima.

«Ich habe meine Frau belogen, zum wiederholten Mal, Herr Kommissär. Ich habe ihr gesagt, dass Sie wegen der Veruntreuung in der Stiftung ermitteln und noch einige Dinge mit mir zu besprechen hätten. Ich bitte Sie inständig darum, meine Frau in diesem Glauben zu lassen.»

«Wie gesagt, ich habe keine Probleme damit, sofern Sie unsere Fragen ehrlich beantworten», entgegnete Ferrari.

«Fragen Sie. Das Leiden nimmt kein Ende, die Vergangenheit hat mich eingeholt. Anscheinend habe ich noch nicht genug gebüsst. Meine Frau ist sehr christlich erzogen worden, hat hohe ethische Prinzipien. Sie ist ein Engel. Aus ihr und meiner Tochter schöpfe ich Kraft, sonst würde ich mit dem Leben nicht fertig …»

«Was geschah am Abend des 17. Oktober 1994, Herr Richter?»

«Philippe, Robert, Arnold und ich zogen durch die Stadt, von Bar zu Bar. Wir waren jung und ungestüm. Die Welt war einfach wunderbar und sie gehörte uns. Nur uns. Wir hatten schon einiges getrunken, wollten noch im ‹Rollerhof› abhängen, als Philippe auf die Idee kam, spasseshalber Leute anzupöbeln. Vom Münsterplatz kam uns ein gleichaltriger Junge entgegen. Auf der Höhe des Brunnens stellte sich Arnold ihm in den Weg. Als der Junge auswich, gab er ihm einen Stoss und schrie, die Drecksau hat mich angerempelt. Daraufhin hielten ihn Robert und Philippe fest und ich schlug ihm ins Gesicht. Er verteidigte sich nicht einmal …» Richter schüttelte den Kopf. «Wir drückten ihn auf den Boden und … und … plötzlich bewegte er sich nicht mehr. Philippe schrie, weg hier, wir haben ihn getötet! Wie vom Teufel gejagt rannten wir den Rheinsprung hinunter. Danach hatte ich einen kurzen Filmriss. Ich erinnere mich erst wieder daran, dass wir beim Tinguely-Brunnen sassen und Philippe auf uns einredete, wir seien nie in der Augustinergasse gewesen. Wir schworen keinem etwas zu erzählen und legten uns einen Plan zurecht, wo wir den Abend verbracht hatten. Aber jemand muss uns beobachtet haben. Drei Tage später wurde zuerst Robert, dann wir anderen verhaftet.»

«Die Verkäuferin eines Musikgeschäfts am Rümelinsplatz hatte Robert Selm erkannt. Sie sass mit ihrem Freund auf den Stufen des Elftausendjungfern-Gässlein, als ihr in Panik den Rheinsprung runter ranntet. Selm war anscheinend Kunde bei ihr. Bei seinem nächsten CD-Kauf rief sie die Polizei an, denn sie hatte den Zeugenaufruf gesehen.»

«So war das also.»

«Selm bestritt natürlich die Tat, verwickelte sich in Widersprüche und gab schliesslich an, dass er an dem Abend mit euch zusammen war. Deshalb seid ihr alle verhört worden. Die Verkäuferin zog später ihre Aussage zurück. Sie war plötzlich nicht mehr sicher, ob sie Robert Selm wirklich erkannt hatte.»

«Dank Philippe Stählis Vater.»

«Ein abgekartetes Spiel.»

«Es lief alles für uns. Stähli im Hinter-, Streck und Hartmann im Vordergrund, ein optimales Team. Es war ein Leichtes, uns freizubekommen. Nur eines konnten die drei nicht bewirken ...»

«Und das ist?»

«Das eigene Gewissen ausschalten. Wir sind keine Mörder, Frau Kupfer. Keiner von uns. Wir haben im jugendlichen Leichtsinn eine unverzeihliche Tat begangen. Glauben Sie mir, jeder von uns hätte das Rad der Zeit zurückgedreht, hätte das Geschehene ungeschehen gemacht ... Wir haben alle seither bitter gebüsst. Jeder auf seine Art.»

«Hatten Sie denn noch Kontakt zu den anderen?»

«Ich versuchte mehrmals, ein Treffen zu organisieren. Dachte, wir könnten uns stärken. Aber sie wollten nicht. Arnold Gissler lebte ein einsames enthaltsames Leben. Robert, mit ihm telefonierte ich ab und zu, versteckte sich hinter seinen Computern, er verdiente Millionen an der Börse.»

«Er versteuerte aber nur, wenn man von nur sprechen kann, dreihundertfünfzigtausend Franken.»

«Mag sein, dass er ein solches Netto-Einkommen versteuerte. Doch er hat Jahr für Jahr Millionen für karitative Zwecke ausgegeben. Ich weiss, wovon ich spreche. Er fragte mich jedes Mal an, welche Stiftung in Not sei. Und genau diese erhielt dann einen grossen Betrag.»

«Er besass auch ein kleines Immobilienimperium.»

«Das stimmt. Pro Jahr kaufte er eine oder zwei Immobilien. Jetzt nach seinem Tod werden diese Häuser in den Besitz unserer Stiftung übergehen. Das war seine Art, mit der Vergangenheit umzugehen. Philippe Stähli wiederum ist ein fantastischer Arzt geworden, dessen einziges Anliegen es ist, seine Patientinnen zu heilen. Als ob wir mit all unseren Bemühungen Beat Fahrner wieder zum Leben erwecken könnten …»

«Und Sie?»

«Ich? Ich setze mich zusammen mit meiner Frau für alte Menschen ein. Es gibt immer noch viele ältere Personen, die nur von der AHV leben, weil sie über keine Pensionskasse oder Lebensversicherung verfügen. Viele am Rande des Existenzminimums. Für diese Menschen setze ich mich seit Jahren ein und verhelfe ihnen zu ihrem Recht. Einige wollen auch bewusst keine Sozialhilfe in Anspruch nehmen, eine Frage des Stolzes.»

«Hat Ihre Stiftung auch Geld von Robert Selm erhalten?»

«Indirekt. In den meisten seiner Wohnungen leben alte Menschen, die nur einen symbolischen Mietzins bezahlen.»

«Das hat mir Herr Kuster von der IRG-Immobilien Treuhand AG gar nicht erzählt», entfuhr es Nadine, die sich über sich selbst ärgerte. Sie hatte weder nach den Mieten gefragt, was nicht unbedingt auf der Hand lag, noch hatte sie sich Selms Steuererklärung angesehen. Das hingegen war ein Anfängerfehler. Wie konnte ich mich nur mit dem Einkommensbetrag abspeisen lassen? Einfach stümperhaft.

«Ich habe immer wieder alte Menschen bei ihm untergebracht», nahm Richter den Faden wieder auf. «Robert wollte dann von mir wissen, wie viel sie bezahlen können. Entsprechend hat er die Mieten angesetzt.» Sein Blick verlor sich für einen kurzen Augenblick in der Weite, bevor er leise fortfuhr, «aber das alles reicht leider nicht aus, um das Verbrechen ungeschehen zu machen, Herr Kommissär. Der Tod ist endgültig. Wir haben unsägliches Leid über die Familie Fahrner gebracht.»

«Haben Sie einmal versucht, mit der Familie Fahrner Kontakt aufzunehmen?»

«Einmal?», klang es bitter. «Hundert Mal! Ohne Erfolg. Elisabeth Fahrner blockte alle Versuche ab und den Eltern wollte ich durch mein Erscheinen nicht noch grösseres Leid zufügen.» Wieder verstummte Richter für ein paar Sekunden. «... Ich ... ich habe Angst, Herr Kommissär! Da draussen ist jemand, der uns richtet.»

«Wer könnte das sein?»

«Ich habe seit Arnolds Tod darüber nachgedacht. Es muss jemand sein, der direkt betroffen ist. Da kommt nur die Familie Fahrner in Frage.»

«Elisabeth Fahrner?»
«Sie hasst uns. Abgrundtief.»
«Wir werden Sie unter Polizeischutz stellen.»
«Es ist gut gemeint, Herr Kommissär. Aber es ist nicht notwendig. Was geschehen soll, geschieht. Ich sitze hier auf dem Balkon und warte auf meinen Tod!»

Richter starrte in den Garten hinunter, abgetaucht in seine eigene Welt. Gedankenverloren verabschiedete er sich von Nadine und Ferrari, die im Treppenhaus von Judith Richter abgefangen wurden.
«Haben Sie einen Augenblick Zeit für mich?»
«Selbstverständlich.»
Sie schaute in die obere Etage hinauf.
«Bitte nicht hier. Treffen wir uns in zehn Minuten im ‹Amici›. Das ist das Café gleich um die Ecke in der Missionsstrasse, gegenüber der Tramhaltstelle.»
Sie warteten geduldig zwanzig Minuten, bis Judith Richter sich zu ihnen setzte.
«Entschuldigen Sie. Ich bin nicht weggekommen. Andreas ist misstrauisch geworden. Ich musste ihn belügen. Herr Ferrari, um auf den Punkt zu kommen, was ist hier los?»
«Ich verstehe Ihre Frage nicht.»
«Andreas hat seit einigen Tagen grausame Angst. Und Sie, Herr Ferrari, sind Kriminalkommissär und ermitteln in Tötungsdelikten.»
«Woher wissen Sie das?»

«Sie sind mehrfach in der ‹Basler Zeitung› gewesen, prominent abgebildet. Ich bin nicht weltfremd, Herr Ferrari. Niemand kann mir ein X für ein U vormachen. Also, was hat Andreas mit Ihrer Abteilung zu tun?»

«Ich weiss nicht ... weiss nicht, ob ich darüber sprechen kann.»

«Helfen Sie mir. Bitte. Ich liebe meinen Mann. Was auch immer geschehen ist, ich werde zu ihm halten. Aber ich will wissen, was los ist. Ich will agieren können und nicht reagieren müssen.»

Ferrari seufzte und schaute seine Kollegin hilflos an. Nadine erzählte ihr schonungslos die ganze Geschichte. Judith Richter sass kerzengerade auf dem Stuhl, hörte sich alles an und nickte nur von Zeit zu Zeit.

«Schrecklich. Ein unschuldiger Mensch wurde das Opfer jugendlichen Übermuts. Grauenvoll. Aber ich bin froh, endlich die Wahrheit zu kennen. Danke, dass Sie mich in Ihr Vertrauen gezogen haben. Wissen Sie, ich habe gespürt, dass Andreas mir etwas verheimlicht. Ich hoffte immer, dass er sich einmal öffnen würde. Manchmal wurde ich richtiggehend eifersüchtig, vermutete eine andere Frau ... Eine schlimme Geschichte, aber die stehen wir gemeinsam durch. Was gedenken Sie zu unternehmen, um meinen Mann zu schützen?»

«Wir haben ihm Polizeischutz angeboten. Er lehnte ab.»

«Wir nehmen den Polizeischutz dankbar an. Ich werde mit ihm darüber sprechen.»

Ferrari bewunderte die zierliche Frau, die ihm da gegenüber sass. Sie war eine starke Persönlichkeit.

«In letzter Zeit dachte ich sogar, dass Andreas in krumme Geschäfte verwickelt sei.»

«Wie sind Sie denn auf diese Idee gekommen?»

Sie lachte.

«Vermutlich habe ich mir zu viele schlechte Krimis angeschaut. Ich bekam schon beinahe einen Verfolgungswahn.»

«Wieso?», setzte Nadine nach.

«Ich habe nur noch Gespenster gesehen, Frau Kupfer. Ganz vorne an der Pilgerstrasse parkte oft der gleiche schwarze Wagen. Am Steuer sass eine Frau Mitte dreissig. Zuerst dachte ich eben, dass es seine Freundin sei, die auf ihn wartet. Dann erfand ich Geschichten von dubiosen Geschäften in Mafiakreisen. Alles Unsinn.»

Ferrari wurde sehr ernst.

«Die Frau, können Sie sie beschreiben?»

«Ziemlich attraktiv, blond. Ich konnte immer nur einen kurzen Blick auf sie werfen, weil sie sich sofort abwandte. Deshalb wurde ich ja auch stutzig.»

«Und der Wagen, was für ein Modell war es?»

«Keine Ahnung. Ist das wichtig?»

«Es könnte von grosser Bedeutung sein. Denken Sie bitte nochmals darüber nach.»

«Ein schwarzer Wagen ... ein Olympiawagen, jetzt erinnere ich mich!»

«Ein Olympiawagen? Das müssen Sie mir näher erklären.»

«Das Signet auf dem Wagen erinnert an die olympischen Kreise.»

«Ein schwarzer Audi! Rufen Sie uns bitte sofort an, wenn dieser Wagen wieder in der Pilgerstrasse parkiert. Hier ist meine Karte. Es ist ganz wichtig.»

«Das werde ich, Herr Kommissär. Sie können sich auf mich verlassen.»

Nadine und Ferrari bedankten sich für das aufschlussreiche Gespräch und fuhren ins Kommissariat zurück.

«Mit Richters Aussage könnten wir ihn und Stähli verhaften.»

«Und dann, Nadine?»

«Den Fall nochmals aufrollen. Mit einem guten Anwalt kämen die beiden mit Totschlag und einigen Jahren davon. Das Gute daran, Richter und Stähli würden ihre gerechte Strafe erhalten und wären gleichzeitig ausser Gefahr.»

«Dann käme keiner an sie ran, dieser Gedanke gefällt mir.»

«Und was ist mit der gerechten Strafe?»

«Ja, das muss auch sein. Doch die zwei laufen uns nicht davon. Zudem kann Richter seine Aussage jederzeit widerrufen. Uns fehlen die Beweise oder hast du die Unterhaltung aufgenommen? ... Na also. Ich will den zweifachen Mörder, und zwar bevor er erneut zuschlägt.»

«Du willst Richter und Stähli als Lockvögel benutzen? Das ist nicht dein Ernst?!»

«Mein voller Ernst. Die Polizeiüberwachung muss rund um die Uhr gewährleistet sein und absolut reibungslos funktionieren. Der kleinste Fehler kann tödlich sein.»

Nadine nickte.

«Kommt hinzu, dass Richter und Stähli im Gefängnis nicht sicher wären. Wenn Meister dahintersteckt, dann sowieso nicht.»

In diesem Punkt musste Nadine vorbehaltlos zustimmen. Nur zu gern hätte sie gewusst, wer die internen Informationen an Bernhard Meister weitergab. Es musste jemand sein, der ganz nah am Fall dran war. Nur wer? Während Ferrari sich um den Personenschutz kümmerte, rief Nadine bei der Motorfahrzeugkontrolle an. Wenigstens die waren sofort zur Kooperation bereit und gaben Namen und Adressen aller Fahrzeuglenker von schwarzen Audis durch. Einhundertachtunddreissig waren es allein in Basel. Stephan übernahm das Baselbiet und kam sogar auf zweihundertfünfundvierzig! Na bravo, der Freitagabend inklusive Wochenende war gelaufen. In stundenlanger Kleinstarbeit machten sich die beiden daran, Lenker für Lenker zu überprüfen.

16. Kapitel

Wenn die polizeiliche Ermittlungsmaschinerie erst einmal ins Rollen kam und man ganz konkret nach jemandem suchte, gab es in den meisten Fällen schon bald ein Ergebnis. Nicht bei dem gesuchten Audi. Nachdem Nadine und Stephan alle Besitzer von schwarzen Audis in Basel-Stadt und Basel-Landschaft überprüft hatten, wurde die Suche ausgedehnt. Es gab Tausende Inhaber solcher Autos in der Schweiz, aber niemanden, der auch nur im Entferntesten mit den Morden in Zusammenhang gebracht werden konnte.

«Verdammter Mist!», polterte Nadine. «Jetzt haben wir zweieinhalb Tage verloren und sind keinen Millimeter weiter. Dabei ist das unsere einzige Spur.»

«Wir stecken in einer Sackgasse. Funktioniert der Polizeischutz?»

«Rund um die Uhr. Den Beamten entgeht nichts. Bisher ist auch kein schwarzer Audi aufgetaucht. Stähli macht uns ein bisschen Mühe.»

«Dachte ich mir.»

«Er will den Schutz partout nicht. Das macht die Sache schwierig. Bei Richter sieht es anders aus. Seine Frau will den Polizeischutz und er hat sich gefügt. Er geht auch wieder zur Arbeit.»

Ferrari seufzte.

«Wir können nur warten und hoffen, dass der Mörder einen Fehler macht. Hast du inzwischen rausbekommen, wo sich Anita Brogli aufhält?»

«Nein. Sie scheint wie vom Erdboden verschluckt. Vielleicht ist sie in den Ferien. Sie ist immer noch in Chur angemeldet und erhält noch ein halbes Jahr ihren Lohn. Davon sind erst drei Monate rum. Sicher liegt sie irgendwo am Meer in der Sonne.»

«Das klingt gar nicht nach Anita Brogli. Mein Gefühl sagt mir, dass sie bereits einen neuen Job hat. Und hat Meister nicht gesagt, sie sei wieder in der Gegend?»

«Doch. Soll ich offiziell nach ihr fahnden lassen?»

«Mit welcher Begründung? Wir haben viel zu wenig in der Hand. Aber ich frage mal die Kollegen, die damals eng mit ihr zusammengearbeitet haben. Vielleicht hat noch jemand Kontakt zu ihr.»

«Wann gedenkt Peter eigentlich, uns den Obduktionsbericht von Selm zu liefern?»

«Oh, Mist! Der liegt bei mir drüben. Ich hole ihn.»

«Nicht nötig. Etwas Aussergewöhnliches?»

«Eigentlich nicht. Es waren zwei Einstiche, beide tödlich. Der Mord geschah kurz vor Mitternacht zwischen halb zwölf und zwölf.»

«Die Tatwaffe?»

«Wurde nicht gefunden. Es handelt sich allerdings nicht um das gleiche Modell wie bei Gissler. Bei ihm war es ein Klappmesser mit ziemlich breiter Klinge. Bei Selm sind die Stichwunden feiner, wie von einem Stilett.»

«Zwei Messer, zwei Täter? Beim ersten Mord lässt der Täter das Messer liegen. Beim zweiten nimmt er es mit.»

«Trotzdem glaube ich an einen Mörder.»

«Er ist treffsicherer geworden.»

«Der erste Stich hätte bereits gereicht. Wahrscheinlich hat er sicherheitshalber zwei Mal zugestochen.»

«Und wenn es zwei verschiedene Mörder sind?»

«Das würde die Theorie bestätigen, dass mehrere Personen eine unheilige Allianz geschmiedet haben. An zwei Morde, die nichts miteinander zu tun haben, kann ich beim besten Willen nicht glauben. Solche Zufälle gibt es nicht.»

«Vier Opfer, vier Mörder? Jeder bringt einen um. Damit ist gewährleistet, dass keiner gegen den anderen aussagen kann. Brogli, Fahrner, Meister … und der Informant im Kommissariat.»

«Du hast ‹Ein Richter sieht rot› ein Mal zu viel angeschaut, mein Lieber.»

«Hm! Wir müssen sie oder ihn finden, Nadine. Und zwar schnell, bevor es Richter und Stähli erwischt.»

Als Ferrari am Mittag am Bahnhofplatz eine Zeitung kaufte, hatte er eine spontane Eingebung.

«Wir besuchen Iris Okaz. Das ‹Central› ist ganz in der Nähe.»

Nadine wusste zwar nicht aus welchem Grund, aber mit Rationalität hatte dies sowieso nichts zu tun. Am Empfang wurden sie von einem freundlichen Mann um die fünfzig begrüsst.

«Guten Tag. Wir möchten gerne Frau Okaz sprechen.»

«Bedaure, Frau Okaz arbeitet nicht mehr hier.»

«Sind Sie sicher?»

«Absolut. Sie hat uns vor zwei Tagen verlassen.»

«Eigenartig. Davon hat sie nichts gesagt.»

Der Empfangschef widmete sich bereits einem anderen Kunden. Ferrari überlegte kurz, ob er den Hoteldirektor verlangen sollte, entschied sich aber, seiner inneren Stimme folgend, für einen Besuch in die Hammerstrasse. Iris Okaz öffnete widerwillig.

«Dürfen wir reinkommen?»

«Lieber nicht.»

Sie standen unentschlossen vor der Tür.

«Ich respektiere Ihre Entscheidung, Frau Okaz. Ich verstehe es nur nicht.»

«Lass mich mal vor, Francesco», flüsterte Nadine. «Siehst du nicht, dass sie geweint hat? … Wir waren im ‹Central›, Iris, um Sie zu sprechen. Man hat uns gesagt, dass Sie nicht mehr dort arbeiten. Können wir Ihnen irgendwie helfen …»

Langsam trat sie zur Seite.

«Kommen Sie rein. Es geht mir nicht gut.»

Der Kommissär setzte sich auf den gleichen Platz wie bei ihrer ersten Begegnung. Nadine blieb am Fenster stehen.

«Wir möchten nicht aufdringlich sein. Wir waren zufällig in der Gegend, das heisst beim ‹Central›, und wollten Sie spontan besuchen. Da hat man uns am Empfang gesagt, dass Sie gekündigt hätten.»

«Gekündigt ist nicht richtig. Ich wurde rausgeworfen», flüsterte sie mit zittriger Stimme.

«Aus welchem Grund?»

«Wegen Umstrukturierungen.»

«So plötzlich?»

«Direktor Heim wollte mir keine weitere Begründung geben. Am Freitagabend zitierte er mich zu sich, sagte, er bedaure es, aber er müsse mich entlassen. Direktor Heim gab mir zwei Stunden, um meine Sachen abzuholen. Selbstverständlich bekäme ich noch zwei Monate mein Gehalt. Er hat entlassen gesagt, aber er hat mich rausgeworfen.»

Tränen liefen ihr über die Wangen.

«Haben Sie etwas angestellt? Sind Sie irgendjemandem auf den Schlips getreten? Ist Ihnen ein Fehler unterlaufen?»

«Nein. Es kam aus heiterem Himmel, Frau Kupfer.»

«Bitte nennen Sie mich doch Nadine.»

«Ich stehe noch immer unter Schock, Nadine. Das war mehr als nur ein Job, das war mein Leben.»

Da stimmte doch etwas nicht. Iris Okaz half der Polizei und wurde kurze Zeit später entlassen. Ferrari ahnte Düsteres.

«Haben Sie Feinde im ‹Central›?»

«Nein. Alle waren entsetzt. Es gab sogar eine Gruppe von Angestellten, der Küchenchef war mein grösster Fürsprecher, die meine sofortige Wiedereinstellung forderten. Direktor Heim blieb hart. Rolf, der Küchenchef, sagte mir, dass Heim bereits eine neue Person eingestellt hat.»

«Das zum Thema Umstrukturierung. Lassen Sie sich bitte nicht unterkriegen. Wir finden eine Lösung. Sie hören in den nächsten Tagen von uns.»

«Danke, dass Sie gekommen sind. Und entschuldigen Sie, dass ich Sie zuerst nicht reingelassen habe.»

Ferrari drehte Runden im Büro. Am Schreibtisch vorbei, dem Fenster entlang, zwischen zwei Pflanzenkübeln durch, um die Besucherstühle rum, via Bücherregal zum Schreibtisch zurück und wieder von vorne. War das Zufall oder Methode, dass Iris Okaz ihre Arbeitsstelle verloren hatte. Wer hatte da seine Finger im Spiel? Richter und Stähli? Oder Meister und Fahrner?

«Du läufst Löcher in deinen Teppich.»

«Das ist doch nicht normal, Nadine. Iris Okaz versucht uns zu helfen und tags darauf verliert sie ihren Job.»

«Ich kann mir beim besten Willen nicht vorstellen, dass das eine mit dem anderen zusammenhängt. Klopfen wir doch einfach bei diesem Heim an. Klopf, klopf, da sind wir, die Guten von der Basler Polizei, und möchten, bevor wir dir den Arsch auf Grundeis legen, gerne wissen, was Sache ist.»

«Eine gute Idee!»

«Du spinnst!»

«Überhaupt nicht, genau so machen wir es. Aber vorher gehen wir noch zu Borer. Es würde mich nicht wundern, wenn der Herr Staatsanwalt da auch noch mitmischt.»

«Oje, oje … wenn das mal gut geht.»

Der Kommissär rauschte mit einem Lächeln an Annina Steiner vorbei, klopfte und trat ein. Nadine hatte Mühe, Schritt zu halten.

«Kommen Sie ungeniert herein, Ferrari, Frau Kupfer. Obwohl ich nicht den Hauch einer Chance hatte, ‹Herein!› zu rufen.»

«Herr Staatsanwalt, ich bin im Augenblick etwas aufgebracht, gelinde ausgedrückt. Man könnte auch sagen, ich explodiere gleich. Mir steht daher nicht der Sinn nach irgendwelchen Höflichkeitsfloskeln und Verhaltenskonventionen.»

«Na, na, Ferrari. Denken Sie an Ihr Herz. Setzen Sie sich und zählen Sie langsam auf zehn. Ganz nebenbei, Ihr Ton missfällt mir.»

«Ich wollte Sie nur über meine nächsten Schritte informieren, Herr Dr. Borer!»

Borer zog die Augenbrauen hoch.

«Bitte, ich höre!»

«Eine wichtige Zeugin verlor unmittelbar, nachdem Sie uns einige Informationen gegeben hatte, ihren Job. Ich vermute, dass die Entlassung mit ihrer Aussage zusammenhängt. Und ich vermute ferner, dass hier gewisse Seilschaften eine Rolle gespielt haben. Unsere Zeugin arbeitete als Chefsekretärin im ‹Central›. Ein gewisser Direktor Heim hat ihre Entlassung vorgenommen. Sollte sich herausstellen, dass eine Verbindung zwischen diesem sauberen Herrn Heim und jemandem, der mit unserem Fall zu tun hat, besteht, werde ich alle legalen Mittel, die mir zur Verfügung stehen, ausschöpfen, um die Sache auffliegen zu lassen.»

«Langer Rede kurzer Sinn: Sie beschuldigen mich, etwas mit dieser Angelegenheit zu tun zu haben?»

«Nein, das will ich damit nicht sagen. Ich vermute jedoch, dass einer Ihrer Parteifreunde eine tragende Rolle spielt. Sollte dies der Fall sein, werde ich ihn vorladen. Und falls er meiner Vorladung nicht nachkommt, werde ich ihn in Handschellen holen lassen, ihn über Nacht in eine Zelle stecken und ihn mir nach vierundzwanzig Stunden vornehmen.»

«Sie bluffen!»

Der Kommissär stützte sich auf den Schreibtisch von Jakob Borer.

«Es ist, verdammt noch mal, mein bitterster Ernst. Es war mir noch nie so ernst wie in diesem Augenblick, Herr Staatsanwalt!»

Borer hielt Ferraris Blick stand.

«Wieso kommen Sie damit zu mir?»

«Damit Sie mir nachher nicht vorwerfen können, ich hätte Sie nicht informiert. Wer weiss, vielleicht gibt es ja einen Skandal. Ich werde jetzt mit Direktor Heim sprechen. Falls er keine Zeit hat, werde ich ihm ebenfalls eine Vorladung zustellen lassen.»

«Was … was erwarten Sie von mir, Ferrari?»

«Nichts. Wie gesagt, ich wollte Sie nur über meine nächsten Schritte in Kenntnis setzen. Nicht mehr und nicht weniger. Jemand behindert unsere Ermittlungen. Und noch schlimmer, jemand zerstört die Existenz einer jungen Frau, weil er Dreck am Stecken hat und über ein gewisses Machtpotenzial verfügt. Ich habe genug von Alexander Streck und Konsorten. Falls Sie denjenigen kennen, von dem ich spreche, dann sollten Sie ihn warnen. Er ist definitiv zu weit gegangen.»

Staatsanwalt Borer nickte.

«Danke für die Information. Tun Sie Ihre Pflicht, Ferrari. Aber gehen Sie die Angelegenheit sachte an. Vielleicht ist das Ganze ein reines Missverständnis. Ich bin gerne bereit, meine Diplomatie spielen zu lassen. Geben Sie mir zwei Stunden, bevor Sie sich mit Dieter Heim unterhalten. Wenn Sie nichts mehr von mir hören, können Sie Ihres Amtes walten.»

«Einverstanden, zwei Stunden!»

«Sie entschuldigen mich. Ich muss mich auf einen wichtigen Fall vorbereiten.»

Nadine wischte sich in Ferraris Büro den Schweiss von der Stirn.

«Mann oh Mann! Das war heavy! Du bist ja gar nicht so ein Weichei, wie alle sagen.»

«Ich war noch nie ein Weichei!»

«Na ja, darüber kann man sich streiten. Würdest du wirklich den Befehl geben, Schneider oder eine der anderen Parteigrössen in Handschellen ins Kommissariat bringen zu lassen?»

«Noch ist es nicht so weit, Nadine. Sobald die zwei Stunden rum sind und Borer nicht reagiert hat, werden wir uns erst einmal um Direktor Heim kümmern.»

«Borer kennt übrigens diesen Heim.»

«Wie kommst du darauf?»

«Es war nie die Rede von Dieter Heim, immer nur von Heim.»

Zwei Stunden können eine Ewigkeit dauern. Es ist so, als ob die Zeit still steht. Sicherheitshalber liess Ferrari drei Stunden verstreichen, bevor sie ins «Central» gingen. Sie meldeten sich bei Dieter Heim an und wurden sofort zum Direktor geführt. Kein Warten, nichts. Das lief alles zu glatt ab. Vermutlich hatte Nadine recht, Borer kannte Heim und hatte ihm einen Wink gegeben.

«Guten Tag. Wir haben hier selten Besuch von der Polizei. Habe ich ein Stoppschild übersehen?», empfing sie der Direktor in seinem pompösen Büro.

«Das können wir nicht beurteilen, Herr Heim. Wir möchten Ihnen gern nur eine einzige Frage stellen.»

«Nehmen Sie doch bitte Platz.»

Ferrari versank beinahe im Sessel. Nadine schlenderte derweil zur Wand und schaute sich signierte Fotos von Persönlichkeiten an, die im «Central» übernachtet hatten.

«In einem unserer Fälle ist Ihre ehemalige Angestellte Iris Okaz eine wichtige Zeugin. Als wir sie heute hier im Hotel aufsuchen wollten, bekamen wir die Auskunft, dass sie entlassen worden sei. Können Sie uns sagen weshalb?»

«Eine üble Geschichte. Über Einzelheiten möchte ich mich aber nicht unterhalten. Das würde Frau Okaz nur schaden.»

«Ich verstehe. Mussten Sie Iris Okaz wegen Unregelmässigkeiten entlassen?»

Er nickte mit traurigem Gesicht.

«Und trotzdem bezahlen Sie ihr noch zwei Monatsgehälter. Sie sind ein richtiger Wohltäter, Herr Heim!»

«Sie tat mir leid, Herr Kommissär. So schnell wird Frau Okaz keine Stelle finden. Sie bat mich inständig, ihr eine neue Chance zu geben. Ich bin ja kein Unmensch. Wir haben uns dann darauf geeinigt, dass ich ihr wegen Umstrukturierung im Hause kündige.

So bekommt sie noch ihren Lohn, hat bessere Chancen bei der Jobsuche und kann auch stempeln gehen.»

Eins zu Null für dich!, dachte Ferrari. Gut gekontert.

«Nun ist es leider so, dass wir auf Frau Okaz' Mitarbeit angewiesen sind. Doch nach diesem unglücklichen Zwischenfall stellt sie sich auf den Standpunkt, dass ihr wegen ihrer Zeugenaussage gekündigt worden sei.»

«Ein armes Geschöpf. Verkennt vollkommen die Tatsachen.»

«Ja, das kommt schon mal vor. Sie sehen keine Möglichkeit, sie wieder einzustellen?»

«Nein, ich bedaure sehr. Das hätte negative Folgen auf das gesamte Personal. Stellen Sie sich vor, jeder wüsste, dass er das ‹Central› betrügen kann, ohne mit einschneidenden Konsequenzen rechnen zu müssen.»

«Dafür habe ich vollstes Verständnis.»

Nadine hörte fasziniert dem sinnlosen Geplänkel zu. Wann kommt Francesco endlich zur Sache?

«Entschuldigen Sie die Störung, Herr Heim. Sie haben bestimmt viel zu tun. Wir wollen Sie nicht länger aufhalten.»

Heim sah überrascht auf.

«War das alles?»

«Ja. Komm, Nadine, wir gehen … ach ja, interessiert es Sie überhaupt nicht, in welchem Zusammenhang wir mit Frau Okaz zu tun haben?»

«Doch schon.» Es klang höchst gelangweilt.

«Iris Okaz ist unsere Hauptzeugin in einem doppelten Mordfall.»

«Was?!»

«Das konnten Sie natürlich nicht wissen, Herr Heim. Nun steht sie uns leider nicht mehr zur Verfügung. Da kann man nichts machen.»

«Ein Mord ... davon hat ... ich meine, davon habe ich nichts gewusst.»

«Es ist bisher auch nichts an die Öffentlichkeit gedrungen. Wir bitten Sie, diese Information äusserst diskret zu behandeln. Sollte ... aber nein, das ist nicht von Bedeutung. Guten Tag, Herr Heim.»

«Warten Sie. Was wollten Sie sagen?»

«Sollte es sich natürlich herausstellen, dass unsere Zeugin unter Druck gesetzt wurde ... nehmen wir einmal an, dass ihr gekündigt wurde, um sie mundtot zu machen, was natürlich nicht stimmt, wie Sie uns glaubhaft versichert haben, aber nehmen wir das mal an. Wenn wir das beweisen können, wird die Person, die unsere Ermittlungen behindert hat, wegen Behinderung laufender Ermittlungen angeklagt.»

«Wegen ... wegen ...», Heim japste wie ein Fisch nach Wasser.

Eins zu eins!, frohlockte der Kommissär.

«Nun, wir wollen Sie nicht länger stören, Herr Heim.»

«Warten Sie ... was ... was bedeutet das, Behinderung der Ermittlungen?»

«Was meinst du, Nadine, wie viele Jahre gibt das?»

«Bestimmt ein paar Jährchen Knast in Gesellschaft von schweren Jungs.»

Heim rang nach Luft.

«Das geht ... nein ... das ... setzen Sie sich bitte wieder.»

Gewonnen. Ferrari sah Nadine triumphierend an.

«Ist das alles wahr?»

«Wenn Sie mir nicht glauben, dann rufen Sie doch einen Ihrer Parteifreunde an. Er wird es Ihnen bestätigen. Oder soll ich für Sie anrufen?»

«Wen meinen Sie?»

«Zum Beispiel Staatsanwalt Borer. Der Fall fällt in seinen Zuständigkeitsbereich.»

«Jakob? Wir sind Freunde, aber nicht in der gleichen Partei.»

«Dann rufen Sie ihn an. Er wird es Ihnen bestätigen.»

«Das wird nicht nötig sein. Ich glaube Ihnen. Ich will in keinen Mordfall verwickelt werden», der Direktor räusperte sich und fuhr mit sachlichem Ton fort. «Ich habe Iris Okaz auf Wunsch eines guten Freundes entlassen.»

«Und wie heisst dieser liebe Mensch?», fragte Nadine.

«Das tut nichts zur Sache.»

Nadine wollte nachfassen, aber Ferrari schüttelte den Kopf.

«Wie können wir das, sagen wir, Missverständnis aus der Welt schaffen?», erkundigte sich Dieter Heim vorsichtig.

«Nichts leichter als das. Sie rufen Frau Okaz an, geben ihr die Stelle zurück und entschuldigen sich für eben dieses Missverständnis.»

«Ist das alles?»

«Wir werden Sie danach nicht länger belästigen. Bei Ihrem anderen Problem können wir Ihnen aber leider nicht behilflich sein. Das müssen Sie selbst regeln.»

«Welches andere Problem?»

«Wie Sie Ihre Kehrtwendung Ständerat Schneider erklären.»

«Der kann mich ... ich meine ... woher ...»

«Das bleibt unser Geheimnis, Herr Heim.»

Ferrari erhob sich und wandte sich zum Gehen.

«Sie müssen mir glauben, ich habe nichts von einem Mord gewusst. Markus sagte mir, dass Iris Okaz aus Liebeskummer eine Freundin von ihm mit Telefonterror verfolge, weil Markus' Freundin ihr den Freund ausgespannt habe.»

Am Ausgang des Büros drehte sich Nadine nochmals um.

«Und immer anständig zu Iris Okaz sein! Wir behalten Sie im Auge, Herr Heim. Noch sind Sie nicht aus dem Schneider.»

Nadine klatschte draussen in die Hände.

«Bingo!»

«Iris Okaz wird nicht wissen, wie ihr geschieht. Aber sie hat wenigstens ihren Job wieder.»

«Das war aber eine ganz fiese Tour, Francesco. Zuerst einlullen, ein, zwei Brocken vorwerfen und einen Abgang vortäuschen, um dann unbarmherzig zuzuschlagen. Echt gut gemacht. Wer ist der Nächste?»

«Für morgen laden wir Ständerat Markus Schneider ganz offiziell zu einem Plauderstündchen ins Kommissariat ein. Wer eine harmlose Zeugin auf diese Art und Weise aus dem Weg räumt, hat einen driftigen Grund und vermutlich einiges zu verbergen.»

«Oder unterstützt jemanden, der alles andere als sauber ist.»

«Bingo!»

17. Kapitel

Die «Basler Zeitung» brachte als erste einen Bericht über die beiden Toten. Keine reisserischen Zeilen, mehr sachliche Informationen, dass es in den vergangenen Tagen zu zwei Morden in der Stadt gekommen sei. Ein Bild mit einer Häuserzeile im Gundeli und eines, das die Hammerstrasse zeigte, füllten vor allem die Spalten. Weder Gisslers Wohnhaus noch Selms Mehrfamilienhaus befanden sich jedoch auf den Fotos. Mit grösster Wahrscheinlichkeit, hiess es weiter, seien beide Personen einem Gewaltverbrechen zum Opfer gefallen. Ob es sich um ein Beziehungsdelikt oder um Raub handle, könne nicht mit Schlüssigkeit gesagt werden. Ein Zusammenhang zwischen den beiden Delikten werde nicht vermutet. Die Polizei sei für jeglichen Hinweis aus der Bevölkerung dankbar. Unter dem Artikel stand in einem Kasten noch, wo sich die Personen melden konnten. In der Gratiszeitung «Baslerstab», die nur noch zweimal in der Woche erschien, berichtete der Redaktor zwar auch von den Toten, mehr aber als Aufhänger, um dann auf einer halben Seite die stetig steigende Kriminalität in Basel anzuprangern. Die weiteren Schlagzeilen blieben der Hitze vorbehalten. Die städtischen

Behörden wollten demnächst Einschränkungen im Wasserverbrauch beschliessen, da das Grundwasser einen bedenklichen Tiefstand erreicht hatte. Noch war es nicht so weit. Der Wetterbericht sah für die nächsten Tage heftige Gewitter voraus, Regen war also in Sicht. So weit, so gut.

Wie nicht anders zu erwarten gewesen war, folgte Ständerat Markus Schneider der offiziellen Aufforderung nicht. Er liess ausrichten, dass er keine Zeit habe. Dringende Geschäfte erforderten seine Anwesenheit.
 «Und jetzt?»
 «Besuchen wir unseren Staatsanwalt, Nadine.»
 Borer goss pfeifend und bestens gelaunt seine Pflanzen.
 «Nun, wie geht es mit Ihrem Fall voran?»
 «Harzig.»
 «Tja, dann sollten Sie sich ein wenig mehr ins Zeug legen.»
 «Ständerat Schneider weigert sich, zur Einvernahme zu kommen.»
 «Politiker sind immer beschäftigt. Da kann ich leider auch nicht behilflich sein. Tut mir ausserordentlich leid. Sonst noch etwas an diesem schönen Tag?»
 «Wir brauchen aber seine Aussage», liess Nadine nicht locker.
 «Ihr Problem! Es ist nicht meine Aufgabe, die Arbeit der Polizei zu erledigen», er drehte einen Blumentopf um fünf Zentimeter im Uhrzeigersinn. «Die Wärme

tut ihnen gut. Wie Sie sicher festgestellt haben, läuft meine Klimaanlage nicht. Die hätte nämlich verheerende Auswirkungen. Im letzten Sommer sind mir alle Pflanzen eingegangen. Zuerst hatte ich zeitweise den Verdacht ...», er schaute Ferrari in die Augen, «... dass jemand meinen Pflänzchen den Garaus gemacht hat.»

«Also, ich muss schon bitten, Herr Staatsanwalt!»

«Dann hat mir ein Freund gesagt, dass es an der Klimaanlage liegen könnte. Und siehe da, so war es. Jetzt gedeihen sie prächtig. Aber ich muss stets darauf achten, dass sie nicht zu sehr der Hitze ausgesetzt sind. Aus diesem Grund lasse ich am Mittag immer die Rollläden runter. Schauen Sie diese hier ...», er strich sanft über einen Kaktus, «das ist die Königin der Nacht. Sie stammt aus Mittelamerika, ich hege und pflege sie seit Jahren. Irgendwann wird sie blühen. Das wäre eine Sensation. Haben Sie eigentlich auch Pflanzen in Ihrem Büro, Ferrari?»

«Wie? Nein ... ich meine ...»

«Sie werden mir doch eine einfache Frage beantworten können.»

«Zwei! Sie wissen, was das heisst, Herr Staatsanwalt?»

«Nur zwei? Das heisst, dass Sie kein echter Pflanzenliebhaber sind. Schade, Ihnen entgeht etwas.»

«Quatsch! Ich meine nicht das Grünzeug.»

«Ach, Sie meinen Markus. Nun dann, schreiten Sie zur Tat.»

Hatten sie richtig gehört? Borer gab ihnen freie Hand, einfach so, ohne Wenn und Aber? Unschlüssig blieben Nadine und der Kommissär stehen.

«Ist noch etwas?»

«Wir können den Ständerat von der Fahndung abholen lassen, ohne dass Sie einschreiten?»

«Meine liebe Frau Kupfer, wenn Markus Schneider Ihre Ermittlungen behindert, muss er wie jeder andere behandelt werden. Vor dem Gesetz sind wir alle gleich.»

Ferrari konnte das Gehörte nicht glauben. Im Flur setzte er sich auf eine Bank.

«Ist dir nicht gut, Francesco?»

«Der grösste Ränkeschmieder der Stadt lässt einen seiner besten Kumpane fallen? Die Sache stinkt doch zum Himmel. Wahrscheinlich befindet sich Schneider auf einer Auslandsreise oder macht eine Mondbesichtigung.»

«Gestern war er noch zu Hause, du Pflanzenmörder.»

«Sie sprechen da vom Verdacht eines vorsätzlichen Pflanzenmords! Ich hoffe, Sie sind sich über den Ernst der Lage im Klaren, beste Frau Kupfer», äffte Ferrari den Staatsanwalt nach. «Der spinnt doch. Irgendwie werde ich das Gefühl nicht los, im falschen Film zu sein. Was solls, konzentrieren wir uns auf unseren Fall. Wir lassen Markus Schneider abholen. Ganz wohl ist mir allerdings nicht bei der Sache. Dafür ist Borer viel zu gut gelaunt.»

Während sich Nadine und der Kommissär unterhielten, fuhren zwei Polizisten mit einem Privatwagen aufs Bruderholz, um den Ständerat abzuholen. Es dauerte keine zehn Minuten und Markus Schneider wurde vom Staatsanwalt persönlich in Ferraris Büro gebracht.

«Markus Schneider hat sich bei mir gemeldet, er wollte mich noch kurz sprechen. So, jetzt steht er Ihnen zur Verfügung.»

Borer drückte den Ständerat auf einen Stuhl.

«Ständerat Schneider war sich nicht bewusst, dass Sie ihn so dringend sprechen müssen. Wahrscheinlich haben Sie die Dringlichkeit Ihres Anliegens nicht deutlich genug geäussert. Das kann ja mal vorkommen. Können wir uns kurz unter vier Augen unterhalten, Ferrari? Entschuldige uns bitte einen Augenblick, Markus.»

Ferrari ging mit Borer auf den Flur.

«Was wird hier eigentlich gespielt?»

«Wir haben gestern Abend telefoniert. Ich habe ihm des Langen und Breiten erklärt, dass einer Vorladung Folge zu leisten sei. Markus spottete nur und blieb stur. Er wies auf seine Bedeutung als Ständerat hin, als ob ich das nicht wüsste. Wie heisst es so schön, Hochmut kommt vor dem Fall. Nun ist er doch einsichtig geworden, gerade noch rechtzeitig.»

«Und wenn wir ihn in Handschellen abgeführt hätten?»

«Sein Problem! Irgendwann ist Schluss. Ich kann es mir nicht erlauben, einen Serienmörder frei herumlaufen zu lassen. Wir müssen jede noch so kleine Spur verfolgen. Und wenn, bei allem Respekt, ein arroganter Ständerat nicht begreift, dass man es gut mit ihm meint, dann muss er halt den harten Weg kennenlernen.»

«Manchmal versetzen Sie mich in Erstaunen, Herr Staatsanwalt.»

«Manchmal bin ich selbst über mich erstaunt, Ferrari.»

«Markus Schneider sitzt in meinem Büro.»

«Was? Wie ist das möglich? Ich habe ja erst vor Kurzem die Kollegen losgeschickt …», Nadine war sprachlos.

«Borer hat es möglich gemacht. Kommst du rüber?»

Ständerat Schneider war kein besonders angenehmer Zeitgenosse. Ferrari hatte ihn mehrmals in Fernsehdiskussionen erlebt, in denen er locker mit seinem gewandten Auftreten seine politischen Gegner an die Wand gespielt hatte. Seine Karriere begann vor rund zwanzig Jahren als Parteisekretär in Basel. Schon kurze Zeit später wurde er Generalsekretär, dann Nationalrat und nun Ständerat. Viele sahen in ihm einen zukünftigen Bundesrat. Von seinem Privatleben wusste der Kommissär so gut wie nichts.

Ausser, dass er anscheinend eine Beziehung mit Elisabeth Fahrner hatte, die schätzungsweise fünfzehn Jahre jünger war.

«Ich bin ehrlich gesagt froh, dass Sie es sich anders überlegt haben, Herr Schneider.»

«Jakob hat mich von der Wichtigkeit meiner Aussage überzeugt. Sie hätten mich doch nicht verhaftet, oder?»

«Von verhaften kann keine Rede sein. Ein paar Minuten später und wir hätten Sie mit einem Streifenwagen abholen lassen.»

«Sie bluffen!»

«Keinesfalls. Wir brauchen einige Informationen von Ihnen. Sie hätten uns nur anrufen müssen, und wir wären auch zu Ihnen gekommen.»

«So, wie Sie Dieter Heim aufgesucht und eingeschüchtert haben.»

«Ich glaube nicht, dass Sie uns das vorwerfen sollten. Den ersten Stein haben schliesslich Sie geworfen», warf Nadine ein.

«Sie sind sicher Nadine Kupfer. Jakob hat mir schon einiges über Sie erzählt.»

«Und mein Vater auch einiges über Sie!»

«Ihr Vater? Kupfer … Kupfer … ja natürlich Nationalrat Kupfer … Sie sind seine Tochter? … Das hat mir Jakob verschwiegen. Wie auch immer. Dieter ist eine Flasche! Ihn konnten Sie einschüchtern, bei mir brauchen Sie es erst gar nicht zu versuchen.»

«Sie schätzen uns falsch ein, Herr Schneider. Ob Sie es mir glauben oder nicht, wir versuchen lediglich zwei Mordfälle aufzuklären. Um dieses Ziel zu erreichen, schöpfen wir alle rechtlichen, uns zur Verfügung stehenden Mittel aus.»

«Mit gelegentlichen Abstechern in die Grauzone wie bei Dieter. Man könnte auch von Amtsmissbrauch sprechen.»

«Manchmal gehört ein wenig Pokern zum Geschäft.»

«Wie Sie meinen. Dann legen Sie mal Ihre Karten auf den Tisch.»

«Damit es keine Missverständnisse gibt, Sie sind kein Tatverdächtiger. Wir versuchen einen Doppelmord aufzuklären und bitten Sie um Ihre Unterstützung.»

«Hören Sie mit dem Gesülze auf. Was wollen Sie?»

«Wie stehen Sie zu Elisabeth Fahrner?»

«Das geht Sie nichts an. Ich sehe keinen Grund, diese Frage zu beantworten.»

«Frau Fahrner gehört zum engsten Kreis der Tatverdächtigen. Also bitte, wie stehen Sie zu Frau Fahrner?»

«Sie ist eine gute Freundin.»

«Waren Sie am 3. Juli abends mit ihr zusammen?»

«An besagtem Freitag hielt ich eine Ansprache in der Basler Handelskammer. Danach sind Elisabeth und ich essen gegangen. Möchten Sie auch noch wissen, wo?»

«Wenn es Ihnen nichts ausmacht.»

«Im ‹Binninger Schloss›. Wahrscheinlich kennen Sie dieses Restaurant nicht. Es ist exklusiv und nicht ganz günstig.»

«Elisabeth Fahrner hat ausgesagt, den Abend mit Ihnen verbracht zu haben, nicht aber die Nacht.»

«Dann wird es auch so sein, Frau Kupfer. Elisabeth ist eine attraktive ungebundene Frau und ich bin verwitwet. Es wäre also nichts Weltbewegendes, wenn wir zusammen die Nacht verbracht hätten. Trotz unseres Altersunterschieds und trotz Ihrer süffisanten Bemerkung.»

«Sagen Ihnen die Namen Arnold Gissler und Robert Selm etwas?»

«Selbstverständlich, Herr Ferrari. Das sind zwei der vier Mörder, die Elisabeths Bruder umgebracht haben. Sie sollten sich besser darum kümmern, die anderen zwei hinter Schloss und Riegel zu bringen.»

«Immerhin sind Gissler und Selm auch ermordet worden, falls Sie das vergessen haben.»

«Auge um Auge, Zahn um Zahn.»

«Leben Sie nach dem Alten Testament, Herr Schneider?»

«Ich nicht. Viele Menschen und darunter auch ich werden jedoch im Tod von Gissler und Selm eine späte Gerechtigkeit sehen.»

«Das mag durchaus sein. Kennen Sie jemanden, der einen schwarzen Audi fährt?»

«Beinahe alle meine Kollegen in Bern fahren schwarze Autos. Darunter sind bestimmt auch einige Audis. Ich bevorzuge einen Mercedes. Ihr Vater, Frau Kupfer, fährt übrigens auch einen schwarzen Wagen, einen BMW.»

«Würden Sie Frau Fahrner einen Mord zutrauen?»

Schneider trommelte mit den Fingern auf die Tischkante.

«Nein.»

«Um den Tod ihres Bruders zu rächen?»

«Das hätte sie doch längst tun können. Ich glaube, Sie sind auf der falschen Fährte. Elisabeth hat mit ihren Eltern und ihrem Job genug zu tun. Im Moment plant sie ein neues Kunsthaus in Moskau. Sie ist eine aussergewöhnlich begabte Architektin und hat schon mehrere Auszeichnungen gewonnen», Schneider geriet ins Schwärmen.

«Von diesem Projekt habe ich gelesen, das Zech & Zech-Architekturbüro mit Sitz im St. Alban-Tal hat diesen Wettbewerb gewonnen. Arbeitet Frau Fahrner dort?»

«Sie ist Juniorteilhaberin … aber … das wissen Sie doch längst», wandte sich Schneider irritiert an den Kommissär. Ferrari überging diese Bemerkung in der Erkenntnis, dass sie im Grunde verdammt wenig über Elisabeth Fahrner wussten. Viel zu wenig. Eine Unterlassungssünde par excellence.

«Kennen Sie Andreas Richter und Philippe Stähli?», leitete Ferrari zu einem anderen Thema über.

«Ziemlich gut sogar. Allerdings versuche ich den beiden, wann immer möglich, auszuweichen, aus Rücksicht gegenüber Elisabeth. Aber Philippe Stähli ist ein bedeutender Mann in Basel, Parteimitglied, wenn auch nicht politisch aktiv, seine Familie hat Einfluss und Andreas Richter führt eine höchst angesehene Stiftung mit einer treuen Wählerschicht. Sie wissen ja, die Alten gehen an die Urne und ich kann es mir nicht leisten, Andreas Richter gegen mich zu haben.»

«Tja, die Politik zwingt zu so manchem Kompromiss.»

«Stimmt. Aber Sie haben mich bestimmt nicht vorgeladen, um mit mir über Politik zu diskutieren.»

«Nicht wirklich. Es geht um Iris Okaz, eine wichtige Zeugin in den laufenden Ermittlungen. Kennen Sie sie?»

«Nein.»

Markus Schneider rutschte auf seinem Stuhl hin und her.

«Seltsam. Nachdem Iris Okaz uns behilflich war, kündigte der Hoteldirektor Dieter Heim ihr, und zwar auf Ihren ausdrücklichen Wunsch, Herr Schneider. Können Sie uns das erklären?»

«Es hat schon seine Richtigkeit, ich kenne Frau ...»

«Iris Okaz», ergänzte der Kommissär.

«Okaz nicht. Elisabeth ... ich wollte ... ja, ich wollte Elisabeth vor falschen Anschuldigungen schützen. Eine Kurzschlusshandlung, die nicht sehr klug war. Im Nachhinein ist man immer gescheiter.»

«Das kann man wohl sagen. Sie haben sich nicht nur selbst verdächtig gemacht, sondern bekennen durch Ihr Handeln, dass Sie Elisabeth Fahrner den Mord zutrauen, oder zumindest glauben, sie sei in den Fall Selm verwickelt, und belasten somit Ihre Freundin.»

«Elisabeth bestreitet es, Frau Kupfer. Aber, als ich erfuhr, dass diese Okaz eine Frau im Alter von Elisabeth erkannt haben wollte, musste ich einfach handeln.»

«Von wem haben Sie das erfahren?»

«Kein Kommentar!»

«Nun gut. Ihre Aktion ist gründlich misslungen. Dieter Heim wird Iris Okaz wieder einstellen und ich bitte Sie höflich, es damit bewenden zu lassen. Keine weiteren Schikanen.»

Markus Schneider lächelte überheblich.

«Ich kann mich auch gern deutlicher ausdrücken, Herr Schneider», setzte Ferrari nach. «Sie sind ein bekannter Politiker und ich gehe davon aus, dass Sie auch weiterhin Ihre Karriere forcieren wollen. Einige meiner Freunde sehen Sie bereits als zukünftigen Bundesrat. Es wäre doch schade, wenn in der entscheidenden Phase des Wahlkampfes plötzlich Gerüchte auftauchen …»

«Das wagen Sie nicht!»

«Das liegt ganz in Ihren Händen. Für ihre politischen Gegenspieler wäre es mit Sicherheit ein gefundenes Fressen, wenn bekannt würde, dass Sie einer braven Bürgerin, die sich nichts zuschulden kommen liess, übel mitspielten.»

«Ganz geschweige von den ausländerfeindlichen Tendenzen, die sich womöglich dahinter verbergen», wandte Nadine trocken ein.

«Vorsicht! Ich … ich lasse mich weder von Ihnen einschüchtern, noch sollten Sie mir drohen. Vergessen Sie nie, auch ich habe Mittel und Wege, gegen Sie vorzugehen.» Nach einer kurzen Pause fuhr er fort. «Zugegeben, ich bin weit übers Ziel hinausgeschossen. Das war dumm von mir. Ich werde Frau Okaz in keiner Art und Weise mehr belästigen. Die Angelegenheit ist für mich abgeschlossen.»

«Das freut mich zu hören. Ich sehe mit Freuden, dass dieses Treffen eine gute Basis zwischen uns geschaffen hat. Es hat mehr gebracht, als ich mir erhoffte. Ich danke Ihnen für Ihr Kommen», sülzte Ferrari übertrieben freundlich.

«Wenn ich der Justiz zu ihrem Recht verhelfen kann, stehe ich immer zur Verfügung. Es war mir ein Vergnügen.»

Ferrari musste laut lachen. Ein solches Geplänkel hatte er lange nicht mehr in seinem Büro erlebt, fast schon filmreif. Der Ständerat stimmte in das Lachen mit ein.

«Falls Sie sich noch für eine politische Karriere entscheiden, Herr Ferrari, dann melden Sie sich bei mir. Solche Leute wie Sie könnten wir in unserer Partei gebrauchen.»

«Vielen Dank. Aber ich bleibe lieber ein kleiner Polizist.»

«Ah ja, noch was. Welches Datum haben Sie vorhin erwähnt?»

«Datum? Ach, Sie meinen den Abend des 3. Juli, ein Freitag.»

«Elisabeth und ich hatten an jenem Freitagabend tatsächlich zum Essen abgemacht ...»

Markus Schneider zögerte.

«Aber?», setzte Nadine nach.

«Ich musste einen kranken Kollegen an einem öffentlichen politischen Anlass vertreten. Daher sah ich mich gezwungen, das Essen mit Elisabeth abzusagen.»

«Danke. Sie ersparen uns so einen Anruf im ‹Binninger Schloss›.»

«Wieso belügt uns Elisabeth Fahrner? Es gibt gar keinen Grund dafür. Peter konnte ja die Todeszeit nicht schlüssig feststellen. Gissler wurde am Freitagabend oder am Samstagvormittag ermordet. Also, was soll das?»

«Das weiss Elisabeth Fahrner offensichtlich nicht. So gut scheint der Informant doch nicht zu sein oder er beliefert nur Meister, der ganz gezielt einzelne Details streut. Ich gehe davon aus, dass sie weiss, wann Gissler ermordet worden ist. Daher die Lüge.»

«Hm.»

«Die Lösung ist mit Elisabeth Fahrner verwoben. Irgendwie. Mein Bauchgefühl täuscht mich selten, Nadine. Wir sollten uns eingehend mit ihr beschäftigen, alle Informationen zusammentragen, die wir finden können. Wir brauchen ein möglichst vollständiges Bild. Danach reden wir nochmals mit ihr. Ich möchte zu gern wissen, wo sie am Mittwochabend war.»

In den folgenden Stunden beschäftigten sie sich intensiv mit der Biografie von Elisabeth Fahrner, trugen alles zusammen, was für die Ermittlungen relevant war. Die anfänglich schattenhaften Umrisse gewannen mit jedem weiteren Puzzleteil an Klarheit. Nach dem dramatischen Tod ihres Bruders hatte Elisabeth Fahrner vom Jurastudium zur Architektur gewechselt. Ihre Karriere begann sie zunächst in einem kleinen Architekturbüro, wo sie im Rahmen der Möglichkeiten bereits mit achtundzwanzig Furore machte. Sie gewann für ihre modernen, der Natur angepassten Landschaftsbauten jede Menge Preise. Nachdem sie in einem Wettbewerb die ganze Konkurrenz ausgestochen hatte, wurde sie vom renommierten Architekturbüro Zech & Zech abgeworben.

Ein Privatleben existierte anscheinend nicht. Keine Liebschaften, keine Affären, kein Klatsch und Tratsch. Einfach nichts. Einzig das Gerücht ging um, Elisabeth Fahrner habe eine lesbische Beziehung hinter sich. Zurzeit wurde sie jedoch regelmässig von Ständerat Markus Schneider begleitet. Unklar war, ob es sich um eine rein freundschaftliche Verbindung oder um eine Liebesbeziehung handelte. Gut möglich, dass sich Elisabeth Fahrner zu älteren Männern hingezogen fühlte.

Immer wieder tauchte Madagaskar in ihrer Biografie auf. Nicht nur, dass sie diese Insel mehrfach bereist hatte, sie gehörte auch zu den Initiatoren einer Stiftung, die sich für die Rettung des Masoala-Regenwaldes einsetzte. Einen weiteren beruflichen Ausgleich fand die Architektin beim Joggen, wie die

Interneteinträge von Datasport verrieten. Zehn Kilometer in 50.08,3 – das war echt gut.

Nadine liess sich für den späteren Nachmittag einen Termin bei der erfolgreichen Architektin geben.

Das Büro im St. Alban-Tal war karg und streng geometrisch eingerichtet. Alles aufs Notwendigste reduziert. Kühl wie in einem Badezimmer, dachte Ferrari. Eine Fotografie hing ganz hinten im Büro an der Wand, ansonsten befand sich kein einziger persönlicher Gegenstand im Raum. Damit ja niemand sieht, was ich privat mache, wie ich denke, was mir gefällt und wie ich fühle! Die drei grossen Arbeitstische waren hingegen von Architekturplänen und Modellen übersäht.

«Danke, dass Sie Zeit für uns haben, Frau Fahrner», begann der Kommissär das Gespräch.

«Besser so. Sonst ergeht es mir doch nur wie dem armen Markus. Setzen Sie sich. Einen Drink?»

Ferrari blickte auf die Uhr.

«Es ist bald Feierabend. Da würde ich doch sagen, einen Martini mit viel Eis, aber ohne Wasser.»

«Und für Sie, Frau Kupfer?»

«Ein Mineralwasser.»

Elisabeth Fahrner reichte dem Kommissär ein Glas Martini, schob Nadine eine Flasche Mineralwasser mitsamt Glas über den Tisch und goss sich selbst einen Whisky ein.

«Das erinnert mich an einen meiner früheren Fälle.»

«Ah ja?»

«Einer meiner düstersten Fälle, in dem auch ein berühmter Architekt eine Rolle spielte.»

«Der alte Bauer?»

«Genau. Kannten Sie ihn?»

«Er ist immer mein Vorbild gewesen. Ich habe ihn sogar einmal persönlich kennengelernt. Als Anfängerin nahm ich meinen ganzen Mut zusammen, pilgerte nach Bottmingen und klopfte an seine Haustür. Wir haben uns einen ganzen Nachmittag unterhalten. Er hat sogar meine Arbeiten angeschaut. Als ich mich verabschiedete, sagte er mir, dass ich eine grosse Zukunft vor mir hätte. Das habe ich nie vergessen.»

«Er scheint sich nicht getäuscht zu haben.»

«Halb so wild. Einiges ist schlicht gestohlen. Bauer gab mir damals den Wink …»

«… sich mit der Natur auseinanderzusetzen. Im Einklang mit der Natur zu arbeiten. Auf sie zu hören. Die Natur baut die grössten und besten Werke.»

«Genau! Woher wissen Sie das?»

«Ich hatte ebenfalls das Vergnügen, mich mit ihm unterhalten zu dürfen. Leider war der Anlass nicht besonders erfreulich. Aber der alte Mann hinterliess bei mir einen unvergesslichen Eindruck.»

«Stimmt, ein äusserst beeindruckender Mensch. Genial und charismatisch. Dieser Besuch damals war ein Schlüsselerlebnis, meine Initialzündung sozusagen. All meine Werke tragen sein Gedankengut in sich, sie sind eine Hommage an ihn. Sein Tod hat mich sehr getroffen.»

«Woran arbeiten Sie im Augenblick?»

«Kommen Sie. Ich zeige es Ihnen.»

Sie enthüllte das Modell eines monumentalen Bauwerks im Massstab 1:100.

«Das neue Kunsthaus von Moskau, vom russischen Präsidenten persönlich in Auftrag gegeben.»

«Wow! Sehr imposant.»

«Vielen Dank. Ich bin auch recht stolz darauf. Im Frühling beginnen die Bauarbeiten. Wir hoffen, dass wir in zwei Jahren die Eröffnung feiern können, wenn nichts dazwischen kommt. Man weiss ja nie, wie sich die politischen Verhältnisse entwickeln. Das nächste Bauwerk werde ich dann in China realisieren, allerdings existiert das Modell erst in meinem Kopf.»

«Sie sind sehr erfolgreich.»

«Danke. Ich hatte auch Glück. Noch einen Martini?»

Ferrari wusste, dass er eigentlich Nein sagen müsste.

«Noch einen kleinen.»

«Sie wollten doch ursprünglich Juristin werden. Wieso haben Sie zur Architektur gewechselt?»

«Ah, die Kommissärin hat sich auf unser heutiges Gespräch vorbereitet. Meine Biografie gelesen, soweit diese bekannt ist.»

«Ein wenig. Weshalb brachen Sie Ihr Jurastudium ab?»

«Meinem Vater zuliebe. Es war sein sehnlichster Wunsch, dass eines seiner Kinder Architektur studiert. Beat war dazu auserkoren. Nach … nach seinem Tod war die Reihe an mir und so habe ich gewech-selt. Keine schlechte Entscheidung, das muss ich im Nachhinein sagen.»

«Ist das Foto dort hinten an der Wand von Madagaskar?»

Sie drehte sich um.

«Der Masoala-Regenwald, um es genau zu sagen. Meine grosse Liebe. Ich fliege jedes Jahr dorthin. Es ist eines der letzten Paradiese dieser Welt. Waren Sie schon einmal auf Madagaskar?»

«Nein.»

«Dann haben Sie etwas verpasst, Frau Kupfer. Der Regenwald auf der Halbinsel Masoala ist einer der weltweit artenreichsten Lebensräume. Viele einzigartige Pflanzen- und Tierarten befinden sich dort und es werden laufend neue entdeckt. Leider sind nur noch vier Prozent des ursprünglichen Regenwaldes intakt. Der Zoo Zürich hat vor sechs Jahren ein Stück dieser einzigartigen Landschaft künstlich nachempfunden. Fantastisch, ein Besuch lohnt sich. Dort bekommen Sie eine kleine Vorstellung von der unendlichen Schönheit, die Sie auf Madagaskar erwartet. Ich engagiere mich für die Erhaltung dieser ungeheuren Natur. Aber das wissen Sie vermutlich schon.»

«Ja, so viel konnten wir über Sie herausfinden. Wir würden uns gern mit Ihnen über Arnold Gissler und Robert Selm unterhalten. Sie wissen, dass wir mit Markus Schneider gesprochen haben?»

«Ja, er rief mich gestern Abend an, um sich bei mir zu entschuldigen.»

«Wofür?»

«Dass er mir für den 3. Juli kein Alibi geben konnte. Mein Fehler, Herr Kommissär. Ein Mann, der in der Öffentlichkeit steht, ist wohl nicht die beste Wahl für ein Alibi.»

Damit hatte sie Ferrari bereits den Wind aus den Segeln genommen.

«Wieso haben Sie gelogen?»

«Eine Kurzschlusshandlung. Ich wurde von der Todesnachricht überrascht. Um nicht als Tatverdächtige dazustehen, habe ich mir das Alibi aus den Fingern gesogen. War ziemlich dumm.»

«Wo waren Sie denn wirklich an diesem Abend?»

«Zu Hause.»

«Was Ihre Eltern bestimmt bezeugen können.»

«Mit absoluter Sicherheit, Frau Kupfer.»

«Was fühlen Sie, wenn Sie daran denken, dass Gissler und Selm tot sind?»

«Genugtuung! Mehr noch. Es befriedigt mich! Ich bedaure nur eines – dass ich nicht weiss, wem ich die Teilerfüllung meines grössten Wunsches zu verdanken habe. Zudem hoffe ich von ganzem Herzen, es erwischt die beiden anderen auch noch und dass Sie den Täter nie zu fassen kriegen.»

Aus ihren Augen blitzte unbändiger Hass.

«Haben Sie überhaupt kein Mitleid, Frau Fahrner? Wir reden hier ebenfalls von Mord, und zwar von vorsätzlichem Mord.»

«Mitleid?! Wer hatte damals mit meinem Bruder Mitleid?»

«Ihre Wut ist verständlich, sogar Ihr Hass. Doch Selbstjustiz ist keine Lösung. Sollte es dem Mörder gelingen, alle vier damaligen Angeklagten zu töten, sind nicht nur vier Menschen tot. Drei unschuldige Kinder verlieren ihre Väter, zwei Frauen würden zu Witwen. Vergessen Sie nicht, dass alle in den vergangenen Jahren bitter für ihre Tat gebüsst haben. Vielleicht mehr, als Sie es sich vorstellen können. Und alle versuchten auf ihre Weise, Gutes zu tun in der verzweifelten Hoffnung, den Tod an Ihrem Bruder ungeschehen zu machen.»

Sie schaute den Kommissär irritiert an.

«Gissler lebte spartanisch, völlig zurückgezogen, gönnte sich nichts und setzte sich im Geschäft für seine Kollegen ein. Selm entwickelte sich zu einem Börsencrack, der ein Vermögen anhäufte. All das Geld spendete er irgendwelchen wohltätigen Stiftungen. In seinen Häusern, er besass zwölf Mehrfamilienhäuser, leben ältere Menschen, ohne Miete zu zahlen oder nur einen symbolischen Beitrag. Richter kämpft für die alten Menschen, damit sie ein besseres Leben führen können, und Stähli hat Hunderten von Frauen medizinisch geholfen. Er hat sein Leben in den Dienst der Krebsbekämpfung gestellt. Zählt das alles nichts in Ihren Augen?»

«Noch einen Martini?»

«Was? Nein ... ja, doch einen kleinen.»

Elisabeth Fahrner schenkte sich ebenfalls einen weiteren Whisky ein.

«Sie haben meinen Bruder brutal ermordet! Nur das zählt. Dafür gibt es keine Vergebung. Und als wäre unser Leid nicht schon gross genug gewesen, sind sie jeglicher Bestrafung entgangen.»

«Mit einem guten Anwalt, und Hartmann ist ein Staranwalt, hätten sie auf Totschlag plädieren können. In fünf oder spätestens sieben Jahren wären sie wieder auf freiem Fuss gewesen. In Tat und Wahrheit büssen sie mittlerweile seit fünfzehn Jahren. Keiner von ihnen hat auch nur eine Minute seines Lebens wirklich genossen. Das Damoklesschwert hängt die ganze Zeit über ihnen. Der Mord an Ihrem Bruder verfolgt sie, treibt sie unbarmherzig an, Gutes zu tun. Was haben Sie in der Zwischenzeit getan, Frau Fahrner?»

«Ich glaube nicht, dass ich mich Ihnen gegenüber rechtfertigen muss. Mir scheint, dass Sie auf Seiten der vier Mörder sind.»

«Dummes Zeug! Ich kann nur Ihre Selbstgerechtheit nicht ausstehen.» Ferrari merkte, dass ihm der Alkohol langsam zu Kopf stieg. «Ihr Leben besteht anscheinend nur aus Rache.»

«Ich würde es ausgleichende Gerechtigkeit nennen. Ja, sie ist ein Bestandteil meines Lebens, das gebe ich zu.» Elisabeth Fahrner sprach konzentriert, der Whisky zeigte Wirkung. «Habe ich denn kein Recht dazu?»

«Das Recht ist klar definiert. Dafür haben wir eine Gesetzgebung. Sie aber spielen Rachegöttin.»

«Einer muss es doch tun, verdammt noch mal. Wollen Sie noch einen Martini?»

Ferrari wollte die Frage mit Nein beantworten, hörte sich aber sagen, «noch einen, dann ist Schluss.»

Nadine verfolgte das Gespräch aufmerksam. Es verlief in eigenartigen Bahnen, aber wer weiss, vielleicht konnte Ferrari auf diesem Weg ihren harten Panzer knacken. Abwarten und Mineralwasser trinken. Der Kommissär und Elisabeth Fahrner schienen ihre Anwesenheit ohnehin vollkommen vergessen zu haben. Die Architektin schwankte leicht, als sie mit zwei gefüllten Gläsern zurückkam.

«Wow! Das ist aber kein Kleiner. Wo waren wir stehen geblieben?»

«Sie werfen mir vor, dass ich ein Racheengel bin. Wer soll es denn sonst tun, wenn die Justiz versagt? Und die ganze Scheisspolizei!»

«Niemand», provozierte Ferrari mit Absicht.

«Niemand?», schrie sie. «Die Schweine einfach laufen lassen? Sie sollen ihrer Strafe entgehen?»

«Sie sind genug bestraft worden und werden sich wohl ihr ganzes Leben lang auch weiterhin selbst bestrafen. Zumindest die zwei Übriggebliebenen, um es genau zu nehmen.»

«Sie werden nicht übrig bleiben, da bin ich mir sicher.»

«Es reicht Ihnen also noch nicht, zwei umgebracht zu haben. Sie wollen Ihr Werk vollenden?»

Sie lachte bitter.

«Sie kriegen mich nicht, Herr Kommissär. Mein Gewissen ist rein. Ich habe nichts mit der Sache zu tun.»

«Darüber denke ich anders. Wenn Sie auch nicht zugestochen haben, dann sind Sie doch der Kopf des Ganzen.»

«Es ehrt mich, dass Sie mir das zutrauen.»

«Wo waren Sie am 3. Juli?»

Nadine verdrehte die Augen. Das hatten wir doch bereits, Francesco. Hör auf zu trinken!

«Zu Hause. Wie bereits gesagt.»

«Und am … am …?», er sah Nadine an.

«Am 8. Juli!»

«Genau! Wo waren Sie am 8. Juli zwischen …?»

«Elf und Mitternacht», stöhnte Nadine.

«Ebenfalls zu Hause.»

«Das stimmt nicht. Sie wurden von einer Zeugin gesehen.»

«Ach, die kleine Türkin aus der Hammerstrasse.»

Jetzt habe ich sie, frohlockte Ferrari.

«Sie geben also zu, dass Sie sich in der Nacht vom 8. Juli in der Hammerstrasse aufgehalten haben?»

«Nichts gebe ich zu.»

«Woher kennen Sie Iris Okaz?»

«Ich kenne sie nicht.»

«Sind Sie mit einer Gegenüberstellung einverstanden?»

«Machen Sie sich nicht lächerlich, Herr Kommissär. Sie wissen genauso gut wie ich, dass diese … diese …», es fiel ihr sichtlich schwer, ihre Gedanken zu ordnen.

«Iris Okaz», half Nadine.

«… diese Okaz mich nicht identifizieren kann.»

«Aber Sie haben an diesem Abend Iris Okaz gesehen», insistierte Ferrari.

«Ich war zu Hause.»

«Woher wissen Sie, dass Iris Okaz in der Hammerstrasse wohnt und Sie gesehen hat?»

«Markus sagte mir, dass diese … diese …»

«Okaz, Iris Okaz», sprang Nadine erneut ein.

«… diese Okaz eine Frau am Steuer eines schwarzen Wagens gesehen hat.»

«Diese Frau, das waren Sie!»

«War ich nicht!»

«Waren Sie doch!»

«Nein!»

«Doch!»

Die Befragung geriet allmählich zur Farce. Reiss dich zusammen, Francesco, sonst ist die ganze Übung umsonst, dachte Nadine, die nervös auf ihrem Stuhl hin und her rutschte.

«Wollen Sie noch einen Martini?»

«Doch ... ich meine nein ... ich meine ja!»

Elisabeth Fahrner schwankte zur Bar, schenkte nochmals zwei Getränke ein und reichte eines dem Kommissär. Schweigend nippten sie an ihren Gläsern und fixierten sich. Die Ruhe tat gut, wenngleich sie jener vor dem Sturm ähnelte ...

«Was Sie da gesagt haben ...»

«Was?»

«Mit den Familien. Das habe ich mir so noch nie überlegt. Stimmt es? Ich meine, dass sie gute Menschen geworden sind?»

«Bessere als Sie und ich wahrscheinlich», lallte der Kommissär.

«Mein Gott ist das ein Scheissleben!»

«Scheissleben!», wiederholte Ferrari. Er nahm Elisabeth Fahrner das leere Glas aus der Hand, schwankte zur Bar und füllte beide Gläser nach.

«Hier, trinken Sie!»

«Aber das Versprechen muss doch eingehalten werden.»

«Versprechen müssen immer eingehalten werden», bestätigte der Kommissär monoton.

«Man muss es zu Ende bringen.»

«Alles hat einmal ein Ende», murmelte Ferrari leise.

«Verhaften Sie mich jetzt?»

«Sie verhaften? Wieso? Haben Sie etwas verbrochen?»

Wortlos erhob sich der Kommissär und verliess, auf Nadine gestützt, das Büro. Zurück blieb eine betrunkene Elisabeth Fahrner, die in ihre eigene Welt abgetaucht war. Wie in Trance torkelte die Architektin erneut zur Bar, füllte das Glas randvoll mit Whisky, wischte mit einer energischen Bewegung alle Blätter vom Zeichnungstisch, um sich im nächsten Augenblick weinend über den Tisch zu werfen.

Währenddessen führte Nadine den torkelnden Kommissär am Rheinbord entlang zum nächsten Taxistand.

«Bravo, gute Befragung!»

«Hm!»

Ferrari war übel, kotzübel. Und die Welt, die drehte sich in nicht enden wollenden Kreisen. Nadine setzte sich im Taxi neben den Kommissär, der seinen Kopf an ihre Schulter lehnte. Der Taxifahrer blickte mehrmals in den Rückspiegel, vermutlich in Sorge um seinen sauberen Rücksitz. In Birsfelden angekommen, benötigte Nadine eine Viertelstunde, bis Ferrari endlich in der oberen Etage auf seinem Bett lag. Kaum hatte sich Nadine abgewandt, ertönte ein dumpfes Schnarchen. Ballast abgeladen. Schlaf gut, Chef. Monika wird bald nach Hause kommen und sich um dich kümmern! Und so war es auch. Monika fand ihren Francesco tief schlafend und mit einer starken Alkoholfahne auf dem Bett liegend. Das rechte Bein baumelte über die Bettkante.

19. Kapitel

«Du warst gestern früh zu Hause, Francesco.»

Der Kommissär massierte sich den Nacken.

«Das ist mir noch nie passiert. Ich habe einen vollkommenen Filmriss.»

«Du kannst dich an nichts erinnern?»

«Doch, an den Anfang. Wir haben Elisabeth Fahrner verhört.»

«Im Kommissariat?»

«Nein, bei ihr im Büro. Sie hat uns einen Drink angeboten. Dann einen zweiten. Es war heiss und ich hatte noch nichts gegessen. Wie bin ich bloss nach Hause gekommen?»

Monika lachte schallend.

«Das wäre eine schöne Schlagzeile: ‹Kommissär Ferrari macht Verdächtige mit Alkohol geständig.›»

«Sie hat nicht gestanden, oder?»

«Nein, hat sie nicht. Nadine hat dich hergebracht und mich angerufen. Da wäre ich gerne dabei gewesen. Eine Verdächtige füllt dich während einer Befragung ab und ist gleichzeitig ebenfalls betrunken. Du bist schon ein eigenartiger Polizist, mein Schatz.»

Sie küsste ihn auf den Kopf, wo sich die lichten Stellen deutlich mehrten.

«Du kriegst eine Glatze. Dein Vater hatte auch eine.»

«Unsinn. Zudem vererbt sich das nicht.»

Sie schmunzelte.

«Du bist ein eitler Pfau und ein komischer Kauz. Deshalb liebe ich dich so. Mimst ab und zu den harten Kommissär, dabei bist du butterweich.»

«Hör auf, mir über die Haare zu streichen. Wenn das meine Kollegen erfahren …»

«Es wird sich kaum geheim halten lassen. Elisabeth Fahrner wird schon dafür sorgen, über Markus Schneider.»

«Nicht auszudenken! Ich will die Hauptverdächtige befragen und lasse mich volllaufen. Weshalb hat Nadine mich nicht davon abgehalten?»

«Sie ist nicht ins Gespräch hineingekommen und später konnte sie mit einem Mineralwasser auf nüchternen Magen nicht mehr mithalten.»

«Ja, ja, spotte nur. Aber vielleicht habe ich Glück und Elisabeth Fahrner erinnert sich auch an fast gar nichts. Dann ist es schwer möglich, von der Befragung zu erzählen.» Ferrari grinste. «Du hast mir immer noch nicht gesagt, wie ich nach Hause gekommen bin.»

«Nadine hat dich ins Bett gebracht.»

«Oje. Das werde ich eine Zeit lang hören.»

«Worauf du dich verlassen kannst. Habt ihr wenigstens etwas Neues erfahren?»

«Ich glaube nicht … Aber Elisabeth Fahrner hängt mit drin. Das sagt mir mein Bauchgefühl. Vermutlich hat sie beim Mord an Robert Selm den Wagen gefahren.»

«Hast du Beweise?»

«Nein. Aber sie hasst die Mörder ihres Bruders dermassen, dass sie zu allem bereit ist. Ich gehe von einem Auftragsmord aus. Gut möglich, dass der Mörder aus Liebe zu ihr tötete.»

«Damit geht sie aber ein grosses Risiko ein.»

«Rache macht blind.»

«Und wieso erst jetzt? Weshalb wartet sie fünfzehn Jahre mit ihrer Rache?»

«Das ist der Hinkefuss meiner Theorie. Ich habe keine Ahnung.»

«Kann ich dich allein lassen, mein Schatz? Ich bin spät dran», Monika küsste ihren über alles geliebten Francesco und strich ihm zärtlich über die Haare.

«Geh nur. Und ich habe keine Glatze!»

Monikas Lachen sagte etwas anderes.

Es war bereits kurz vor Mittag. Ferrari sass mit Kopfschmerzen an seinem Bürotisch und konnte sich nur mühsam konzentrieren. Nach und nach kehrte die Erinnerung an das gestrige Gespräch zurück. Aber das gesamte Puzzle bekam er nicht zusammen. Hat Elisabeth Fahrner die Morde gestanden? Wohl kaum. Wurde sie in jener besagten Nacht von Iris Okaz im Auto gesehen? Sehr wahrscheinlich. Die Tatsache, dass Markus Schneider Iris Okaz einschüchtern wollte, sprach dafür. Doch der Ständerat schied als möglicher

Mörder aus. Wer war also ihr Werkzeug? Der grosse Unbekannte?

«Ah! Wieder nüchtern, Chef?»

«Nicht so laut, Nadine. Mir brummt der Schädel. Die Martinis sind mir voll eingefahren.»

«Und der Whisky bei Elisabeth Fahrner.»

«Die verträgt eine rechte Menge. Alle Achtung.»

«Sagt ein Schluckspecht zum anderen!»

«Wieso hast du mich nicht gebremst?»

«Komm mir nicht mit Vorwürfen. Als ob du je in einer solchen Situation auf mich gehört hättest. Ihr habt das Zeug wie Wasser runtergeschüttet. Den letzten Drink hast du sogar selbst geholt.»

«Wirklich?»

«Die absolute Krönung war, als Elisabeth Fahrner fragte, ob du sie jetzt verhaften würdest. Du hast freundlich zurückgefragt: Haben Sie denn etwas verbrochen?»

Nadine krümmte sich vor Lachen.

«Oje, oje, oje!»

Der Kommissär hielt sich die Hände vors Gesicht.

«Insgesamt kann man das Gespräch vergessen, es ist nichts dabei rausgekommen. Die neue, zugegeben ungewöhnliche Methode Vollsuff hat keine neuen Erkenntnisse gebracht. Aber ich glaube, dass sie da tief mit drin steckt.»

Das Telefon läutete, Ferrari hielt sich die Ohren zu.

«Soll ich abnehmen?»

«Bitte!»

«Kupfer bei Kommissär Ferrari ... Ja ... Gut, ich hole sie ab ... Iris Okaz ist am Empfang.»

«Bitte setzen Sie sich», empfing der Kommissär den unerwarteten Besuch.

«Störe ich?»

«Überhaupt nicht. Ich kann Ihnen leider nur einen Kaffee aus meinem Thermoskrug anbieten.»

«Ist nicht nötig. Ich bin nur kurz vorbeigekommen, um mich bei Ihnen zu bedanken.»

«Keine Ursache. Wegen uns haben Sie Ihre Stelle verloren. Wir haben nur unseren Fehler wiedergutgemacht.»

«Dieter Heim will mich jetzt sogar befördern.»

«Ein kluger Mensch!»

«Ich weiss nicht, wie Sie das hingekriegt haben.»

«Mit viel Charme und Überzeugungskraft!»

«Das wird bei Dieter Heim nicht gereicht haben, Nadine. Er ist eher der Typ, der auf Einschüchterung reagiert.»

«Ich bitte Sie! Trauen Sie mir so etwas zu?»

Iris Okaz musste lachen.

«Ich glaube schon, Herr Ferrari. Ich bin mir sogar ziemlich sicher, dass Sie nicht so harmlos sind, wie Sie sich geben. Also nochmals, vielen Dank.»

«Und wie lautet Ihre neue Funktion?»

«Stellvertretende Direktorin!»

«Super.»

«Dieter Heim legt übrigens grossen Wert darauf, dass ich Sie in seinem Namen grüsse. Sie müssen einen unheimlichen Eindruck bei ihm hinterlassen haben.»

«Richten Sie ihm auch einen Gruss von uns aus.»

«Wir könnten doch zusammen etwas essen gehen?»

Ferrari schaute auf die Uhr.

«Eine gute Idee, Nadine. Wohin?»

«In die Eckkneipe. Gleich hier gegenüber. Waren Sie schon einmal da, Iris?»

«Nein.»

«Dann wird es höchste Zeit.»

Das Restaurant befand sich in einer ehemaligen Fabrik. Obwohl die Menüauswahl beschränkt war, ein Menü mit Fleisch, eines für Vegetarier, kamen die Gäste in Scharen. Ohne Reservation gab es praktisch keine Möglichkeit, über Mittag einen Platz zu bekommen.

«Hier ist es aber ziemlich voll. Wir hätten reservieren sollen.»

Der Wirt kam hinter der Theke vor.

«Ciao Francesco, wie es dir geht?»

«Gut, Vittorio. Hast du einen Tisch für drei Personen?»

«Für dich sempre und für deine belle Signore. Kommt.»

Er führte sie quer durch den Raum.

«Va bene?»

«Sehr gut. Danke dir, Vittorio.»

«Signore. Es immer geben zwei Menus zu Mittag. Eine mit Fleisch, eine für Vegetarier. Menu kosten zwanzig Franken. Mit Antipasto und Dolce. Aqua und Vino ist inbegriffen. Was ich darf bringen?»

«Das vegetarische Menü.»

«Für mich auch.»

«Bene. Und per te, Francesco?»

«Dasselbe. Und keinen Wein.»

«Oh, oh! Du haben, wie man sagen, hier in die Kopf?»

«Kopfschmerzen, Vittorio. Der Kommissär ist nämlich gestern abgestürzt.»

«Oh, oh! Das nicht sein gut, Francesco! Das nicht sein serio.»

Ferrari schenkte Mineralwasser ein.

«Danke für deine Mitteilungssucht, Nadine.»

«Gern geschehen. Ich habe gar nicht gewusst, dass du Vittorio kennst. In Zukunft muss ich hier nicht mehr reservieren. Ich kann mich sicher auf dich beziehen.»

«Vittorio ist ein alter Bekannter. Er war einmal in einen Fall verwickelt. Nichts Tragisches. Ich konnte ihm einen kleinen Gefallen erweisen, und jetzt meint er, dass er mir ein Leben lang dankbar sein muss. Deshalb komme ich auch nicht oft her.»

«Typisch Ferrari.»

Der Kommissär erhob sein Glas.

«Nun, Frau stellvertretende Direktorin, stossen wir auf Ihre Beförderung an. Prost!»

Ferrari erzählte von Monika und Nicole, von seinem Beruf und seinen Visionen. Iris Okaz taute langsam auf, stellte ab und zu eine Frage und begann während des Hauptgangs von sich zu erzählen.

«Es war nicht immer leicht als Kurdin. In der Schule wurde ich praktisch von allen geschnitten. Mit der Zeit ging es dann besser. Nicht meine Kameraden waren das Problem, sondern deren Eltern. Ich durfte nie zu ihnen nach Hause.»

«Meistens sind die Eltern das Übel.»

«Stimmt. Nach der Schulzeit bekam ich meine Chance und habe sie genutzt. Lehre, Auslandaufenthalt, Festanstellung im ‹Central›. Meine Arbeit bedeutet mir sehr sehr viel. Es lief alles so gut. Vielleicht zu gut. Die Entlassung hat mich wie ein Schlag getroffen, ich stand plötzlich vor dem Nichts. Zum Glück ist dieser Alptraum vorbei. Seltsam, obwohl wir uns erst seit einigen Tagen kennen, sind Sie bereits gute Freunde geworden. Dafür danke ich Ihnen.»

Ferrari merkte, dass er errötete.

«Keine Komplimente! Sonst werde ich noch ganz verlegen.»

«Ich wollte Ihnen noch etwas sagen. Ich habe darüber nachgedacht, wie ich Ihnen helfen könnte. Es gibt da etwas. Vielleicht ist es wichtig.»

«Und das wäre?»

«Vor einigen Wochen hatte Robert Besuch von einem Mann. Es ist wahrscheinlich ein älterer Mann gewesen, Nadine.»

«Wie alt?»

«Das kann ich nicht sagen. Ich habe ihn nur von hinten gesehen. Er stand vor Roberts Tür, als ich vom Einkaufen zurückkam. Etwa so gross wie Sie, Herr Ferrari.»

«Wie kommen Sie darauf, dass es ein älterer Mann gewesen ist?»

«Ich …»

«Keine Sorge Frau Okaz, wir behandeln dieses Gespräch vertraulich.»

«Es war das erste Mal, dass Robert Besuch bekam. Ich habe durch den Türspion geschaut. Aus reiner Neugier. Ich wollte wissen, wer ihn besucht. Sie haben sich aber ziemlich lange unterhalten. Da habe ich die Geduld verloren. Als er dann ging, habe ich meinen Einsatz verpasst. Ich hörte nur noch, wie die Tür zuschlug», sie kicherte wie ein kleines Mädchen. «Dann bin ich zum Fenster gerannt und habe rausgeschaut. Roberts Besucher ging wie ein alter Mann die Strasse entlang. Nicht irgendwie gebückt, eher langsam. Eben halt so, wie sich alte Menschen bewegen. Hilft Ihnen das?»

«Im Augenblick sind wir für jeden Strohhalm dankbar, an den wir uns klammern können. Haben Sie ihn mehrmals gesehen?»

«Nur einmal. Ich habe Robert später darauf angesprochen. Er winkte ab, meinte nur das sei seine Vergangenheit gewesen.»

«Hm. Jemand aus seiner Vergangenheit hat ihn aufgesucht. Jemand, über den er nicht sprechen wollte. Wer könnte das gewesen sein?»

«Ein ehemaliger Gegenspieler!»

Iris Okaz sah Nadine und den Kommissär verständnislos an. Das Essen war hervorragend. Nur auf die Predigt von Vittorio, der ihm bei jedem Gang zu verstehen gab, dass er seine nächtlichen Eskapaden zutiefst missbillige, hätte Ferrari verzichten können. Ganz im Gegensatz zu Nadine, die es sichtlich genoss.

20. Kapitel

Was hatte Robert Selm mit der Bemerkung über seine Vergangenheit gemeint? Eine familiäre Bindung? Eine alte Freundschaft? Möglich. Ferrari wurde jedoch den Verdacht nicht los, dass der Besuch beim Ermordeten negative Gefühle ausgelöst hatte. War es ein ehemaliger Gegenspieler gewesen? Etwa Bernhard Meister? Auf ihn würde die rudimentäre Beschreibung passen. Älterer Herr besucht auserwähltes Opfer, um die Möglichkeiten zu sondieren, oder, und dieser Gedanke liess den Kommissär erschaudern, um den nahen Tod anzukünden. Aber noch immer weigerte sich Ferrari, seinen Vorgänger als Mörder in Betracht zu ziehen. Andererseits spukte der Film «Ein Richter sieht rot» in seinem Gedächtnis. Bernhard Meister, der Rächer im Namen der Gerechtigkeit, das konnte er sich hingegen gut vorstellen. Vielleicht war es ein innerer Drang, ein unbändiger Zwang, das Urteil eines seiner wenigen verlorenen Fälle im Nachhinein zu korrigieren. Eben, der vermeintlichen Gerechtigkeit zum Sieg zu verhelfen, die von den anderen so sträflich mit Füssen getreten worden war. Allen voran von Staatsanwalt Streck, zu dem Bernhard Meister ein Leben lang aufgesehen hatte. Ferrari blickte aus dem Fenster in den leeren Hof des Kommissariats hinunter. Wenn es hart auf hart kommt, wenn Meister tatsächlich der Mörder war, wie würde ich reagieren? Ihn pflichtbewusst verhaften oder versuchen, den Fall als ungelöst zu den Akten zu legen? Es wäre nicht der erste und auch nicht der letzte. Noch war es nicht so weit. Vieles, allzu vieles war unklar. Wer war etwa Meisters Komplizin? Wirklich Elisabeth Fahrner? Ferrari trommelte gegen den Fensterrahmen. Und wieso erst jetzt? Das war die alles entscheidende Frage.

«Wie heisst der Marsch?»
«Was meinst du, Nadine?»
«Der Trommelmarsch?»
«Ach so. Eine Eigenkomposition. Nur für den Hausgebrauch. Meine Art, mich zu konzentrieren.»
«Du wolltest doch wissen, wo Anita Brogli steckt.»
«Spann mich nicht auf die Folter.»
«Euer Stiefelchen stiefelt wieder durch Basel. Als Chefin bei der Sicuris.»
«Dem privaten Sicherheitsdienst?»
«Exakt dem.»
«Seit wann?»
«Seit fast zwei Monaten. Es war gar nicht so leicht, sie aufzutreiben. Sie ist nach ihrem Abgang in Chur ins Ausland verschwunden. Weiss der Teufel, wohin. Bernhard Meister hat ja gesagt, sie sei wieder in der Gegend. Eine ähnliche Aussage machte der Polizei-

direktor in Chur. Er meinte, Anita Brogli sei sicher wieder zurück in die Nordwestschweiz gezogen. Hier habe sie sich nie wohl gefühlt. Ich habe mir dann so meine Gedanken gemacht. Zur Polizei kann sie nicht mehr. In Basel rausgeflogen, ebenso in Chur. Das spricht sich rum. Wobei es mich erstaunt, dass die Bündner Polizei sie damals überhaupt genommen hat.»

«Bernies Werk. Er hat ihr eine super Referenz gegeben.»

«Dein lieber Herr Vorgänger taucht immer wieder auf, wie ein roter Faden.»

«Bevor du gekommen bist, habe ich mir überlegt, ob er wirklich etwas mit unseren Morden zu tun hat. Der Gedanke gefällt mir zwar nicht, aber er reift in mir ... Wo waren wir stehen geblieben?»

«Beim Umstand, dass Anita Brogli nicht mehr zur Polizei zurückkehren konnte. Also blieben die privaten Sicherheitsdienste. Ich habe rumgefragt und erfahren, dass die Sicuris kürzlich einen neuen Chef suchte. Ich habe unter falschem Namen angerufen und gefragt, ob die Stelle noch frei ist. Die Dame am Telefon war sehr freundlich und teilte mir sogar den Namen der neuen Chefin mit. Es war ganz einfach.»

«Super! Wo finden wir die Sicuris?»

«In Kleinhüningen, ganz in der Nähe vom Tramdepot. Soll ich Anita Brogli anrufen?»

«Wir machen einen Überraschungsbesuch. Vielleicht haben wir ja Glück und sie ist da.»

Die Fahrt nach Kleinhüningen dauerte knapp zwanzig Minuten. Nadine sass die ganze Zeit schweigend neben Ferrari im Tram.
«Hat es dir die Sprache verschlagen? Morgen kriegst du deine Rakete zurück, dann ist auf den Strassen niemand mehr sicher.»
«Ich mag die Gegend nicht so. Du weisst schon …»
Es war ihr erster gemeinsamer Fall gewesen, der sie in die Hafengegend geführt hatte. Der Kommissär erinnerte sich an jede Einzelheit, so, als wäre es gestern gewesen. Nadine liess sich damals bei einer Befragung provozieren und wurde prompt geohrfeigt. Den zweiten Übergriff konnte Ferrari gerade noch mit einem sauberen Handkantenschlag verhindern. Das wäre alles nicht so schlimm gewesen, doch dieser Vorfall rüttelte traumatische Erinnerungen wach. Bei einer Routinekontrolle in Bern war Nadines Partner erschossen worden.
«Ja, ich weiss. Es war nicht deine Schuld, du hast alles richtig gemacht. Gewisse Dinge können wir einfach nicht beeinflussen. Wir müssen das Schicksal annehmen, es zumindest versuchen. Nur so gibt es ein Morgen. Stell dir vor, du wärst nicht nach Basel gekommen. Wir wären uns nie begegnet und ich hätte nie und nimmer einen perfekten Partner gefunden. Weisst du noch, was ich dir vor drei Jahren gesagt habe?»

«Ich sei ein Schnäppchen.»

«Genau. Seit damals sind wir ein echt gutes Team. Das Erlebte hat uns zusammengeschweisst. Ich gebe dich nicht mehr her», flüsterte Ferrari und legte seinen Arm um Nadines Schultern.

An der übernächsten Tramhaltestelle stiegen sie aus und erreichten nach fünf Minuten den Sitz von Sicuris. Am Eingang blickte ihnen ein Drache, dem Basler Basilisken ähnlich, mit feurigen Augen entgegen, der das Haus vor Eindringlingen zu beschützen schien. Sie meldeten sich beim Empfang an und wurden sofort ins Büro der neuen Chefin geführt.

«Francesco, schön dich zu sehen. Wie lange ist es her? Sicher mehr als zehn Jahre.»

Ferrari küsste Anita Brogli auf beide Wangen.

«Eher vierzehn oder fünfzehn. Darf ich dir meine Partnerin Nadine Kupfer vorstellen?»

«Freut mich.»

«Guten Tag, Frau Brogli.»

Wie geht es dir, Anita?»

«Schlecht.»

Ferrari hatte vieles erwartet, nur nicht diese Antwort.

«Setzt euch. Was trinkt ihr?»

«Danke, nichts. Wir kommen eben vom Kaffee. Weshalb geht es dir schlecht?»

«Überrascht dich meine Ehrlichkeit?»

«Etwas anderes zu behaupten, wäre gelogen.»
Anita Brogli schmunzelte.
«Es bringt doch nichts, wenn ich bei dir eine Show abziehe. Die Polizei fehlt mir ... ich bin heimatlos.»
Der Kommissär konnte das sehr gut verstehen. Einmal Polizist, immer Polizist. Stets auf der Jagd nach Verbrechern, einer Gratwanderung gleich.
«Polizistin zu sein, ist für mich das Einzige, was zählt. Und das hat man mir genommen.»
«Glauben Sie nicht, dass Sie selbst ein wenig daran schuld sind?»
«Nicht nur ein wenig. Ich bin ganz entschieden daran schuld. Aber wo gehobelt wird, fallen Späne. Sie wissen genauso gut wie ich, Frau Kupfer, dass uns die Verbrecher immer einen Schritt voraus sind. Wenn wir dann einmal einen erwischen, dürfen wir ihn nicht mehr loslassen. Wir müssen ihn ausquetschen, bis er gesteht, und knallhart bestrafen.»
Nadine sah Ferrari an. Anita Brogli glaubte an das eben Gesagte. Aus ihren Augen leuchtete glühender Fanatismus.
«Auch wenn es ab und zu einen falschen erwischt?», wandte Nadine fragend ein.
«Das gehört dazu. Berufsrisiko. Wenn wir uns blind an die Verhaltensregeln halten, wenn wir einen Verbrecher mit Samthandschuhen anfassen, gesteht er nie. Innert kürzester Zeit läuft er wieder frei herum und lacht uns aus. Gehen Sie doch einmal abends durch Basel. Die Leute trauen sich schon nicht mehr

auf die Strasse, weil sie sich vor der steigenden Kriminalität fürchten. Das ist das Ergebnis falscher Politik. Dieser Sumpf muss unbedingt trockengelegt werden.»

«Am besten durch Internierungslager!»

«Nur nicht so zynisch, Frau Kupfer. Aber ja, wieso nicht. Wir müssten dann neue Gefängnisse bauen, keine Luxuspaläste mit allem Komfort, sondern Arbeitslager, in denen die Verbrecher für ihre Tat büssen und gleichzeitig mit ihrer Arbeit zum Allgemeinwohl beitragen.»

«Und wer nicht pariert, wird eliminiert! Hatten wir diese Parolen nicht schon vor siebzig Jahren?», zündete Nadine.

Die beiden Streithennen standen sich kampfbereit gegenüber. Wer von den zwei wohl als Siegerin vom Platz gehen würde, überlegte Ferrari kurz, bevor er sich einmischte.

«Ganz so ist es natürlich nicht, Anita.»

«Ich hätte der Polizei viel geben können. Das wusste Bernie, aber ihr habt mich ausgestossen.»

«Du hast dich selbst ausgeschlossen. Hast du nicht eben zugegeben, selbst schuld zu sein?»

«Ihr wolltet mich loswerden. Weil ich euch Männern zu gut war.»

«Also, bitte Anita …»

«Doch. Ich wurde für euch zu einer Gefahr. Ich bin der bessere Polizist, als du es je sein wirst. Und das weisst du.»

«Ich habe nie behauptet, dass ich ein Superstar bin.»

«Aber die Medien machen aus dir einen. Ferrari hier, Ferrari da. Es ist zum Kotzen. Und Stephan, Philippe und dieser junge Toni himmeln dich an. Du hättest Stephan hören sollen, wie ehrfürchtig er von dir spricht.»

«Dummes Zeug. Hör auf damit, Anita.»

«Ich beneide dich, Francesco. Du sitzt auf dem Thron, der für mich bestimmt war.»

Sie ist krank!, schoss es Ferrari durch den Kopf. Sie glaubt den Unsinn, den sie erzählt. Es wird wohl besser sein, das Gespräch zu beenden. Wir würden sowieso nichts aus ihr rauskriegen.

«Ich bin keineswegs verrückt, Francesco.»

«Das habe ich nicht behauptet.»

«Man sieht es dir an. Dein Gesicht sagt mehr als tausend Worte. Ich begreife nicht, wie du überhaupt je einen Fall lösen konntest.» Anita Brogli schüttelte den Kopf. «Du bist ein Glückspilz und weisst gar nicht, was du hast. Lassen wir das.»

«Wie ist dein neuer Job», versuchte Ferrari das Gespräch in eine andere Richtung zu lenken.

«Ich bilde hier Idioten aus, die in der Nacht ihre Schlüssel in irgendwelche idiotischen Kästchen stecken, um noch idiotischeren Firmenbesitzern Sicherheit vorzugaukeln. Dass ich nicht lache.»

«Das ist ja bestimmt nicht das Schlechteste.»

«Sie haben gut reden. Sie sitzen auf der anderen Seite. Sobald es spannend wird, haben wir unsere Pflicht getan. Dann kommt ihr daher und übernehmt den Fall. Gib mir deine Waffe, Francesco.»

«Ich trage keine.»

«Sehr witzig. Komm schon, gib mir deine Waffe.»

«Ehrlich, Anita, ich habe keine.»

«Du spinnst, Francesco. Waffen sind heilige Insignien, sie verleihen ungeheure Macht. Schau mich an, ich darf keine tragen, was ich zutiefst bedaure.»

«Können wir das Thema wechseln. Ich glaube nicht, dass wir auf dieser Ebene weiterkommen. Du hast deine Ansichten über eine gute Polizeiarbeit und ich meine.»

«Du bist immer schon ein arrogantes Arschloch gewesen, Francesco. Aber seit du Erfolg hat, bist du echt unausstehlich. Ich habe deine Karriere minutiös verfolgt, mir sogar einen Ordner mit Zeitungsausschnitten angelegt. Nach deinem Fall Frank Brehm hat es dich raufkatapultiert. Alles auf meine Kosten!»

«Seit wann sind Sie wieder in Basel?», unternahm Nadine einen weiteren Versuch, der Unterhaltung eine Wende zu geben.

«Seit sie mich in Chur rausgeworfen haben.»

«Dir wurde nahegelegt, zu gehen.»

«Das ist doch das Gleiche. Abserviert, weil ich meinen Beruf ernst genommen habe.»

«Seither bist du wieder in Basel?»

«Ja.»

«Keine Ferien?»

«Was soll diese Frage? Ich war einige Wochen in Afrika.»

«Du weisst bestimmt, wieso wir hier sind. Wir ermitteln in zwei Mordfällen.»

«Gissler und Selm. Eigentlich gibt es keinen Grund, zu ermitteln. Die haben nur ihre gerechte Strafe erhalten.»

«Du bist nicht die Einzige, die so denkt.»

«Ich weiss», schmunzelte sie.

«Du warst doch Bernies Assistentin in diesem Fall vor fünfzehn Jahren.»

«Exakt. Ein klarer Fall. Doch dank einem dreckigen Komplott sind die vier mit einem blauen Auge davongekommen, aber nicht für immer.»

«Ich überlege mir die ganze Zeit, weshalb die beiden gerade jetzt ermordet worden sind.»

«Und was denkst du?»

«Das wollte ich dich fragen.»

«Darüber habe ich mir noch keine Gedanken gemacht.»

«Hast du noch Kontakt zu Bernie?»

«Nein, überhaupt nicht. Ich habe ihn … warte mal … es ist sicher drei Jahre her, seit wir uns getroffen haben.»

«Telefoniert?»

«Nein. Was soll diese Fragerei? Glaubst du, dass ich etwas mit den Morden zu tun habe?»

«Ich bin sicher, dass du nicht nur etwas damit zu

tun hast, sondern dass du ganz tief in der Scheisse steckst.»

«Danke für das Kompliment, Francesco.»

Eines war klar, wenn sie auch eine gute Lügnerin war, sie stand in Kontakt mit ehemaligen Kollegen, allen voran mit Bernhard Meister, was dieser ja bereits bestätigt hatte.

«Elisabeth Fahrner hat mir gesagt, dass ihr euch ab und zu über Afrika unterhaltet», sagte er einer Eingebung folgend.

«Netter Versuch! Aber ich habe keinen Kontakt zu Frau Fahrner, weshalb auch? Die Frau hat zu wenig Format. Grosse Klappe, doch sobald Taten angesagt sind, kneift sie.»

«Dafür, dass Sie sie nicht kennen, kennen Sie sie ziemlich gut.»

«Ich habe sie beim Prozess beobachtet. Alles nur Show. Weltmeisterin im sich selbst belügen. Spielt die liebende Schwester, die ihren Bruder rächen will. Und wenns drauf ankommt, klopft sie die Finken.»

«Da habe ich eine ganz andere Vorstellung von ihr.»

«Was mich überhaupt nicht erstaunt. Sie sind eben auch nur eine kleine Polizistin ohne Weitblick, ohne Ehrgeiz und ohne Selbstachtung.»

«Soso. Wie äussert sich das Ihrer Meinung nach?»

«Wenn Sie nur ein wenig Pfeffer im Arsch hätten, würden Sie mir nicht so geduldig zuhören. Seit einer halben Stunde beleidige ich euch. Ohne Reaktion. Ihr nehmt das alles vollkommen gelassen hin. Ihr seid zwei armselige Kreaturen!»

«Du bringst uns nicht auf die Palme, Anita. Du warst einmal eine gute Polizistin. Bis zu dem Tag, an dem du mit Gewalt und ohne Verstand das Recht erzwingen wolltest. Du hast eine Dienstaufsichtsbeschwerde an den Hals gekriegt, aber nichts daraus gelernt. Du redest dir ein, dass wir dich loswerden wollten. Keine Spur von Einsicht. Es sind immer die anderen gewesen, die Fehler gemacht haben. Hier in Basel, dort in Chur. Es zieht sich wie ein roter Faden durch dein Leben. Karriere um jeden Preis. Fanatiker wie du braucht die Polizei nicht. Ich hoffe, dass ich nie so werde wie du.»

Sie sass mit hochrotem Kopf und geballten Fäusten am Tisch.

«Du wirst noch staunen, Francesco. Es kommt eine andere Zeit. Dann unterhalten wir uns noch einmal. Nur wir zwei.»

«Ich freue mich schon darauf, Anita. Falls du uns noch etwas sagen willst, dann ruf uns im Kommissariat an. Es ist sicher besser, wenn wir jetzt gehen, bevor mir der Kragen platzt und ich dir noch ganz andere Dinge sage.»

Schweigend gingen Nadine und Ferrari zur Wiese hinunter und setzten sich an das Flussufer. Es tat gut, dem unablässigen Fliessen zuzusehen. Wie sich die

Menschen doch im Laufe der Zeit veränderten. Aus einer jungen talentierten Frau, der eine grosse Zukunft bevorstand, war eine gescheiterte verbissene Fanatikerin geworden. Die Schuld daran traf natürlich die anderen, im Fall Brogli die Männer. Dabei hätte sie es in Chur weit bringen können. Doch wiederum wurde sie vom Thron gestossen, wie sie es selbst formulieren würde. Was meinte sie bloss mit der Bemerkung, dass eine andere Zeit kommt?

«Starker Auftritt!»

«Von wem? Von Anita oder von uns?»

«Von beiden Parteien. Die Alte ist vollkommen durchgeknallt. Eine explosive Mischung – Meister, Fahrner und Brogli.»

«Mit dem, was sie über Elisabeth Fahrner gesagt hat, könnte sie recht haben.»

«Die Einsicht des Herrn Kommissärs nach einem durchzechten Spätnachmittag. Normalerweise wechseln Männer doch erst nach einer gemeinsamen Nacht die Fronten.»

«Elisabeth Fahrner ist keine Mörderin.»

«Aber ihr Hass ist gross genug, um die Fäden zu ziehen, gemeinsam mit Bernhard Meister. Und dein Stiefelchen ist das Werkzeug. Vollkommen durchgedreht und leicht zu manipulieren. So extrem habe ich mir das nicht vorgestellt. Jetzt müssen wir das Ganze nur noch beweisen. Übrigens dachte ich einen Augenblick lang, dass das Stiefelchen auf mich losgeht.»

«Wie hättest du reagiert?»

«Ihr mit deiner Hilfe das Genick gebrochen!»

Ferrari erhob sich mühsam und wischte imaginäre Gräser von der Hose. Nadines Theorie hatte etwas für sich, ja, ganz entschieden. Anita Brogli stand in engem Kontakt zu Bernhard Meister und ihr vernichtendes Urteil über Elisabeth Fahrner hatte den Kommissär genau vom Gegenteil überzeugt. Es existierte sehr wohl eine Beziehung zu der erfolgreichen Architektin. Sie haben es gemeinsam getan, ohne je zusammen gesehen worden zu sein. Die Lösung des Falls war in greifbarer Nähe, dessen war sich Ferrari sicher. Aber wie liess sich ihre Vermutung beweisen? Schwierig. Ein Geständnis musste her, doch es gab keinerlei Anzeichen der Schwäche. Bernhard Meister und Anita Brogli waren Profis, kaum zu knacken. Blieb nur noch Elisabeth Fahrner. Wir werden sie ins Kommissariat bestellen und in die Mangel nehmen. Vielleicht bricht sie zusammen. Und wenn nicht? Dann haben wir verloren, gestand sich Ferrari ein. Und mit uns die Gerechtigkeit.

21. Kapitel

Ferrari nippte an seinem Kaffee. Seit ihn der Wecker aus dem Schlaf gerissen hatte, überlegte er, ob er den alten Meister aufsuchen und ihn unter vier Augen bei seiner Ehre packen sollte. Wieso nicht, es war ein Versuch wert. Er setzte sich ins Tram und versuchte, sich eine Strategie zurechtzulegen. Ich muss es geschickt anstellen, ihn aus der Reserve locken. Mit plumpen Anspielungen komme ich nicht ans Ziel. Würde sich Bernhard Meister überhaupt austricksen lassen? Nein. Kurz vor dem Aeschenplatz liess Ferrari von seinem Vorhaben ab, stieg am Barfüsserplatz aus und spazierte gemächlich ins Kommissariat.

Nadine erwartete ihn bereits sehnsüchtig.

«Der Herr nimmt weder sein Handy ab, noch teilt er jemandem mit, wohin er seines Weges geht. Ganz wie in den guten alten Tagen, als er einen einsamen Kampf gegen das Verbrechen führte. Zorro lässt grüssen.»

«Aber ohne Maske und Umhang! Hingegen ganz in Schwarz gekleidet. Ich wollte einer Eingebung folgen, war aber eine Schnappsidee.»

«Von welcher Eingebung sprichst du?»

«Ich wollte Bernhard Meister unter vier Augen zu einem Geständnis zwingen.»

«So etwas Ähnliches ist mir heute auch durch den Kopf gegangen.»

Nadine sass auf Ferraris Stuhl, die Füsse auf dem Tisch und wippte hin und her.

«He, Vorsicht! Mach ihn mir nicht kaputt.»

«Wenn er dein Gewicht aushält, wird er wohl auch meine paar Kilo tragen.»

«Ich benutze ihn nicht zum Schaukeln ... Wie war deine Idee?»

«Wir drücken ihm eine Pistole an die Schläfe und spielen russisches Roulett.»

«Super Idee! Da war meine sogar noch besser und vor allem menschlicher.»

«War nur ein kleiner Scherz zur Auflockerung! Wie wärs, wenn wir Hartmann zu unserem Verbündeten machen? Er soll Meister ein Geständnis entlocken, während wir im Nebenraum zuhören ... Was ist denn jetzt los?»

«Hast du deinen Porsche wieder?»

«Er steht in der Blauen Zone drüben.»

«Dann sattle die Pferdchen. Wir fahren zu Hartmann.»

Zwanzig Minuten und eine Unmenge Angstschweiss später klingelte Ferrari bei Gregor Hartmann. Sie wurden von Alice Schneeberger mit einem verkrampften Lächeln empfangen.

«Entschuldigen Sie, dass wir unangemeldet reinplatzen. Wir hatten eine spontane Idee und möchten diese mit Herrn Hartmann besprechen.»

«Er freut sich bestimmt über Ihren Besuch, obwohl er sehr schwach ist. Ich befürchte, dass es bald zu Ende geht.» Sie wischte sich einige Tränen aus dem Gesicht. «Aber ich bin sicher, dass Sie ihm gut tun werden. Kommen Sie doch am besten gleich mit ins Wohnzimmer.»

Hartmanns Zustand hatte sich seit ihrem ersten Besuch verändert. Sein Gesicht wirkte blass und eingefallen. Er atmete schwer und Schweissperlen standen ihm auf der Stirne. Ferrari warf der Krankenschwester einen fragenden Blick zu.

«Bleiben Sie nur. Ich habe ihm Morphium gespritzt, es wird gleich besser.»

Ferrari näherte sich langsam dem Polstersessel, in den Hartmann versunken war.

«Ah ... welche Freude ... ich ... ich hätte nicht gedacht, Sie so bald wieder begrüssen zu dürfen. Nehmen ... nehmen Sie Platz. Entschuldigen Sie ... ich bin ein wenig ausser Atem ... es ist heute nicht mein Tag.»

«Wenn es Ihnen zu viel ist, kommen wir morgen wieder.»

Hartmann suchte mit den Augen nach Nadine.

«Nein. Bitte bleiben Sie. Vielleicht ist es morgen schon zu spät.»

Alice Schneeberger brachte Kaffee und ein Glas

Wasser mit einigen Tabletten für den alten Staranwalt.

«Muss … muss ich das verdammte … Zeug schlucken?»

«Du musst! Und ich lasse dich erst mit deinem Besuch allein, wenn ich sicher bin, dass du die Tabletten genommen hast.»

«Nun denn, also runter mit dem Mist.»

Er warf alle Tabletten ein und spülte mit Wasser nach.

«Und jetzt den Mund auf!»

Nadine und Ferrari schauten der Szene fasziniert zu.

«Dachte ich mir es doch! Ich hole nochmals Wasser. Passen Sie bitte auf, Frau Kupfer, dass er die Tabletten nicht rausspuckt. Er schluckt sie niemals freiwillig, aber ich kenne seine Tricks. Nicht mit mir.»

Als Alice Schneeberger draussen war, schaute Gregor Hartmann Nadine fragend an.

«Versuchen Sie es gar nicht erst, Herr Hartmann. Ich bin auf der Seite Ihrer Krankenschwester.»

«Velläterin!», murmelte er mit den Tabletten im Mund.

Anscheinend war es ein täglich stattfindender Kampf mit immer gleichem Ausgang.

«So, jetzt hast du wieder gewonnen, Alice. Nun aber raus mit dir.»

Sie kicherte, zwinkerte Nadine zu und schloss die Tür hinter sich.

«Es ist ein Spiel, Frau Kupfer, das ich jeden Tag aufs Neue verliere.»

«Das sehe ich ein wenig anders. Sie sind der Sieger.»

«Eine Frage der Perspektive. Wie kommen Sie mit Ihrem Fall voran? Der Mörder scheint noch keinen weiteren Mord begangen zu haben, sonst hätte mich Bernie bestimmt voller Stolz angerufen.»

«Vollkommen richtig und deswegen sind wir auch hier.»

Hartmann schaute den Kommissär fragend an.

«Wir brauchen Ihre Hilfe, Herr Hartmann.»

«Gerne, wenn ich kann. Solange Sie nicht von mir sportliche Höchstleistungen erwarten.»

«Nein, keine Sorge. Wir brauchen Ihren logischen Verstand, Ihre Raffinesse und Ihre spitze Zunge.»

«Damit kann ich dienen. Das Gehirn ist noch intakt.»

«Das Ganze sollte jedoch unter uns bleiben.»

Gregor Hartmann nickte.

«Abgemacht. Nun bin ich aber sehr gespannt, was Sie von mir wollen.»

«Unsere bisherigen Untersuchungen führen immer zum gleichen Ergebnis. Wir sind fest davon überzeugt, dass …», Ferrari zögerte einen kurzen Moment, fuhr dann aber fort, «… Elisabeth Fahrner und Bernhard Meister hinter den Morden stecken.»

«Was!? Nein … Herr Kommissär, Sie erlauben sich einen Scherz mit mir. Irrtum ausgeschlossen?»

«Ich bin mir ziemlich sicher.»

«Bitte entschuldigen Sie, ich kann es nicht glauben, Herr Kommissär. Sie haben sich verrannt.»

Ferrari sass mit verschränkten Armen auf der Stuhlkante. Er sah kurz zu Nadine, dann erhob er sich ruckartig.

«Ich verstehe, wenn Sie uns nicht helfen wollen …»

«Ich will Ihnen helfen. Aber mein Verstand sagt mir, dass Sie auf dem Holzweg sind.»

«Und doch deutet alles auf die beiden hin.»

Der Kommissär erzählte dem Anwalt im Schnelldurchgang von ihren bisherigen Ermittlungen und insbesondere von Iris Okaz' Beobachtung. Gregor Hartmann hörte aufmerksam zu, nickte ein paar Mal und stellte hin und wieder eine Frage.

«Die Fäden scheinen wirklich bei Elisabeth Fahrner und Bernie zusammenzulaufen. Trotzdem, ich traue den beiden keinen Mord zu. Es gibt Menschen, die durchaus fähig sind, eine Tat minutiös zu planen, die jedoch nie in der Lage wären, diese konkret umzusetzen.»

«Einverstanden. Ich erhöhe den Einsatz und bringe Anita Brogli ins Spiel.»

Hartmann lachte.

«Ich verstehe. Alle Achtung, Sie sind ein guter Pokerspieler. Nur ist Anita Brogli irgendwo in der Ostschweiz. Die wird sicher nicht ihre Karriere mit sinnlosen Morden aufs Spiel setzen.»

«Man hat ihr in Chur nahegelegt, den Dienst zu quittieren. Sie arbeitet nun als Chefin der Sicuris hier in Basel.»

Gregor Hartmann faltete seine Hände wie zum Gebet und dachte angestrengt nach.

«Eine faszinierende Dreierbande. Elisabeth Fahrner, Bernhard Meister und die skrupellose Anita Brogli. Jetzt sieht die Sache ein wenig anders aus … Wie kann ich Ihnen helfen?»

«Wir glauben, dass die zwei oder alle drei zusammen die Morde ausgeheckt haben. Doch uns fehlen die Beweise. Nadine hatte eine Idee, bei deren Umsetzung wir Ihre Hilfe benötigen.»

Ferrari bemerkte, wie Hartmann sichtlich aufblühte.

«Bernie will Ihnen offensichtlich beweisen, dass es eine späte Gerechtigkeit gibt. Daher seine Anrufe. Bevor noch ein dritter Mord geschieht, möchten wir ihm eine Falle stellen. Bitte Nadine.»

«Laden Sie ihn zu einem Gespräch ein. Ganz unverbindlich, sozusagen unter guten Feinden.»

«Und bei diesem Gespräch soll ich ihn dazu bringen, dass er mir unter vier Augen die Morde gesteht.»

«So ist es. Oder Ihnen den Namen des Mörders verrät.»

Gregor Hartmann rieb sich die Hände.

«Eine reizvolle Aufgabe, äusserst reizvoll. Nicht einfach, aber machbar. Ich gebe mein Bestes, Frau Kupfer.»

«Danke, dass Sie die Komödie … wohl eher Tragödie mitmachen.»

«Sie bringen Farbe in meine letzten Tage. Ich bedaure, dass wir uns nicht früher kennengelernt haben. Und noch mehr tut es mir leid, dass ich Ihre beiden Karrieren nicht mehr lange verfolgen kann.»

«Ich bewundere Sie, Herr Hartmann.» Ferrari ergriff spontan Hartmanns Hände. «Wenn meine Tage gezählt sein werden, möchte ich mich dem Schicksal genauso souverän stellen, wie Sie es tun.»

«Ich muss Sie leider enttäuschen, Herr Kommissär. Es ist nur eine Show. Ich habe grosse Angst, dass ich im entscheidenden Augenblick versage und um mein Leben bettle. Es braucht innere Grösse, die Welt mit Würde verlassen zu können.»

«Die haben Sie.»

In der folgenden Stunde gingen sie systematisch durch, wie sie Meister in die Falle locken wollten. Hartmann schlug vor, dass die Unterhaltung in der Bibliothek stattfinden sollte. So könnten Nadine und Ferrari vom gleich nebenan liegenden Schlafzimmer alles mithören. Zusätzlich würde eine Wanze installiert, damit das Gespräch auf Band aufgenommen werden konnte.

«Was ist, wenn er wirklich einen Informanten im Kommissariat hat?», überlegte Hartmann.

«Guter Einwand. Wir sollten die Abhöranlage von unseren Zürcher Kollegen installieren lassen. Ich habe dort einen guten Freund, der mir noch einen Gefallen schuldet.»

«Gut, Nadine. Irgendwie traurig, dass man nicht einmal seinen eigenen Kollegen trauen kann. Doch solange wir nicht wissen, wer ihm die Informationen liefert, müssen wir vorsichtig sein. Ein eigenartiger Fall, Polizisten gegen Ex-Polizist. Ich fühle mich wie ein Verräter. Hoffentlich ist Bernie unschuldig.»

«Wann wollen wir loslegen?»

«Sobald als möglich. Es gilt zwei Menschleben zu retten.»

«Ah, du siehst bedeutend besser aus, Gregor. Jetzt gefällst du mir wieder. Frau Kupfer und Herr Ferrari sollten öfters bei uns reinschauen. Ein Anruf für dich.»

Alice Schneeberger reichte Hartmann das Telefon. Beinahe gleichzeitig summte das Handy von Ferrari. Hartmann meldete sich mit klarer Stimme und hörte aufmerksam zu. Der Kommissär nutzte die Gelegenheit, um den Anruf auf dem Handy anzunehmen.

«Der nächste ist tot!», hörte er Stephan Moser am anderen Ende atemlos sagen.

«Nein! Trotz Polizeischutz? Wie konnte das geschehen? Richter hat sich doch an alle Anweisungen gehalten, oder?»

«Wieso Richter? Philippe Stähli wurde im Kantonsspital ermordet. Sie fanden ihn auf der Toilette. Erstochen wie die anderen.»

«Wir sind in einer halben Stunde vor Ort.»

Ferrari beendete das Gespräch. Entsetzen spiegelte sich in seinem Gesicht. Gregor Hartmann hatte ebenfalls aufgelegt.

«Es ist ein weiterer Mord passiert, Herr Hartmann. Wir ...»

«Ich weiss, Philippe Stähli wurde im Kantonsspital ermordet.»

Ferrari sah ihn schockiert an.

«Bernhard Meister hat es mir soeben mitgeteilt», erklärte der Anwalt.

22. Kapitel

Der Aufruhr im Kantonsspital war gross. Die Polizei hatte die oberste Etage gesichert zum Leidwesen der gesamten Direktion, deren Büros sich ebenfalls auf diesem Stockwerk befanden. Als Nadine und der Kommissär eintrafen, war Stephan Moser gerade in eine intensive Diskussion mit dem kaufmännischen Direktor des Spitals verwickelt. Dieser verbat sich eindringlich, dass durch die Anwesenheit der Polizei die normalen Abläufe zum Erliegen kamen.

«Gut, dass du da bist. Der Spitaldirektor steht kurz vor dem Zusammenbruch, weil wir alles abgeriegelt haben. Was sollen wir tun?», wandte sich Stephan Hilfe suchend an den Kommissär.

«Wo liegt Stähli?»

«Ganz hinten in der Männertoilette.»

«Dann heb den Belagerungszustand auf, lass die Leute ihre Arbeit machen. Ich will aber nicht, dass jemand in Stählis Büro geht oder die Toilette auf diesem Stock benutzt.»

«Ist Peter mit seinen Leuten da?»

«Sie sind bereits an der Arbeit, Nadine.»

Nadine folgte Ferrari zur Herrentoilette. Stähli lag,

von einem weissen Tuch bedeckt, in einer Blutlache am Ausgang einer der WC-Kabinen.

«Der Mörder hat gewartet, bis Stähli rausgekommen ist, und stach dann zu. Aus die Maus!»

«Danke für deine Feinfühligkeit, Peter.»

«Nichts zu danken. Ich dachte, Richter wäre als Nächster fällig.»

«Woher weisst du das?»

«Stephan hat es so nebenbei bemerkt. Deine Theorie hinkt wohl ein wenig.»

«Wann wurde er ermordet?»

«Nach dem, was uns Stählis Kollegen erzählten, kann es höchstens zwei Stunden her sein. Eher weniger. Willst du einen Blick auf ihn werfen?»

«Nein danke. Lass das Tuch drauf. Es reicht mir, wenn ich das Blut neben der Leiche sehe.«

«Wieder mehrere Einstiche?»

«Nur zwei, Nadine. Aber sehr präzise, beide voll ins Herz.»

«Wahrscheinlich war dem Mörder das Risiko zu gross, entdeckt zu werden.»

«Können wir den Leichnam mitnehmen, Francesco?»

Der Kommissär nickte und wandte sich den Kollegen zu, die in Philippe Stählis Büro nach Spuren suchten. Hier haben wir uns noch vor einigen Tagen unterhalten, dachte Ferrari. Stähli wusste, dass er auf der Todesliste stand. Trotzdem wollte er sich nicht beschützen lassen. Hatte sich der Arzt womöglich ganz bewusst der Gefahr ausgesetzt? Kannte er sogar seinen Mörder? Gut möglich. Die Spurensicherung war abgeschlossen, die gefundenen Fingerabdrücke würden nun durch die Datenbanken gejagt. Vermutlich ohne Treffer, so wie bei den ersten beiden Toten.

«Weshalb Stähli und nicht Richter?», fragte Nadine.

«Weil Stähli vielleicht leichter zu erwischen war. Immerhin ist es uns gelungen, Richter Personenschutz rund um die Uhr zu geben. Stähli hat ihn nur halbherzig angenommen ... Bernie ist ein strategisches Genie, intelligent, äusserst gewitzt und mit langjähriger Polizeierfahrung.»

«Wenn ich dich nicht besser kennen würde, könnte man glauben, dass du das Schwein noch bewunderst.»

Weit weg von der Wahrheit war Nadine mit ihrer Bemerkung nicht. Ferrari liebte das Kräftemessen mit einem intelligenten Täter. Ein mörderisches Spiel mit noch ungewissem Ausgang. Jeder Schachzug musste gut überlegt sein, die Strategie des Gegenübers miteinbezogen werden.

«Wer hat Stähli gefunden?», wandte sich der Kommissär an Stephan.

«Ein Viktor Hochreutener. Ich glaube, er ist der Buchhalter vom Spital.»

Finanzchef war die richtige Bezeichnung, wie er sich Nadine und Ferrari gegenüber vorstellte. Er sei zur Toilette gegangen und praktisch über den Arzt gestolpert. Angesichts der Blutlache habe er unverzüglich einen Arzt geholt, der nur noch den Tod feststellen konnte. Daraufhin wurde die Polizei verständigt.

«Von wem wird die Toilette benutzt?»

«Von den Mitarbeitern dieser Etage. Vor allem von den Chefs, deren Büros sich hier befinden. Dr. Stähli, Mathis Luginbühl, das ist der kaufmännische Direktor, und Professor Remigius Vischer, Chefarzt der Chirurgie.»

«Und keiner musste in der letzten Stunde auf die Toilette?», argwöhnte Nadine.

«Professor Vischer hat heute den ganzen Vormittag operiert, so viel ich weiss. Und ich war mit Mathis … Herrn Luginbühl im Gesundheitsdepartement. Es ging um das Budget fürs nächste Jahr. Wir sind erst gegen Mittag zurückgekommen. Dr. Stähli war heute praktisch allein auf dem Stock.»

Nadine und der Kommissär bedankten sich beim Finanzchef des Kantonsspitals und wandten sich wieder an Stephan Moser.

«Habt ihr die Tatwaffe gefunden?»

«Nein, nichts.»

«Gibt es niemanden, der Stähli oder seinen Mörder gesehen hat?»

«Darauf wollte ich gerade kommen. Die Assistentin des kaufmännischen Direktors glaubt, den Mörder gesehen zu haben.»

«Gut, dann versuchen wir bei ihr unser Glück, komm, Nadine.»

Regula Thalmann, eine rundliche Frau Anfang sechzig, schien ziemlich unbeeindruckt vom Tod des Arztes. Sie genoss es sichtlich für einmal im Mittelpunkt des Geschehens zu stehen und empfing ihren Besuch mit einem nicht enden wollenden Redeschwall. Ferrari seufzte und hörte geduldig zu. Bewundernswert, wie lange Regula Thalmann sprechen konnte, ohne Luft zu holen. Nadine verdrehte ungeduldig die Augen.

«Darf ich Ihnen eine Frage stellen? Es ist extrem wichtig!», nahm sie einen Anlauf.

Regula Thalmann atmete zischend aus, verschluckte sich und erlitt einen Hustenanfall. Ferrari klopfte ihr auf den Rücken.

«Hoi, hoi, nicht dass Sie mir noch ersticken.»

«Was ... was ... möchten Sie wissen?»

«Anscheinend haben Sie als einzige den Täter gesehen», übernahm Ferrari.

«Anscheinend? Nicht nur anscheinend, Herr Oberkommissär. Er ist an mir vorbeigegangen.»

«Schildern Sie doch bitte dem Herrn Oberkommissär den Vorgang detailliert, Frau Thalmann.»

Ferrari warf Nadine einen missbilligenden Blick zu.

«Nur Kommissär, Frau Thalmann, es gibt keinen ...»

«Er ist an mir vorbeigegangen, als ob nichts wäre, Herr Oberkommissär. Ein Mensch wie Sie und ich.

Ich hätte nie vermutet, dass er der Mörder sein könnte. Eine aparte Erscheinung. Graue Haare, ziemlich gross. Stehen Sie mal auf.»

Der Kommissär erhob sich brav.

«Ja, das könnte hinkommen. Etwa so gross wie Sie, Herr Oberkommissär, aber älter. So um die siebzig.»

«Können Sie sein Gesicht beschreiben?»

«Leider nein. Als er mich aus dem Lift kommen sah, wandte er sich ab. Deshalb bin ich auch so sicher, dass er der Mörder ist. Ich habe noch gedacht, was sucht der Mann hier. Beinahe hätte ich ihn gefragt. Mein Gott! Dann wäre ich jetzt vielleicht tot! Heute war ja nur Dr. Stähli anwesend. Ich habe mir noch die ganze …«

«Wie können Sie dann sicher sein, dass es ein älterer Mann war?»

Regula Thalmann runzelte die Stirne und funkelte Nadine beleidigt an.

«Aufgrund der Bewegung, Frau Oberkommissärin oder sagt man Frau Oberkommissär? Ich bin lange genug hier im Spital tätig. Da sieht man sich die Menschen genau an. Das Alter kann man am Gang erkennen. Natürlich nur ungefähr, nicht aufs Jahr genau.»

Ferrari wusste nicht so recht, was er von Regula Thalmanns Aussage halten sollte. Einerseits traf die Beschreibung auf seinen Vorgänger zu, andererseits kämen alle Männer mit grauen Haaren und einer Körpergrösse von zirka einem Meter fünfundachtzig in Frage. Wollte sich Frau Thalmann einfach wichtig machen oder hatte sie den Mörder wirklich gesehen? Bevor sie erneut einem nichtssagenden Redeschwall verfiel, verabschiedeten sich Nadine und der Kommissär.

«Nun, Oberkommissärin Kupfer, was halten Sie von Frau Thalmanns Aussage?»

«Die Alte hat einen an der Waffel!»

«Eine klare und sachliche Antwort, ich bin ganz Ihrer Ansicht ... Der Beschreibung nach könnte es Bernie gewesen sein.»

«Und hundert Millionen andere.»

«Exakt. Fragen wir bei Stephan nach, ob noch jemand den Mörder gesehen hat.»

«Und wo sind eigentlich die Leute, die Stähli beschützen sollten?»

«Gute Frage.»

Die Antwort war ernüchternd. Philippe Stähli hatte die beiden Beamten hochkant rausgeworfen. Bedrückt sassen sie in der Kantine des Kantonsspitals und harrten der Dinge, die da kommen würden. Ferrari machte ihnen keine Vorwürfe, man konnte niemandem einen Personenschutz aufzwingen. Die Suche nach einem weiteren Zeugen verlief erfolglos. Ausser der Plaudertasche Regula Thalmann, die problemlos ins Guinnessbuch der Rekorde käme als Frau, die beim Reden niemals Luft holen muss, gab es niemanden, der den mutmasslichen Mörder gesehen hatte.

23. Kapitel

Im Verlaufe des Nachmittags gelang es Nadine, ihren Freund bei der Zürcher Polizei für ihr Vorhaben zu gewinnen. Der Zufall wollte es, dass dieser vor einigen Monaten mit einem ähnlichen Problem konfrontiert worden war. Und so verwanzte bereits am Freitagmorgen ein Spezialistenteam die Bibliothek von Gregor Hartmann. Während sich Nadine von einem der Informatiker in die Geheimnisse der Technik einweihen liess, ging der Kommissär mit Gregor Hartmann nochmals den ganzen Ablauf Schritt für Schritt durch.

Bernhard Meister war zuerst misstrauisch, als ihn der Anwalt zu einem Glas Wein einlud. Erst der nahe Tod und der Wunsch, letzte Dinge klären zu wollen, bewegten den ehemaligen Kommissär die Einladung anzunehmen. Nadine und Ferrari sassen im Schlafzimmer wie auf Kohlen, als Hartmann den alten Polizisten in der Bibliothek empfing.

«Ein sehenswertes Eigenheim, Gregor. Nicht zu verachten.»

«Das haben alles meine Klienten bezahlt. Schön, dass du meine Einladung angenommen hast.»

«Zuerst wollte ich sie eigentlich ausschlagen. Doch angesichts deiner Krankheit mochte ich dir deinen Wunsch nicht ausschlagen.»

«Das freut mich und das ist kein Lippenbekenntnis. Aber lass uns ehrlich und offen zueinander sein. Du kommst vorbei, um deinen Triumph zu geniessen. Ich habe mir erlaubt, zur Feier des Tages eine besondere Flasche Wein aus dem Keller zu holen.»

Meister nahm seine Brille ab und schaute sich das Weinetikett an.

«Oh! Ein Bordeaux der Spitzenklasse, 1938er-Jahrgang! So einen edlen Tropfen habe ich noch nie getrunken.»

«Den sollten wir uns leisten. Wir werden uns in diesem Leben nicht mehr begegnen. Und dort, wo ich bald hingehe, kann ich nichts mitnehmen.»

«Das letzte Hemd hat keine Taschen!»

«So ist es. Wer weiss, vielleicht gibt es ein nächstes Leben, in dem die Karten neu gemischt werden. Vielleicht bin ich dann der Polizist und du der Anwalt.»

Die beiden alten Männer sassen eine Weile schweigend beieinander und nippten an ihren Gläsern. Ferrari wurde zunehmend nervös und schaute fragend zu Nadine, die gelassen abwinkte. Wie konnte sie nur so ruhig bleiben? Dem Kommissär trieb es bereits beim Gedanken, dass die Abhöranlage im entscheidenden Augenblick den Geist aufgeben könnte, den kalten Schweiss auf die Stirn.

«Ausgezeichnet! Das ist ein wunderbarer Wein!»

«Freut mich, dass er dir schmeckt.»

«Deine Klienten haben dich wirklich fürstlich bezahlt.»

«Guter Lohn für gute Arbeit.»

«Manchmal auch schmutziges Geld für schmutzige Arbeit, nicht wahr?»

Hartmann lachte.

«Ach weisst du, Bernie, ich sehe das ein wenig anders. Meine Mandanten und ich waren eine Mannschaft. Die Polizei und die Staatsanwaltschaft bildeten das andere Team. Und die Richter, die fungierten als Schiedsrichter. Wir gaben immer unser Bestes, doch die Entscheidung lag in anderen Händen. Wenn du mir nun vorwirfst, dass ich den einen oder anderen Verbrecher aus den Klauen der Justiz befreit habe, dann habe ich einen guten Job gemacht.»

«Du machst es dir einfach, Gregor. Du weisst so gut wie ich, dass Recht und Gerechtigkeit zwei Paar Stiefel sind. Und du hast dich immer am Rand des Gesetzes bewegt.»

«Falsch, mein Lieber. Die Lücken zwischen den Gesetzesbuchstaben ausgenutzt.»

«So kann man es auch sagen.»

Wiederum folgte eine längere Pause. Wahrscheinlich sinnierten beide über ihre früheren Positionen. Der Vergleich mit den beiden Mannschaften war gut, dachte Ferrari. Jedes Team hat die Möglichkeit durch eigene Kraft und Anstrengung in Führung zu gehen, mittels überzeugender Leistung die Partie für sich zu entscheiden. Der neutrale Schiedsrichter achtet minutiös auf das Einhalten der Regeln, auf Fairplay, kann jedoch das Spiel für die eine oder andere Mannschaft entscheiden.

«Du warst dein ganzes Leben lang ein Spieler, Gregor. Ich bin froh, dass wir nur einmal die Klingen kreuzen mussten.»

«Und da musstest du mit einem stumpfen Florett gegen mich antreten.»

«Das gibst du zu?», fragte Meister verwundert.

«Gewiss. Du hattest nicht den Hauch einer Chance. Die gegnerische Mannschaft gab uns laufend Steilvorlagen. Der Schiedsrichter handelte hingegen absolut korrekt.»

«Alexander Streck unterlief von Anfang an meine Untersuchungen. Weshalb, erfuhr ich erst viel später. Es war ein mieses Spiel. Ich hatte nicht damit gerechnet, dass mich jemand aus den eigenen Reihen schamlos hintergeht. Schade, dass Streck nicht mehr lebt.»

Nadine und Francesco hörten einen Korken knallen. Anscheinend hatten die beiden älteren Herren bereits eine Flasche geköpft. Ferrari fragte sich, ob die Taktik, die sie abgesprochen hatten, zum Ziel führen würde, oder ob sie damit genau das Gegenteil erreichten.

«Hm! Ausgezeichnet! Kein Zapfen. Ich könnte mich daran gewöhnen.»

«Es hat noch mehr davon im Keller. Wenn du willst, kannst du sie mitnehmen. Ich weiss sowieso nicht, was ich damit anfangen soll. Und bei dir ist mein Wein gut aufgehoben.»

«Im Ernst?»

«Sicher. Wir füllen zuerst uns ab, dann rufen wir ein Taxi und du nimmst den Wein mit.»

«Da sage ich nicht Nein … Wusstest du, dass der Prozess ein abgekartetes Spiel war?»

«Der alte Stähli und Alexander Streck zogen wohl am selben Strick. Zuerst war mir das nicht klar. Erst, als sich die Fehler bei der Anklage in einem Masse häuften, wie es mir noch nie untergekommen war, habe ich Streck zur Rede gestellt. Er sagte damals nur, reg dich nicht auf, Gregor. Du gewinnst einen hoffnungslosen Prozess. Damit wirst du zum absoluten Superstar. Ich fragte ihn dann, ob es ihm nichts ausmache, zu verlieren. Er verneinte gelassen, man könne nicht immer gewinnen.»

«Dieses verdammte Dreckschwein!», schrie Meister sichtlich erregt. «Ich stand damals wie ein Idiot da, während Streck zur Tagesordnung überging. Und du wurdest zum gefragtesten Anwalt der Stadt.»

«Das war ich bereits vor diesem Fall. Eines möchte ich noch dazu sagen, alle vier haben geschworen, dass sie unschuldig sind. Ich habe ihnen geglaubt.»

«Ach, hör doch auf. Du Unschuldslamm! Das nehme ich dir nicht ab. Hättest du sie etwa nicht verteidigt, wenn sie dir die Tat gestanden hätten?»

«Ich hätte sie in jedem Fall verteidigt. Aber ich habe ihnen wirklich geglaubt.»

«Macht dir das zu schaffen?»

«Dass sie mich belogen haben? Jetzt nicht mehr. Wenn man alt ist und vor allem unheilbar krank, dann verschieben sich die Prioritäten. Darf ich dich etwas fragen, Bernie?»

«Nur zu. Wenn du mir vorher noch ein Glas einschenkst.»

«Weshalb hast du mich nach jedem Mord angerufen?»

«Damit du siehst, dass es doch noch eine Gerechtigkeit auf der Welt gibt. Du konntest sie zwar vor dem Gefängnis bewahren, nicht aber vor der Bestrafung.»

«Und was bringt dir das?»

«Genugtuung, Gregor! Eine ungeheure Befriedigung.»

«Du willst mir also damit beweisen, dass das Recht immer siegt. Dann beantworte mir bitte eine weitere Frage. Kommissär Ferrari hat mich im Zusammenhang mit den Morden verhört. Er war in dem Augenblick hier, als du mich wegen Stähli angerufen hast, und hat exakt zur gleichen Zeit einen Anruf eines Kollegen erhalten, der ihn über den Mord an Stähli informierte. Wie kommt es, dass du so gut auf dem Laufenden bist?»

«Weiss er, dass ich dich angerufen habe?»

«Nein, das ist unser kleines Geheimnis.»

«Was denkst du?»

«Wenn ich dich nicht besser kennen würde, könntest du der Racheengel sein.»

Im Raum gegenüber hielten Nadine und Ferrari den Atem an.

«Eine logische Schlussfolgerung.»

«Konkret, hast du die drei ermordet, Bernie?»

«Nicht einmal, Gregor. Hundert Mal, tausend Mal! Die vier haben mir die Karriere versaut.»

«Ach was, du übertreibst. Du bist nicht rausgeflogen, du wurdest nicht unehrenhaft entlassen. Deine Karriere ging ganz normal mit deiner Pensionierung zu Ende.»

«Mit einer kleinen Einschränkung. Was niemand weiss und zum Glück auch niemand an die grosse Glocke gehängt hat, ist die Tatsache, dass ich kurz davor war, Leiter der Fahndung zu werden. Nach diesem Fall wollte mich niemand mehr.»

«Das habe ich nicht gewusst.»

Ferrari sah Nadine entsetzt an. Das ist der Grund für den tiefen Hass! Anstatt den ganz grossen Coup zu landen und nach verdienstvollen Jahren nochmals einen Karriereschritt zu machen, wurde Bernhard Meister nach dem Desaster kaltgestellt. Und keine Menschenseele sprach jemals darüber. Anscheinend gab es doch noch einige Stellen, die zu schweigen verstanden. Ferrari sah den Fall auf einmal in einem anderen Licht. Meister sass in seinem Garten und dachte tagtäglich über sein Karriereende nach. Weit schlimmer. Der ehemalige Leiter der Fahndung hatte nach seinem Abgang lukrative und einflussreiche Mandate in Stiftungen und Verwaltungsräten angenommen. Bis zu seinem Tod vor drei Jahren war er ein bedeutender und gefragter Berater gewesen. Der pensionierte Kommissär hingegen verschwand vollkommen in der Versenkung. Ein würdiges Abschiedsfest war alles gewesen. Nach zwei Jahren sprach keiner mehr vom alten Kommissär. Zum Leidwesen von Meister war es Ferrari gelungen, einige spektakuläre Fälle zu lösen. Damit verdrängte er den ehemaligen grossen, alten Mann noch schneller aus dem Gedächtnis der Öffentlichkeit.

«Ich habe noch nie mit jemandem darüber gesprochen. Es nagt in mir. Immer, wenn ich daran denke, dass diese vier Taugenichtse meine Karriere vermasselt haben, drehe ich durch. Und glaube mir, ich denke oft daran. Sehr oft!»

«Was soll sich ändern, wenn du einen nach dem anderen umbringst?»

«Vielleicht komme ich zur Ruhe, wenn alle tot sind.»

«Und wie sieht es mit deinem Gewissen aus? Ein Leben lang hast du dich für das Recht eingesetzt, um im Alter doch noch die Fronten zu wechseln?»

«Eigenartige Worte aus dem Mund von jemandem, der immer auf der falschen Seite gestanden und davon nicht schlecht gelebt hat.»

«Ich bin nie in einen Gewissenskonflikt geraten. Ich wusste immer, wo ich stehe. Es war mein Job,

Verbrecher zu verteidigen. Nicht mehr und nicht weniger.»

Man kann das Ganze auch schönreden, dachte Ferrari, typisch für Hartmann. Sein Mitgefühl galt im Moment Bernhard Meister. Wie hätte ich mich in der gleichen Situation verhalten? Schwer zu sagen. Meister hatte schnell Karriere gemacht. Er stand gern in der Öffentlichkeit, verfügte über fantastische rhetorische Fähigkeiten, was seine Auftritte an Pressekonferenzen legendär machte. Meister war einfach meisterlich. Immer an vorderster Front. Ein gern gesehener Gast beim Fernsehen, wenn es darum ging, über Sicherheit zu diskutieren. Und Meister polarisierte. Die einen hielten ihn für einen rechtsorientierten sturen Gesetzeshüter, dessen einziges Ziel es war, einen Polizeistaat aus der Schweiz zu machen. Die anderen, und die waren in der Mehrheit, schätzten ihn als Vertreter einer Schutzmacht, die dafür sorgte, dass die Menschen in Ruhe leben konnten. Wie bei vielen Persönlichkeiten lag die Wahrheit irgendwo in der Mitte. Ferrari hatte sich von Anfang an der zweiten Fraktion angeschlossen. Er hielt ihn für einen sicherheitsliebenden Menschen, der das Recht verteidigte ohne Rücksicht auf die Hautfarbe oder die Religion eines Menschen.

«Hand aufs Herz, Bernie, das hast du aber nicht alleine bewerkstelligen können.»

«Es gibt immer irgendwelche Gleichgesinnte.»

«Wie wahr. Ich nehme an, du spielst auf Elisabeth Fahrner und Anita Brogli an.»

Bernhard Meister lachte so laut, dass Nadine die Kopfhörer herunterriss.

«Ich habe so meine Zweifel, dass du wirklich die Finger im Spiel hast, Bernie. Du mimst hier den grossen Zampano, um mir zu imponieren. Vor Gericht würde ich jetzt sagen, dass deine Aussage nur ein laues Lüftchen ist.»

«Du glaubst doch nicht im Ernst, dass ich mich dir ausliefere? Ich habe Ferrari … du hast ja meinen Nachfolger kennengelernt …»

«Und seine charmante Kollegin Nadine Kupfer.»

«Haben die beiden etwas miteinander?»

«Das musst du sie selber fragen.»

«Würde mich nicht wundern. Sie ist eine verflucht attraktive Frau. Ich habe selten eine solch schöne Frau gesehen. Und Francesco ist ein hintertriebenes Schlitzohr. Würde mich absolut nicht wundern, wenn die zwei ein Verhältnis haben.»

Ferrari senkte errötend den Kopf. Nadine musterte ihn amüsiert von der Seite.

«Dann lass sie doch. Ich treibe es ja auch mit Alice.»

«Deine Krankenschwester? Früher hätte ich das sofort unterschrieben. Aber heute, wenn ich dich so sehe, dann ist das wohl reines Wunschdenken.»

«Stimmt, leider. Du kannst also auch ruhig zugeben, dass du nichts mit den Morden zu tun hast und nur prahlst.»

«Das ist deine Meinung?»

«Exakt.»

«Dann stell mir einige Fragen im Zusammenhang mit den Morden. Ich werde sie dir beantworten.»

«Einverstanden. Mein Hirn funktioniert noch ziemlich gut. Also, wo hast du Gissler umgebracht?»

«Dumme Frage! In seiner Wohnung.»

«Natürlich in seiner Wohnung. Warst du allein oder hattest du einen Komplizen?»

«Ich ... das geht dich nichts an.»

«Also einen Komplizen. He, Bernie, du stotterst bereits nach wenigen Fragen. Konzentrier dich. Hat er dich einfach so in die Wohnung gelassen? Wie einen guten alten Freund?»

«Ohne Probleme.»

«Und dann bist du ihm ins Wohnzimmer gefolgt und hast ihn getötet. Wie genau?»

«Mit vier Stichen. Zwei davon trafen voll ins Herz.»

«Du kannst mir ja alles erzählen, Bernie.»

«Es stimmt alles, Francesco. Sollen wir ihn verhaften?», flüsterte Nadine.

«Ich will alle. Nicht nur den einen», antwortete Ferrari leise.

«Ich lüge dich nicht an. Du kannst alles überprüfen lassen.»

«Gute Idee. Wie hast du es bei Selm angestellt?»

«Ich habe ihn zuerst aufgesucht. Rekognosziert sozusagen. Ihn gewarnt, dass es ihm genauso ergehe wie Gissler. Er hat mich rausgeworfen.»

«Wie hast du ihn ermordet?»

«Das war einfach. Ich bin reinspaziert, habe ihm ein Messer in die Brust gerammt. Er hat sogar noch gelächelt.»

«Wie sieht es in seiner Wohnung aus?»

«Ich habe ihn nicht in seiner Wohnung erwischt. Es muss so etwas wie sein Büro gewesen sein. Mehrere Laptops liefen.»

«Und Stähli?»

«Das war ganz einfach. Ich bin in die oberste Etage spaziert. Stähli war nicht in seinem Büro. Ich musste aufs Klo und da kam er gerade aus einer der Kabinen. Der Zufall ist mir zu Hilfe gekommen.»

«Tötungsart?»

«Wiederum durch Messerstiche. Dieses Mal zwei, der erste war schon tödlich.»

«Und wie geht es jetzt weiter?»

«Jetzt ist Richter an der Reihe. Eigentlich wärst du dann noch fällig, aber das kann ich mir sparen.»

«Sehr grosszügig von dir!»

«Nehmen wir ihn jetzt endlich fest?», flüsterte Nadine ungeduldig.

«Ich will nicht nur ihn. Ich will auch Anita Brogli und Elisabeth Fahrner. Meister läuft uns nicht davon.»

Eine Stunde später sassen Nadine, Ferrari und Hartmann zusammen in der Bibliothek. Zuvor hatten sie

Stephan Moser orientiert, dass er Meister folgen solle.

«Er ist es gewesen. Zweifelsohne. Er hat es ja sogar zugegeben. Wieso haben wir ihn nicht verhaftet, Francesco?»

«Weil wir dann nicht an Anita rankommen.»

«Als Anwalt möchte ich Ihnen sagen, dass er eigentlich kein Geständnis abgelegt hat. Er war sehr geschickt, hat nur das wiedergegeben, was er auch durch einen guten Informanten im Kommissariat wissen könnte.»

«Er sagte doch, dass er sie hundert Mal ermordet hat.»

«Doch nur im übertragenen Sinne. Das beweist rein gar nichts. Da müssen Sie schon noch etwas drauflegen. Jetzt fällt mir ein, ich habe vergessen zu fragen, weshalb er die Reihenfolge geändert hat. Richter wäre doch der Nächste gewesen.»

«Dafür gibt es eine logische Erklärung. Philippe Stähli lehnte den Personenschutz ab. Es war deshalb einfach, an ihn ranzukommen. Richter lässt sich hingegen freiwillig bewachen, zu Hause und unterwegs. Meister kommt nicht an ihn heran. Das garantiere ich Ihnen. Frau Richter hatte zudem die Idee, bei ihren Eltern in Lampenberg abzutauchen. Sie sind jetzt für einige Tage dorthin gefahren. Auch dort lassen wir ihn rund um die Uhr bewachen.»

«Auf Dauer ist das aber auch keine Lösung, Herr Kommissär. Irgendwann muss Richter wieder seinen normalen Arbeitsrhythmus aufnehmen. Und dann erwischt er ihn.»

«Dessen bin ich mir bewusst. Wir müssen ihn und seine Helfer schnellstmöglich verhaften können.»

«Ein interessanter Fall. Schade, dass ich Bernie nicht verteidigen kann. Das wäre ein spannender Abschluss meiner Karriere.»

Für Ferrari stand nach dem heutigen aufgezeichneten Gespräch fest, dass Bernhard Meister der Mörder war oder zumindest einer der Mörder. Aber es würde ungeheuer schwierig, ihn zu überführen. Es bedurfte handfester Beweise, und zwar schnell. Sonst könnte nichts und niemand Andreas Richter vor dem gleichen tödlichen Schicksal bewahren, wie Hartmann richtig analysiert hatte. Denn die Zeit lief gegen sie.

Kurz vor Mitternacht traf Stephan Moser im Kommissariat ein.

«Ich habe Neuigkeiten. Bernhard Meister rief im Taxi zunächst jemanden an. Dann fuhr er nach Kleinhüningen zur Sicuris, um Anita Brogli zu treffen. Ich habe vor dem Gebäude gewartet und sah im ersten Stock gestikulierende Silhouetten. Anscheinend fand eine hitzige Diskussion statt. Aber es kommt noch besser … ihr werdet es nicht glauben …»

«Spann uns nicht auf die Folter. Rück schon raus mit deinen Informationen», brummte Francesco müde.

«Es kam noch eine Person hinzu: Elisabeth Fahrner!»

Ferrari trug eine schwere Bürde mit sich herum. Die Erkenntnis, dass sein Vorgänger, den er bewunderte, den er oft zitierte, wenn ihm die richtigen Worte nicht einfallen wollten, ein Mörder sein sollte, warf ihn aus dem Gleichgewicht. Das ganze Wochenende war er für niemanden zu sprechen. Nicht einmal für Nadine, die darauf drängte, Elisabeth Fahrner nochmals zu vernehmen. Unzählige Male ging er den Fall in Gedanken durch, doch immer kam er zum gleichen unbefriedigenden Resultat. Am liebsten hätte er den Fall einem Kollegen übergeben. Aus Befangenheit.

Am Montag führte der Kommissär mit Jakob Borer ein längeres Gespräch. Der Staatsanwalt bekräftigte ihn, den Fall rasch abzuschliessen, bevor es ein viertes Todesopfer gab und vor allem bevor die Presse ihn in Stücke riss. Dabei wollte Ferrari eigentlich das Gegenteil hören, nämlich dass er den Fall unter den Tisch wischen solle. Als er vorschlug, das Dossier aus Befangenheit an einen jüngeren Kollegen weiterzugeben, lachte Borer nur, goss seine Pflanzen und fragte, ob sonst noch etwas sei. Na bravo, auf den Staatsanwalt war absolut kein Verlass.

Wenigstens liess ihn Nadine in Ruhe. Sie blieb zwar den ganzen Tag über an seiner Seite, verzichtete aber darauf, über den Fall zu diskutieren. Ein Telefongespräch mit Monika hatte ihr geholfen, die schlechte Laune ihres Chefs nicht persönlich zu nehmen und entsprechend zu reagieren.

«Da muss er allein durch, Nadine», hatte Monika gesagt. «Das ist so eine Phase. Bei seinem ersten grossen Fall ist er in das gleiche Loch gefallen. Lass ihm Zeit. Druck bringt rein gar nichts. Das kommt schon wieder. Ich bin übrigens froh, dass du an seiner Seite bist. Wenn ich ...»

«Wenn du?»

«Wenn ich auch manchmal eifersüchtig bin. Du verbringst mehr Zeit mit meinem Francesco als ich. Und du bist intelligent und siehst gefährlich gut aus. Das ist die Kombination, bei der Francesco durchaus schwach werden könnte.»

Nadine verschlug es für einmal die Sprache, was selten vorkam.

Der Kommissär verliess früh sein Büro und sass in der Küche mit einer Flasche Wein, die er bereits zur Hälfte geleert hatte, als Monika von einer Besprechung mit den Geschäftsführerinnen ihrer Apotheken nach Hause kam. Ferrari war so in Gedanken versunken, dass er sie zuerst nicht einmal bemerkte.

«Hallo Schatz, dein Augenstern ist da!»

«Wie … entschuldige, Monika, ich habe dich nicht kommen gehört.»

Ferrari erhob sich ein wenig schwankend und küsste sie.

«Puuuh! Leicht alkoholisiert. Liebeskummer?»

«Wenns nur das wäre …»

«Also keine Rivalin, die ich kaltmachen muss? Ich hätte hier noch ein Küchenmesser, das noch nie benutzt worden ist.»

Monika fuchtelte mit einem Riesenmesser herum.

«Du würdest dein Opfer doch eher mit Gift umbringen, oder? Und so wie ich dich kenne, würdest du daneben sitzen und zuschauen.»

«Soso! Du schätzt mich goldrichtig ein, Francesco. Wer meinen Ferrari klaut, wird qualvoll eliminiert. Basta.»

Monika setzte sich zu ihm und trank ebenfalls ein Glas Wein. Sie nahm seine Hand, ohne etwas zu sagen. Sie wusste genau, wie sehr Ferrari unter den Ermittlungen litt. Oft stand er mitten in der Nacht auf, während sie sich schlafend stellte, ging ins Wohnzimmer und sass stundenlang in seinem Sessel. Die Hände verschränkt, den Blick in der Weite der Nacht verloren. Diese Mordserie ging an seine Substanz. Eine schmerzhafte Grenzerfahrung, mit der er nicht umzugehen wusste.

«Ich will ihn nicht ins Gefängnis bringen, Monika», hörte sie ihn nach einer Weile sagen.

«Wenn er es gewesen ist, bleibt dir nichts anderes übrig.»

«Ausser ich quittiere vorher den Dienst.»

«Das wäre dann nicht mein Francesco.»

Ferrari sah sie traurig an. Er wusste, dass sie recht hatte. Für den Rest seines Lebens könnte er sich nicht mehr im Spiegel betrachten, denn er wäre vor den Problemen davongelaufen. Feig und schwach.

«Was soll ich tun?»

«Bist du sicher, dass Bernhard Meister der Mörder ist?»

Ferrari repetierte nochmals ein paar wesentliche Fakten: der ältere Mann und die wartende Frau im Auto, die Iris Okaz gesehen hatte. Die Gespräche mit Meister und vor allem dessen Unterhaltung mit Gregor Hartmann. Die Lösung lag auf der Hand, seit Tagen. Jetzt ging es dringend darum, die notwendigen Beweise zu finden.

«Ja, Bernhard Meister ist ein Mörder. Er hat die Taten zusammen mit Elisabeth Fahrner geplant, die beim Mord an Robert Selm den Wagen gefahren hat. Oder Anita Brogli sass am Steuer des Autos. Sie ist eine Fanatikerin, ein williges Werkzeug. Die Geschichte vor fünfzehn Jahren hat Bernie geschadet. Sehr sogar. Das weiss ich erst seit dem Gespräch zwischen Meister und Hartmann. Praktisch über Nacht wurde seine Karriere ruiniert. Er sässe heute noch in Stiftungen und irgendwelchen entscheidenden Gremien. Darauf hat er ein Leben lang hingearbeitet, auf vieles verzichtet in der Hoffnung, als Abteilungsleiter in Pension zu gehen und danach durch private Mandate weiterhin im Rampenlicht zu stehen. Das ist gründlich danebengegangen.»

«Elisabeth Fahrner kommt zu ihrer Gerechtigkeit und Anita Brogli sieht sich als Racheengel. Eine zweite Macht im Staate, die dort für Recht sorgt, wo die andere versagt hat.»

«Genau. Ach, Monika. Ich weiss, was ich tun muss, aber ich will nicht.»

«Du musst, Francesco. Du musst», sie strich ihm über die Wange und nahm ihn in die Arme.

«Was meint Nadine dazu?»

«Sie schont mich, lässt mir Zeit. Sie merkt, dass ich in einem Zwiespalt bin. Für Nadine ist klar, dass wir die drei kriegen müssen. Lieber gestern als heute. Sie kennt ihn kaum. Aber ... ich habe Bernie immer bewundert ... er versteht sein Handwerk wie kein anderer ... Er ist so viel besser als ich ...»

«Meister hat sicher seine Verdienste.»

«Ich bringe es zu Ende. Doch danach hör ich auf, Monika. Ich will nicht mehr, ich quittiere den Dienst.»

Monika sah ihm an, dass er es ernst meinte. Er war wild entschlossen, nichts und niemand würde ihn davon abhalten können. Mit einer Ausnahme. In der Vergangenheit war es ihr als Einzige immer wieder gelungen, den Kommissär zu beeinflussen und umzustimmen. Doch dazu bedurfte es des richtigen Moments.

«Wenn es dich so belastet, solltest du aufhören, Liebling. Aber du musst das hier noch zu Ende bringen.»

Er nickte.

«Ich muss ihn vorladen. Nadine soll beim Verhör dabei sein. Allein stehe ich das nicht durch.»

«Pack den Stier bei den Hörnern, Francesco.»

«Du meinst, ich soll zu ihm nach Füllinsdorf fahren und ihn mit den Fakten konfrontieren?»

«Noch besser. Du führst das Gespräch auf neutralem Boden.»

Ferrari lächelte dankbar.

«Ich wüsste nicht, was ich ohne dich tun würde, Monika.»

«Untersteh dich, etwas ohne mich oder mit einer anderen zu tun. Ich bin nämlich rasend eifersüchtig. Und ich weiss nicht, wen ich vergiften würde. Dich oder dein Gspusi.»

25. Kapitel

Obschon sich Ferrari fest vorgenommen hatte, Bernhard Meister sofort zu einem Gespräch einzuladen, fand er jede Menge Gründe, um die Unterredung zu verschieben. Er begann sogar Akten zu ordnen und längst fällige Berichte zu verfassen. Kurz vor elf platzte Nadine der Kragen.

«Jetzt reichts!», schrie sie in ungeahnter Lautstärke. «Wenn du in Selbstmitleid versinken willst, bitte, das ist deine Sache. Aber es geht hier um ein Menschleben, falls du das vergessen hast. Reichen dir drei Morde wirklich nicht? Muss es unbedingt noch ein vierter sein? Wir müssen uns beeilen. Wie hat Meister gesagt? Der Gerechte hat Zeit. Wir nicht, verdammt noch mal!»

Der Kommissär brummelte etwas Unverständliches vor sich hin, nahm den Telefonhörer in die Hand und lud Meister zum Mittagessen ins «Don Camillo» ein. Mit einem zweiten Anruf verständigte er Iris Okaz, die im Laufe des Essens auftauchen und Meister identifizieren sollte. Na also, geht doch. Nadine war zufrieden. Endlich kam wieder Bewegung in die Sache.

«Danke für die Einladung, Francesco. Was verschafft mir die Ehre?»

Ferrari druckste herum, meinte etwas verlegen, das wäre schon längst fällig gewesen. Während des Essens unterhielten sie sich über die alten Zeiten, gelöste Fälle und gemeinsame Kollegen. Je länger sie in der Vergangenheit schwelgten, desto schwerer fiel es dem Kommissär, eine Brücke zur Gegenwart zu schlagen. Meister nahm ihm die Überleitung beim Dessert ab.

«Hervorragend das Essen hier. Ich werde Heidi ins … wie heisst es doch gleich noch … genau, ins ‹Don Camillo› einladen. Werde mir eine Eselsleiter bauen, Don Camillo und Peppone. Dieses Zwetschgensorbet ist hervorragend. Wie geht es mit eurem Fall voran?»

«Wir stehen kurz vor der Lösung. Du spielst dabei auch eine Rolle, Bernhard.»

Meister schleckte genüsslich den Löffel ab.

«Das kann ich mir vorstellen. Nur zu gut, Nadine. Wollt ihr offen mit mir darüber sprechen oder spielen wir weiter Versteck?»

Ferrari seufzte. Er rührte appetitlos im Sorbet herum.

«Wenn du es nicht willst, dir gegenüber sitzt ein Abnehmer.»

Der Kommissär schob ihm das Sorbet rüber.

«Bitte, mir ist nicht danach. Ich weiss nicht, wie ich anfangen soll …»

«Du hältst mich für den Mörder.»

Jetzt war es gesagt. Meister lächelte ihn milde an.

Der liebe, nette, distinguierte ältere Herr von nebenan, ein Mörder.

«Und? Stimmts?»

«Das herauszufinden, ist dein Job, Francesco. Gehen wir doch einmal davon aus, dass ich es bin. Hast du Beweise, mit denen du mich überführen kannst?»

«Es gibt einen Zeugen, sogar zwei, die dich belasten.»

«Da bin ich nun aber gespannt, was du aus dem Hut zauberst.»

«Gregor Hartmann würde vor Gericht aussagen, dass du die Morde gestanden hast», pokerte Ferrari.

«Der gute alte Gregor! Deshalb hat er mich zu sich eingeladen. Um seinen letzten Mandanten zu retten. Ein schlechter Trumpf, denn da steht Aussage gegen Aussage. Ich habe den Abend mit ihm genossen. Und vor allem konnte ich meinen Weinkeller mit exquisiten Weinen füllen. Hast du noch mehr?»

«Eine Zeugin, die dich bei Robert Selm gesehen hat, zusammen mit Elisabeth Fahrner.»

Bernhard Meister prustete los.

«Und darauf willst du deine Mordanklage aufbauen, Francesco? Ich prophezeie dir ein weit grösseres Waterloo, als mir damals widerfahren ist.»

Ferrari nickte. Die Beweislage ist mehr als dürftig. Zudem bin ich nicht voll bei der Sache. Meister spürt genau, dass ich ihn gar nicht erwischen will …

«Du leugnest also, bei Hartmann die Tat gestanden zu haben?»

«Ich habe, wenn ich mich genau erinnere, gesagt, dass ich die vier tausend Mal umgebracht habe, Nadine. In Gedanken. Dazu stehe ich.»

«Du hast weit mehr gesagt.»

«Zum Beispiel?»

«Dinge, die nur der Mörder wissen konnte. Mit wie vielen Messerstichen die Opfer getötet wurden oder dass bei Selm Laptops liefen.»

«Ich bitte dich, Nadine. Das habe ich doch alles von meinen guten Freunden im Kommissariat erfahren.»

«Von wem?»

«Das müsst ihr selbst herausfinden.»

«Wie stehst du zu Elisabeth Fahrner?», setzte Nadine nach.

«Wir sind Leidensgenossen. Beide haben wir nie überwinden können, dass uns übel mitgespielt wurde. Sie ist noch jung und sehr erfolgreich. Durch ihre Arbeit gelingt es ihr, die trüben Gedanken zu verdrängen. Nur, wenn sie zu Hause ist und das Elend ihrer Eltern betrachtet, kommt alles wieder hoch. Wir telefonieren ein Mal pro Woche, tauschen unsere Gedanken aus. Ich bin so etwas wie ein Beichtvater für sie geworden. Das hat sich einfach so ergeben.»

«Wie sieht es in deinem Inneren aus?»

«Hartmann ist ein geschwätziger alter Mann. Sieht vermutlich seinen damaligen Erfolg gefährdet. Er wird euch bestimmt erzählt haben, weshalb ich die vier so hasse.»

«Weil sie schuldig entkommen sind und vor allem, weil sie dir die Karriere versaut haben.»

«So ist es, Nadine. Ich arbeitete einige Jahre im Einverständnis mit dem Leiter der Fahndung auf meine Beförderung hin. Es war praktisch nur noch eine Formsache. Er geht in den Ruhestand, schlägt mich als Nachfolger vor und ich werde in stiller Wahl bestätigt. Nach dem Desaster wurde ich untragbar. Man musste ja einen Sündenbock haben. Ich verlor alles.»

«Du hast doch deine Frau, dein Haus, deinen Garten …»

«Alles gut und recht, Francesco. Aber das ist nur eine Seite. Ich bin ein altes Rennpferd, das Bewegung braucht. Mein Job, mein Leben in der Öffentlichkeit bedeuteten mir einfach alles. Jetzt stehe ich im Stall, warte darauf, dass mir jemand den Sattel aufsetzt und ich wieder auf die Rennbahn darf. Aber niemand kommt. Das alte Rennpferd wird fetter und fetter. Bald ist es zu nichts mehr zu gebrauchen.»

«Das geht anderen auch so.»

«Andere haben sich frühzeitig irgendwelche Hobbys zugelegt. Ich nicht, weil es keine Veranlassung dazu gab. Es war doch vorprogrammiert, dass ich die Nachfolge von Schupp antreten würde. Zuerst Leiter der Fahndung und nach der Pensionierung das eine oder andere Verwaltungsratmandat. Plötzlich war alles aus.»

«Hast du wieder mehr Kontakt zu Anita Brogli?»

«Ja, wir sehen uns öfters. Sie war immer mein Ziehkind. Leider ist sie ein wenig zu forsch, nicht tragbar für die heutige Polizei. Da braucht es eher solche Typen wie dich, Francesco», sagte er mit einer gewissen Verbitterung in der Stimme, die Ferrari geflissentlich überhörte.

«Es hat sich halt einiges geändert. Der Sheriff mit dem Colt ist nicht mehr gefragt. Wann hast du Anita das letzte Mal gesehen?»

«Am letzten Freitag, Nadine. Nach dem Gespräch mit Gregor.»

«Und weshalb?»

«Um sie zu warnen.»

«Das gibst du ganz offen zu?»

«Weshalb sollte ich Geheimnisse vor euch haben? Oder trägst du ein Tonbandgerät auf dir, wie in schlechten Krimis?»

«Nein, du kannst es gerne überprüfen.»

Meister lächelte sanft.

«Das ist nicht mein Stil, Nadine. Obwohl, die Versuchung ist gross.»

«Wovor hast du Anita Brogli gewarnt?»

«Vor euch. Ich habe ihr geraten, sie soll sich in der nächsten Zeit bedeckt halten, weil ihr sie als Mörderin verdächtigt. Stiefelchen ist ein Haudegen und, was gefährlich für sie werden kann, sie unterschätzt euch. Ganz im Gegenteil zu mir. Sie riss Witze über dich, Francesco. Wir haben heftig miteinander gestritten. Ob sie letztendlich auf mich hört, ist zweifelhaft.»

«Und welche Rolle spielte Elisabeth Fahrner bei diesem Treffen?»

«Ah! Ihr seid gut informiert. Gratuliere. Sie sass nur da und hörte aufmerksam zu. Ich wollte sie bei diesem Gespräch dabei haben, weil ich befürchte, dass sie mit Anita unter einer Decke steckt. Wenn du den Fall aufklären willst, Francesco, dann musst du dich an Anita halten. Sie ist das schwächste Glied in der Kette.»

Eigenartig, dachte Ferrari. Meister ist uns bei der Lösung des Falls behilflich, obwohl er sich damit selbst in Bedrängnis bringt. Bevor sie sich weiter unterhalten konnten, trat Iris Okaz an den Tisch. Ferrari stellte sie als Bekannte seiner Lebenspartnerin vor und lud sie auf einen Kaffee ein. Danach verabschiedete sie sich wieder. Der Kommissär wartete fünf Minuten und gab dann vor, einen wichtigen Anruf erhalten zu haben. Er entschuldigte sich für einen Augenblick und verliess das Lokal, um unten auf der Strasse Iris Okaz zu treffen.

«Nun?»

«Die Grösse stimmt einigermassen. Aber er war nicht so massig, eher schmal, hager. Ich glaube nicht, dass er es ist. Der Mann war dünner. Es tut mir leid, Sie zu enttäuschen.»

«Davon kann keine Rede sein. Sie haben uns sehr geholfen. Danke.»

Ferrari setzte sich nachdenklich wieder an den Tisch.

«Schlechte Nachrichten?»

«Ich weiss nicht. Sagen wir so, Nachrichten, die ich nicht richtig einordnen kann. Wer hat die drei umgebracht, Bernie?»

«Angriff ist die beste Verteidigung, Francesco. Anita vielleicht?»

«Und wer hilft ihr dabei?»

«Irgendein Wahnsinniger, der ihr Gedankengut teilt. Anita ist nicht mehr die Gleiche wie früher. Sie war schon immer angefressen, doch jetzt ist sie geradezu fanatisch und frustriert. Eine gefährliche Mischung, hochexplosiv.»

«Was ist mir dir und Elisabeth Fahrner? Welche Rolle spielt ihr in dieser Tragödie?»

«Wir haben nichts damit zu tun, Nadine. Wir geniessen es, dass der Gerechtigkeit spät, aber immerhin nicht zu spät, zum Sieg verholfen wird.»

«Das ist echt abgefahren.»

«Mag durchaus sein. Aber sind wir nicht alle irgendwie gestört?»

Ferrari bestellte sich nochmals einen Cappuccino. Sollte er Meister wirklich glauben? Stiefelchen, die Mörderin? Ein Hauch eines Lächelns umspielte seine Lippen. Mit einem Schlag wären all seine Probleme gelöst, denn Anita Brogli zu verhaften, in die Mangel zu nehmen, bis sie ein Geständnis ablegt, würde keinerlei Gewissensbisse in ihm auslösen. Ganz im Gegenteil. Und doch. Irgendetwas sagte Ferrari, dass dies nicht die Lösung war.

«Weshalb hast du sie wirklich gewarnt?», insistierte Ferrari und fixierte Bernhard Meister.

«Damit sie die Sache noch zu Ende bringen kann.»

Der Kommissär schüttelte den Kopf.

«Es geht nicht ganz auf, Bernie. Woher wusstest du zeitgleich mit uns, dass die Morde begangen wurden?»

«Wie gesagt, ich habe noch einige Freunde im Kommissariat.»

«Das genügt mir als Antwort nicht.»

«Es muss aber reichen. Ich verrate niemanden.»

Ferrari seufzte.

«Dann bleibt mir nichts anderes übrig, als dich zu verhaften. Du hast es dir selbst zuzuschreiben. Ich wollte es nicht so weit kommen lassen. Alles, nur das nicht. Du lässt mir keine andere Wahl, Bernie.»

Meister zuckte mit den Schultern.

«Du tust nur deine Pflicht, Francesco. Lass mich dir einen Vorschlag machen. Wenn du mir garantierst, dass der Name des Informanten unter uns bleibt und diese Person keine Repressalien zu befürchten hat, dann nenne ich dir meine Quelle.»

«Ich lasse ihn in Ruhe, versprochen. Aber ich sage ihm deutlich, dass er in Zukunft keine Informationen mehr an dich weitergeben darf.»

«Gar keine?»

«Okay, wenn sich herausstellt, dass du nichts mit den Morden zu tun hast, darf er dich weiter informieren.»

«Du bist ein eigenartiger Bursche, Francesco. Du passt auch nicht in diese Zeit. So wenig wie ich. Also gut, die Abmachung gilt. Es ist Norbert Wacker.»

«Der Assistent von Peter?»

«Ja. Er ist genauso frustriert wie ich, sah sich bereits in leitender Position. Anstatt einer Beförderung wurde ihm Peter vor die Nase gesetzt.»

Ferrari hatte Norbert Wacker eigentlich nie richtig zur Kenntnis genommen. Ein unscheinbarer Arzt, der brav im Hintergrund seine Aufgaben erledigte. Wenn auch unzufrieden und dadurch prädestiniert, um einer Persönlichkeit wie Bernhard Meister Informationen zu liefern. Das scheinbar geteilte Leid wurde zum Bündnis.

«Norbert Wacker hat dich jedes Mal angerufen, sobald er vom Mord wusste?»

«Ich bat ihn darum. Der Ehrgeiz hatte mich gepackt. Ein kleines Wettrennen unter Berufskollegen sozusagen. Ich hätte am liebsten vor euch Bescheid gewusst.»

«Um zu signalisieren, dass du der Mörder bist?»

«Um eine falsche Spur zu legen, Nadine. Ich wollte dem Mörder Zeit verschaffen, sein Werk zu vollenden.»

Das klang alles ziemlich logisch, wenn auch krank. Was zum Teufel stört mich daran? Stephan soll Anita Brogli verhaften. Und ich werde mich mit Norbert unterhalten. Dieser Fall wird doch zu lösen sein. Das wäre ja gelacht. Der Kommissär fand langsam, aber sicher zu seiner alten Form zurück. Die Bürde wog nicht mehr ganz so schwer.

«Das hat ja bestens funktioniert», hörte er Nadine mit sarkastischem Unterton sagen. «Ja, da bin ich auch ein wenig stolz drauf.»

Ferrari bezahlte das Essen, das sein Budget bei Weitem sprengte, und informierte Nadine auf dem Weg ins Kommissariat, was die Gegenüberstellung mit Iris Okaz ergeben hatte.

«Sie glaubt nicht, dass Bernie unser Mann ist. Der war eher hager. Und das kann man nun von Bernie wirklich nicht behaupten.»

«Mist! Dann hat Anita einen anderen Komplizen. Bloss wen? Was sagt dir dein Bauchgefühl, Francesco? Darauf ist doch sonst Verlass.»

«Es sagt mir, dass wir nicht die richtige Spur verfolgen. Das Ganze gefällt mir nicht, Nadine.»

«Ach was, Meister ist der Mörder. Er kennt alle Details.»

«Knöpfen wir uns Peters Assistenten vor. Vielleicht sind wir danach schlauer.»

Nach anfänglichem Zögern gab Norbert Wacker zu, Meister auf dem Laufenden gehalten zu haben.

«Wie kommst du dazu, Bernie interne Informationen zu liefern, Norbert?», fasste Ferrari nach.

«Ich habe mir nichts Schlimmes dabei gedacht. Bernie ist ja nicht irgendwer, er gehört schliesslich immer noch dazu. Polizist bleibt Polizist. Reg dich doch nicht so auf, Francesco.»

«Ich soll mich nicht aufregen?», schrie Ferrari. «Es kann doch wohl nicht wahr sein. Du fütterst Meister mit jeder Kleinigkeit unseres Falls. Brühwarm, versteht sich. Und alles, was dir dazu einfällt, ist, ich soll mich nicht aufregen?!»

«Schrei Norbert gefälligst nicht so an!», versuchte Peter Strub seinem Assistenten zu helfen.

«Du hältst dich da schön raus, Peter! Oder es setzt was!»

«Drehst du jetzt auch noch durch, Nadine?»

«Was heisst hier durchdrehen? Der Idiot gibt laufend brisante Details raus, ohne zu wissen, was Meister mit den Informationen macht. Und du hast tatsächlich den Magen, dich vor ihn zu stellen. Wo sind wir denn hier eigentlich?»

Strub trat unwillkürlich einen Schritt zurück. So hatte er Nadine noch nie erlebt.

«Bitte entschuldige, Francesco. Es war dumm von mir, ich ...»

«Dumm ist nur das Vorwort, Norbert. Durch deine Informationen haben wir eine falsche Spur verfolgt.»

«Ich verstehe das nicht ...»

«Nur der Täter konnte im Detail wissen, wie die Morde abliefen», übernahm Nadine die Erklärung. «Meister wusste über alle drei Morde bestens Bescheid. Ergo hielten wir ihn für den Mörder.»

«Moment mal, Nadine. Bei Gissler war Norbert in den Ferien. Da hat mir Marc assistiert. Der kennt Meister bestimmt nicht, dafür ist er viel zu jung. Soll ich ihn holen?»

Nadine sah Francesco irritiert an.

«Er hat uns reingelegt!»

«Bernie wusste, dass Gissler mit vier Stichen umgebracht wurde. Und das wiederum wissen nur ...»

«... der Mörder und wir», ergänzte Nadine.

Sie liessen einen verduzten Gerichtsmediziner samt Assistenten zurück und rasten mit Nadines Porsche nach Füllinsdorf. Für einmal konnte es dem Kommissär nicht schnell genug gehen. Bernhard Meister lag im Liegestuhl und las ein Buch, neben sich ein Glas Wein.

«Ich hätte nicht gedacht, euch so bald wieder zu sehen. Habt ihr noch eine Frage?»

«Das Spiel ist aus, Bernie. Du hast dich verraten.»

Schmunzelnd erhob er sich.

«Ihr seid cleverer, als ich dachte. Gut, ich gebe es zu.»

«Bernhard Meister, ich ... ich verhafte dich wegen des dringenden Verdachts, Andreas Gissler, Robert Selm und Philippe Stähli ermordet zu haben.»

«Was?! Bist du verrückt? Ich habe niemanden ermordet. Es war sicher nicht korrekt, Hartmann hinters Licht zu führen, aber die Idee hat mir gefallen.»

Ferrari sah irritiert zu Nadine.

«Nun einmal von vorne, Bernhard. Ich glaube, dass wir von zwei verschiedenen Paar Stiefeln reden.»

«Das kommt mir auch so vor, Nadine. Wie kommt ihr darauf, dass ich der Mörder bin?»

«Wir haben alles auf Band aufgenommen, was du mit Hartmann besprochen hast.»

«Moment mal! Ihr seid mit von der Partie gewesen?» Meister schaute ungläubig. «Ah, jetzt wird mir einiges klar. Ihr habt die Scharade sogar initiert.»

«Einer unserer Schachzüge, um dich zu überführen, Bernie», brummte Francesco.

«Aha! Aber kein guter. Als Gregor mich zu einem Glas Wein einlud, wusste ich sofort, was er von mir wollte. Gregor, du willst mir eine Falle stellen, aber das gelingt dir nicht, habe ich ihm gesagt. Er lachte nur und erwiderte, vergiss es, ich will dich, meinen liebsten Feind, nur noch ein Mal sehen, bevor ich abkratze. Das habe ich dem alten Gauner jedoch nicht abgenommen. Die Vorstellung, dass Gregor nochmals alle Register zieht und mich als Mörder überführt, um Richter zu schützen, war grossartig. Dass ihr aber mit Gregor im gleichen Boot sitzt ... soweit habe ich nicht gedacht.»

«Du ... du hast eine Show abgezogen?»

Meister klopfte sich auf die Schenkel.

«So ist es. Und Gregor beziehungsweise Gregor und ihr seid darauf reingefallen.»

Ferrari nickte und fixierte Meister.

«Eine gute Show, Bernie. Aber wir fallen nicht darauf rein!»

«Wie ... wie meinst du das?»

«Norbert hat dich über Selms und Stählis Ermordung informiert. Ist das richtig?»

«Ja.»

«Und wie war es bei Gissler?»

«Das erfuhr ich von Elisabeth Fahrner. Und ihr habt es mir bestätigt.»

«Von Frau Fahrner? Unsinn! Woher wusste sie es?»

«Von Markus Schneider.»

«Hör mit dem Versteckspiel auf, Bernie. Du wusstest sehr genau, wie der Mord bei Gissler abgelaufen ist.»

«Nur, dass er erstochen wurde. Mehr nicht.»

«Du wusstest, dass zwei Stiche tödlich waren.»

«Das ... he, nun mach mal halblang, Francesco. Ich glaube, dass hast du mir sogar erzählt.»

«Das Wohnzimmer!», murmelte Nadine.

«Was ist mit dem Wohnzimmer?», antwortete Francesco genervt.

«Hartmann fragte Bernie, ob er ihn problemlos ins Wohnzimmer gelassen habe.»

«Und?»

«Woher weiss Hartmann, dass Gissler im Wohnzimmer umgebracht worden ist?»

Ferrari fiel es wie Schuppen von den Augen. Gregor Hartmann und Alice Schneeberger! Mein Gott, wieso sind wir nicht schon früher darauf gekommen? Die Lösung war so nah, zum Greifen nah.

«Und wir haben ihm gesagt, wo sich Richter versteckt, Francesco!», flüsterte Nadine schockiert. Sie zückte ihr Handy und tippte Stephans Nummer ein.

«Stephan, nimm einige Leute und fahr sofort zu Hartmann. Verhafte ihn wegen dreifachen Mordes. Informier aber vorher noch die Kollegen in Lampenberg, dass sie besonders gut auf Andreas Richter aufpassen sollen. Hartmann ist unser Mann.»

«Hartmann?! Mach keinen Scheiss. Die Baselbieter Polizei hat heute die Bewachung reduziert. Es ist nur noch ein Mann vor Ort.»

«Verflucht noch mal! Weshalb wissen wir nichts davon?»

«Die Information kam vor zwei Stunden rein. Ich hätte es euch nachher gesagt.»

Nadine raste wie vom Teufel gejagt über die Autobahn Richtung Lampenberg.

«Jetzt ist mir auch klar, weshalb Hartmann so erschöpft gewesen ist bei unserem zweiten Besuch. Er konnte sich kaum mehr auf den Beinen halten, weil er kurz zuvor im Kantonsspital Philippe Stähli ermordet hat.»

«Wir haben uns zu sehr auf Meister eingeschossen. Verdammte Scheisse, was soll das?», rief Nadine und hupte wie verrückt. Zwei Lastwagen lieferten sich ein Elefantenrennen.

«Wir müssen die nächste Ausfahrt raus.»

«Kein Problem. Entspann dich, Francesco», antwortete Nadine, zog das Steuer leicht nach rechts und raste auf dem Pannenstreifen an den Lastwagen vorbei. Ferrari verkroch sich tief im Sitz.

«Puh! Das war knapp.»

«Blödsinn! Da wäre ich mit einem Bus vorbeigekommen.»

In Lampenberg erwartete sie ein Grossaufgebot der Baselbieter Polizei, die das Haus und die Umgebung bereits gesichert hatten. Von Hartmann und seiner Krankenschwester fehlte jede Spur. Zur grossen Erleichterung von Nadine und Ferrari ging es Andreas Richter den Umständen entsprechend gut. Angst und Sorge um seine Familie bedrückten ihn sichtlich. Das änderte sich auch nicht, als er von der wahren Identität des Mörders erfuhr. Ganz im Gegenteil.

Nachdem sich der Kommissär versichert hatte, dass Richter von mehreren Kollegen bewacht wurde, fuhren Nadine und er nach Reinach, wo sie Stephan Moser erwartete.

«Der Vogel ist ausgeflogen. Die Garage steht leer», bestätigte Stephan Ferraris Vermutungen.

«Das habe ich befürchtet. Das Spiel ist noch nicht zu Ende, nur dieses Mal gewinnen wir. Leite eine Grossfahndung ein.»

26. Kapitel

Kurz vor neunzehn Uhr wurde Kommissär Ferrari ein Anruf durchgestellt. Er nickte zwei-, dreimal und legte Sekunden später auf.

«Alice Schneeberger hat angerufen. Komm Nadine, wir fahren ins Bruderholzspital.»

Im Spital wurden sie von der aufgewühlten Krankenschwester erwartet.

«Gregor hat nach Ihnen verlangt. Er will Sie unbedingt sehen, Sie beide.»

«Seit wann sind Sie hier?»

«Ich habe ihn heute Nachmittag eingeliefert. Er wollte einen Freund in Lampenberg besuchen. Doch er hat unterwegs einen Herzinfarkt erlitten. Mein Gott, er wird es nicht überleben. Bitte, beeilen Sie sich.»

Nadine und Ferrari hasteten durch die Gänge. Der diensthabende Arzt kam auf sie zu.

«Kommissär Ferrari?»

«Ja. Das ist meine Partnerin Nadine Kupfer.»

«Unter normalen Umständen würde ich Sie nicht zum Patienten lassen. Er befindet sich in einem sehr kritischen Zustand und wird die Nacht nicht überleben. Doch er möchte Sie unbedingt sehen. Bitte folgen Sie mir.»

Hartmann lag auf der Intensivstation. Als er sie kommen sah, versuchte er zu lächeln.

«Sie haben sich Zeit gelassen. Nehmen Sie Platz. Ich kann Ihnen leider nichts zu trinken anbieten. Der Service lässt hier zu wünschen übrig. Wie geht es Alice?»

«Sie ist sehr besorgt.»

«Alice hat nichts damit zu tun, das müssen Sie mir glauben. Sie fuhr mich nur immer hin. Sie ist ein wenig naiv. Aber ich glaube, sie liebt mich wie ihren eigenen Vater.»

«Das werden wir dann noch sehen, Herr Hartmann», brummte Ferrari.

«Geben Sie sich nicht der Hoffnung hin, dass Sie ihr etwas anhängen können. Ich habe heute Nachmittag bereits unter Eid eine Aussage bei Amos Horowitz gemacht. Ein guter Freund und ein begnadeter Anwalt. Zurzeit der beste in der Schweiz. Er hat mir versprochen, sie zu beschützen. Also, verschwenden Sie nicht unnötig Steuergelder.»

Er legte eine Pause ein. Sein Atem ging schwer.

«Sie erbt übrigens mein ganzes Vermögen. Ich habe es mir anders überlegt ... Sie haben es herausgefunden, Herr Kommissär?»

«Leider viel zu spät. Sie gingen sehr geschickt vor.»

«Ich hatte immer schon eine Vorliebe für taktische Spiele. Vielleicht wäre ich in einem anderen Leben ein grosser Feldherr geworden oder ein Schachgrossmeister ... Ich muss irgendwo einen entscheidenden Fehler begangen haben.»

Hartmann hustete stark.

«Sie haben beim Gespräch mit Meister zu viel ergänzt.»

«Wo ... wo genau, Frau Kupfer?»

Der Husten verstärkte sich.

«Bei Gissler. Dass er im Wohnzimmer umgebracht worden war, wusste nur der Mörder und wir.»

«Ein kleiner, aber sehr dummer Fehler von mir. Bernie wusste sehr wenig über den Tathergang bei Gissler. Da haben seine Quellen versagt. Man hat mich vor Ihnen gewarnt. Sie sind würdige Gegner in diesem letzten Spiel gewesen. Es war mir eine grosse Ehre.»

«Ich verstehe Ihre Beweggründe nicht.»

Hartmann liess sich lange Zeit, bevor er antwortete. Es kam Ferrari so vor, als ob er die letzten Monate zuerst Revue passieren liess. Das Sprechen bereitete ihm sichtlich Mühe.

«Ich habe Ihnen ja erzählt, dass Robert Selm eines Tages zu mir kam, um reinen Tisch zu machen. Von Gewissensbissen getrieben und angesichts meines nahen Todes schilderte er, was in jener Nacht vor fünfzehn Jahren geschehen war. Es gab damals nur einen einzigen Zeugen. Ich weiss nicht, ob Sie ihn kennen?», Hartmann kicherte leise. «Der wunderschöne Basilisk, der oben auf dem Brunnen thront. Haben Sie sich schon einmal geachtet? Das Fabeltier hält das Wappen unserer Stadt und blickt hinab, in jener Nacht in tiefe menschliche Abgründe. Und der Basilisk weinte, still und für immer ungehört ... Robert bat um Verständnis und um Verzeihung. Aber ich konnte nicht, ich war zutiefst enttäuscht. Seltsam, ich kann es selbst nicht genau erklären, ich entschloss mich noch am gleichen Tag, wenigstens einmal im Leben auf der richtigen Seite zu stehen. Zu diesem Zeitpunkt wusste ich bereits, dass ich nur noch wenige Monate zu leben hatte. Ich hatte also nichts zu verlieren.»

«Selbstjustiz hat nichts mit der richtigen Seite zu tun. Absolut gar nichts.»

«Wissen Sie, die vier haben mich von Beginn an belogen und schamlos benutzt. Das konnte und durfte ich nicht ungestraft lassen.»

Welch kranke Vorstellung, dachte Ferrari. Drei der vier mussten ihr Leben lassen, weil sie ihren Anwalt angelogen hatten und nicht, weil sie schuldig waren.

«Andreas Gissler war mein erstes Opfer. Er bat mich höflich in seine Wohnung, wehrte sich kaum. Robert Selm ahnte zwar, dass Andreas' Tod in Zusammenhang mit dem Prozess stand, aber sein Verdacht richtete sich nicht gegen mich. Anscheinend hatte mich die Nachbarin, diese junge Türkin, beim ersten Besuch gesehen und in der Mordnacht zufälligerweise Alice, die an der Ecke auf mich wartete.»

«Warum hat Alice Schneeberger nicht unmittelbar vor dem Haus gewartet?»

«Ich hatte ein Taxi genommen. Nicht bis vor die Haustür, versteht sich, nur bis zur Clarastrasse. Alice wollte mich aber unbedingt abholen und liess nicht locker. Da gab ich ihr einfach eine falsche Hausnummer an. Sie dachte vermutlich, dass ich eine ehemalige Geliebte aufsuchen würde. Sozusagen zum Abschied.»

Somit blieb nur noch Philippe Stähli.

«Ich wollte Stähli in seinem Büro richten. Aber es kam anders. Er war auf dem Weg zur Toilette, als ich den Lift verliess. Ich bin ihm gefolgt. Hier gab es überhaupt kein Problem. Gut, eine Frau hatte mich gesehen. Aber das war weiter nicht tragisch, denn Alice brachte mich ja immer zur Untersuchung ins Spital zu meinem alten Freund Professor Rotach. Er praktiziert nur im Kantonsspital, auch seine Privatpatienten behandelt er dort. Das war für mich ein ausgezeichneter Vorwand. Alice wartete wie gewohnt im Kaffee auf mich. Der Zufall wollte es, dass Sie mich ausgerechnet an diesem Tag besuchten. Wir kamen knapp eine halbe Stunde vor Ihnen zu Hause an. Ein erregendes Gefühl, der Mörder sitzt dem ahnungslosen Kommissär gegenüber.»

Ferrari schaute ihn ungläubig an. Wie hatte er sich vom Anwalt nur so täuschen lassen können? Sie waren die ganze Zeit so nahe dran gewesen und doch meilenweit entfernt. Plötzlich wurde Hartmann von einem starken Hustenanfall geschüttelt. Der anwesende Arzt bat sie, den Raum umgehend zu verlassen.

«Warten … warten Sie. Haben Sie … noch … Fragen an mich?»

Ferrari schüttelte den Kopf.

«Etwas bedrückt mich, Herr Kommissär. Ich konnte zum ersten Mal in meinem Leben einen Fall nicht abschliessen. Einer läuft immer noch frei rum.»

Ferrari hatte genug gehört. Gregor Hartmann hatte jeglichen Realitätssinn verloren. Eigentlich traurig. Er gab Nadine ein Zeichen. Schweigend verliessen sie die Intensivstation.

«Wie geht es ihm? Wird er es überstehen?», wurden sie von Alice Schneeberger sehnlichst empfangen.

«Ich befürchte, dass er in dieser Nacht sterben wird, Frau Schneeberger.»

Tränen liefen über ihr Gesicht.

«Wieso trifft es immer die guten Menschen? Weshalb gerade Gregor, Frau Kupfer? Er hat doch nie im Leben etwas Schlimmes getan. Das ist nicht fair.»

Nadine nahm sie in die Arme und tröstete sie.

«Sie müssen jetzt stark sein, Frau Schneeberger. Er will nicht, dass Sie um ihn weinen. Sie sollen in die Zukunft schauen und ein erfülltes Leben leben. Das ist sein Wunsch.»

Nadine und Ferrari verabschiedeten sich von Alice Schneeberger und setzten sich in der Cafeteria an einen runden Tisch. Minuten vergingen, ohne dass jemand ein Wort sprach.

«Du glaubst Hartmann, dass sie nichts mit der Sache zu tun hat?», begann Nadine.

«Ja, ich glaube ihm. Alice Schneeberger hält ihn für den besten Menschen auf der Welt. So soll es auch bleiben.»

«Du bist ein komischer Kauz, Francesco.»

«Ich bin der grösste Trottel der Stadt. Stell dir vor, wir haben Hartmann immer auf dem Laufenden gehalten und ihn sogar für unsere Untersuchungen gewonnen. Einfach Wahnsinn.»

«Es deutete alles auf Bernhard Meister, Anita Brogli und Elisabeth Fahrner hin.»

«Nichts ist so, wie es scheint ... Übrigens ein Zitat von Bernie.»

Noch in der gleichen Nacht verstarb einer der bedeutendsten Anwälte, den die Schweiz je hervorgebracht hatte.

27. Kapitel

Das Begräbnis von Gregor Hartmann war würdevoll und schön. Ja, schön. Alles, was in unserem Land Rang und Namen hatte, gab ihm das letzte Geleit. Ein Bundesrat bedauerte in seiner Ansprache den grossen Verlust und würdigte ausführlich seine herausragenden Leistungen. Ehre, wem Ehre gebührt, dachte Kommissär Ferrari, der sich zusammen mit Nadine im Hintergrund aufhielt. Ganz vorne stand Alice Schneeberger, aufrecht und stolz. Ganz so, wie es dem Anwalt gefallen hätte.

Staatsanwalt Jakob Borer, der natürlich nicht fehlen durfte, hatte es irgendwie geschafft, dass die Wahrheit nicht an die Öffentlichkeit gedrungen war. In einer viel beachteten Pressekonferenz, ein rhetorisches Meisterwerk, versicherte er, dass der Mörder gefasst worden sei. Doch habe er sich bei der Verhaftung widersetzt und sei erschossen worden. Aus Rücksicht auf seine Familie würde der Name des Verbrechers nicht bekannt gegeben. Am nächsten Tag war in der ganzen Schweiz vom Fall H. die Rede. Und Nadine und der Kommissär wurden für dessen Lösung mit Lobeshymnen überschüttet. Die Bevölkerung war ihrerseits froh, einen Serienmörder weniger auf dieser

Welt zu wissen und ein klein wenig ruhiger schlafen zu können.

Alice Schneeberger trat das Erbe von Gregor Hartmann an. Die attraktive Krankenschwester konnte sich fortan nicht mehr vor Verehrern retten. Doch sie liess sich von keinem um den Finger wickeln. Der Platz in ihrem Herzen gehörte für immer Gregor Hartmann. Von Zeit zu Zeit rief sie Kommissär Ferrari oder Nadine an, um mit ihnen essen zu gehen. Ein leises Gefühl sagte Ferrari, dass sie irgendwann einmal die alles entscheidende Frage stellen würde. Wie würde er diese beantworten? Am besten gar nicht. Tote sollten in Frieden ruhen.

Iris Okaz wurde auf Empfehlung von Ständerat Markus Schneider neue Direktorin des «Central». Was Elisabeth Fahrner betraf, sie machte als ganz grosse Architektin Karriere, während Anita Brogli einige Jahre mit mässigem Erfolg die Sicuris leitete. Dann kam es, wie es kommen musste. Sie geriet mit dem Gesetz in Konflikt und verschwand in der Versenkung. Ferrari hoffte inständig, dass es sich nicht um die viel besagte Ruhe vor dem Sturm handelte.

Bernhard Meister wurde von Andreas Richter systematisch in verschiedene Stiftungsräte gehoben. Auch Markus Schneider und Jakob Borer trugen ihren Teil dazu bei, dass der ehemalige Kommissär wie Phönix aus der Asche emporstieg und eine zweite Karriere machte. Beinahe täglich konnten sie sein

Bild in der Zeitung sehen oder sein strahlendes Gesicht in einer Diskussionsrunde bewundern.

Noldi kehrte erholt aus dem Wallis an seinen Computer zurück und eroberte sich Nadines Herz auf ein Neues.

Das Leben verlief also in geordneten Bahnen. Wäre da nicht Ferraris schlechtes Gewissen gewesen, das sich ab und an bemerkbar machte. Denn beinahe hätte er seinen Vorgänger Bernhard Meister wegen Mordes verhaftet!

Nichts ist so, wie es scheint, und wovon man nicht reden kann, darüber muss man schweigen.

Die Ferrari-Krimis im Friedrich Reinhardt Verlag

Damit wir in Basel geruhsame Nächte verbringen können, ist einer pausenlos im Einsatz: Francesco Ferrari, Kommissär der alten Schule.

«Ein gewandt geschriebener Krimi mit viel Basler Lokalkolorit und einem ausgesprochen ‹gmögigen› Kommissär.»
Blick

Tod auf der Fähre
209 Seiten
Hardcover mit Schutzumschlag
CHF 29.80, € 19.80
ISBN 978-3-7245-1433-6

Spiel mit dem Tod
286 Seiten
Hardcover mit Schutzumschlag
CHF 29.80, € 19.80
ISBN 978-3-7245-1471-8

Vor dem letzten Auftritt kam sein endgültiger Abschied

Sie waren eine der erfolgreichsten Rockbands in Europa. Das ausverkaufte Konzert im heimischen St. Jakob-Park sollte der krönende Abschluss ihrer Tournee werden. Doch ein grausames Verbrechen verhindert den grossen Auftritt der «Devils».

**Requiem
für einen Rockstar**
280 Seiten
Hardcover
mit Schutzumschlag
CHF 29.80, € 19.80
ISBN 978-3-7245-1538-8

Jungstarköchin **Roth** ist **tot!**

Die junge Köchin Louise Roth wird ermordet in der Küche des Luxushotels «Basler Hof» aufgefunden. Die Nachwuchshoffnung der Schweizer Kochszene hätte beim grossen Final der TV-Sendung «Supermenü» auftreten sollen.

Das Geheimnis der toten Köchin
260 Seiten
Hardcover
mit Schutzumschlag
CHF 29.80, € 19.80
ISBN 978-3-7245-1593-7